달빛
조각사

달빛 조각사 1

2007년 01월 13일 초판 1쇄 인쇄
2007년 01월 15일 초판 1쇄 발행

지은이 남희성
발행인 이종주

편집장 김진웅
편집 팀장 손수지
기획 팀장 김명국
책임 편집 임유정

발행처 (주)로크미디어
출판등록 2003년 3월 24일
주소 서울시 용산구 청파동3가 119-2 진여원BD 5층
Tel (02)3273-5135 Fax (02)3273-5134
홈페이지 rokmedia.com · **E-mail** rokmedia@empal.com

ⓒ 남희성, 2007

값 8,000원

ISBN 978-89-5857-903-8 (1권)
ISBN 978-89-5857-902-1 04810 (세트)

이 책은 (주)로크미디어가 저작권자와의 계약에 따라
발행한 것이므로 본서의 내용을 무단 복제하는 것은
저작권법에 의해 금지되어 있습니다.

작가와의 협의에 의해 인지는 생략합니다.
잘못된 책은 바꾸어 드립니다.

달빛 조각사 ①

남희성 게임 판타지 소설

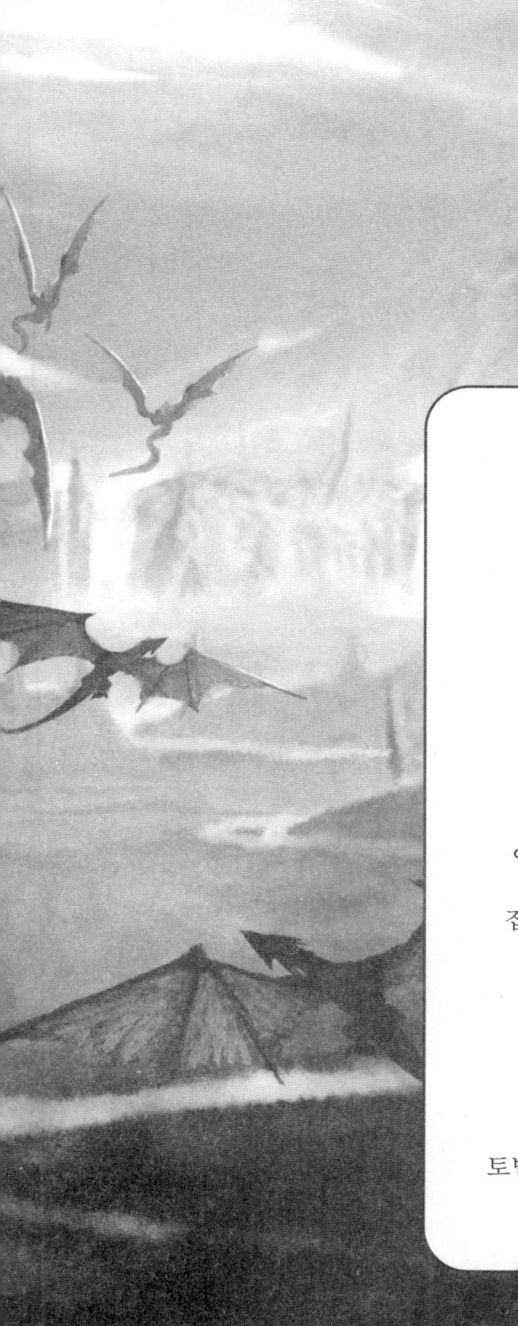

차례

다크 게이머의 탄생　7

독종의 등장　37

교관의 의뢰　61

무서운 위드　85

언어를 잃어버린 소녀　141

집요한 바비큐 쟁탈전!　171

전투의 마에스트로　205

운명의 직업　245

천공의 도시　275

토벌대에서 위드의 역할　309

다크 게이머의 탄생

드라마에서 보여 주는 귀족적이고 우아하며 활기찬 가난!

궁핍하면서도 나보다 먼저 타인을 생각하고, 한 끼의 식사를 나누기 전에도 활짝 핀 미소와 함께하는 가난!

이딴 게 실제로 세상에 존재한다고 말하는 작자가 있다면 이현은 그를 죽을 만큼 팬 다음에, 그냥 한 대 더 때려서 죽여 버리고 싶을 정도였다.

세상은 가난한 사람들에게 아주 살기 힘든 구조였다.

국회에서 개정된 근로복지법에 의해 미성년자는 어떠한 일자리도 구할 수 없게 되었다.

불법적이지만 이현은 안 해 본 일이 없었다.

14세 때부터 제봉 공장에서 실밥을 땄다. 월급이라고 해 봐야 보잘것없었지만 그래도 밥은 공짜로 먹을 수 있었다.
하지만 지하에서 환풍기 2대 달랑 틀어 놓고 하는 일이라서 건강이 극도로 나빠졌다.
덕분에 폐에 이상이 생겨서 병원비만 더 많이 나갔다.
그다음으로 주유소에 취직하고, 심지어는 리어카를 끌고 다니며 재활용품을 모아서 팔기도 했다.
아무리 일을 해 봐야 손에 쥐는 돈은 어차피 푼돈.
미성년자인 그는 불법적으로 취직을 할 수밖에 없었고, 그것을 이용해서 고용주들은 지독하게 그를 부려먹었다.
20세 때까지 착취만 당하고 살아온 인생인 것이다.
덕분에 이현은 돈의 가치를 아주 잘 알았다. 그렇지만 이제는 조금 달라질 것이다.
드디어 성인이 되어서 주민등록증이 나왔으니 합법적으로 일을 할 수 있게 된 것이다.
주민등록증을 지갑에 넣으면서 이현은 중얼거렸다.
"몸이 부서지도록 일을 해야겠지. 하루에 3개 정도는 할 수 있을 거야."
어릴 때 부모님이 돌아가시고, 그의 가족이라고는 할머니와 여동생 1명뿐이었다.
"후후. 이제부터 부자가 되어 줄 테다."
이현은 그렇게 다짐을 하며 집으로 들어갔다.
"이제 오느냐?"

할머니는 이불을 끌어안고 누워 계셨다. 며칠 전에 계단에서 굴러 떨어진 이후로 허리를 삐끗해서 일을 나가지 못하고 있었다.

약을 쓰고는 있었지만 없는 살림에 병원으로 가서 제대로 된 치료를 받기는 힘들었고 이렇게 집에서 쉬고 있었다.

밤마다 끙끙 앓는 소리를 내면서도 치료를 받지 않았다.

이현은 집에 들어올 때마다 가슴이 답답했다.

겉도는 여동생과 늙은 할머니만 있는 집에는 활기가 없었다. 어쩌면 그 때문에 더더욱 집에 들어오기 싫은 건지도 모른다.

"혜연이는요?"

"몰라. 나가서 안 들어왔다. 또 불량배 녀석들과 어울리지는 않을는지."

이혜연은 그의 여동생.

얼굴을 볼 때보다 안 볼 때가 더 많았다.

"괜찮을 거예요. 무슨 일이야 있겠어요."

"네가 하나뿐인 오빠다. 여동생은 오빠가 지켜 주는 거야."

"예."

이현은 씁쓸하게 웃으며 자신의 방으로 들어갔다.

어디서 막노동을 하거나, 택시를 운전하더라도 여동생만큼은 대학에 보내고 싶었다.

지금은 잠시 방황을 하고 있지만, 이현 자신과는 달리 머리가 좋고 총명한 아이다.

　대학만 간다면 좋은 남편을 만나서 잘 살 수 있을 것이다.

　또한 할머니도 더 이상 고생을 시키지 않고 모시고 싶었다. 할머니가 늙고 병든 것은 전부 이현과 이혜연을 기르기 위해서였다.

　"내일부터 일거리를 찾아봐야겠지. 취직 시험도 봐야 할 테고……."

　이현은 중얼거리면서 컴퓨터를 켰다.

　오래된 컴퓨터가 우우웅거리면서 부팅이 된다. 인터넷이 연결되자, 습관적으로 게임에 접속했다.

　그가 하던 게임은 마법의 대륙.

　출시된 지 20년도 넘은 고전 게임이었다. 한때 대한민국을 온라인 게임에 미치게 만들었던 게임.

　불과 3년 전까지만 해도 최고의 위치에 있었던 게임.

　여기저기 부품을 조합해서 만든 이현의 구닥다리 컴퓨터로는 돌아가는 게임이 많지 않았고, 마법의 대륙만이 깨끗하게 돌아갔다.

　처음 배운 게임이었지만, 게임을 하는 도중에는 유일하게 즐겁다는 느낌을 가질 수 있었다.

　이현의 플레이는 굉장히 독특했다.

　주변의 사람들과는 별로 어울리지 않았고 하루 종일 사냥만 했다. 몬스터가 나타나면 죽이고, 레벨을 올려서 더 높은

사냥터로 향했다.

공성전이나 길드전에도 전혀 참여를 하지 않았다.

캐릭터의 능력치를 조금씩 향상시키고 장비를 갖추는 재미로 게임을 했다.

200시간 동안 잠도 안 자고 사냥만 했던 적도 있었고, 레벨 하나를 올리기 위해서, 몹 한 마리를 잡기 위해서 1달간 고생했던 적도 많았다.

남들은 무슨 재미냐고 물을지도 모르지만, 캐릭터가 강해지는 것이 재미있고, 전에는 못 잡던 몹을 잡을 수 있는 재미에 푹 빠져 들었다.

어느새 이현은 최고 레벨에 오를 수 있었다. 더 이상 레벨이 올라가지 않는 상태에 도달한 것이다.

수십 년 마법의 대륙 역사에 처음이자 마지막으로 기록될 만한 일이었다. 주변을 돌아보아도 이현, 자신만큼 강한 캐릭터는 없는 것 같았다. 남들은 파티로 와서도 고전을 면치 못하는 사냥터에서 혼자 사냥을 하며 몹들을 쓸고 다녔으니까 말이다.

최고의 레벨에 오르고 나서 드래곤을 포함한 최강의 몹들도 혼자서 한 번씩 잡아 보았다.

하지만 이현은 별로 감흥도 없었다.

요즘에는 기술이 발전해서 모든 게임의 궁극적인 목표라고 하는 가상현실 시스템이 갖추어졌다.

특히 '로열 로드'라는 이름을 가지고 있는 게임은 정말로 대단하다.

가상현실의 기본이라고 할 수 있는 세상을 완벽하게 구현한 것을 비롯해서, 수천만의 이종족들과 유저들이 함께 게임을 한다.

수만 가지가 넘는 직업과 수십만의 기술.

원하는 대로 모험을 즐길 수도 있었고, 친구들과 함께 몇 날 며칠 바다낚시에 빠져도 된다. 변덕스러운 태풍만 만나지 않는다면 말이다.

자유도와 방대한 규모도 놀라울 뿐이었지만 무엇보다도 백미는 놀라운 게임 시스템에 있었다.

인간이 게임에서 즐길 수 있는 재미를 가장 궁극으로 유도했다는 평을 받고 있는 '로열 로드'.

"어차피 나에게는 모두 그림의 떡이니까."

조금만 복잡한 웹페이지도 느리게 뜨는 컴퓨터로 무엇을 바라겠는가.

가상현실을 구현해 주는 기기를 설치하려면 대중화가 되었다고 해도 1천만 원이 넘는 돈이 든다. 그럴 돈이 있다면 할머니의 병원비로 쓰든지, 아니면 여동생의 학비로 주어야 할 일이다. 그리고 지금은 열심히 돈을 벌기 위해 게임을 접어야 할 때였다.

- 계정을 삭제하시겠습니까?   예/아니오

 이현은 마우스 커서를 '예'에 가져다 댔다. 이제 마우스를 한 번만 누르면 애지중지 키워 온 캐릭터는 영영 사라지게 된다. 막 손가락에 힘을 주려는 순간 머릿속을 스쳐 지나가는 생각이 있었다.
 '캐릭터를 팔면 돈이 된다고 했지? 계정 매매가 있다고 했다.'
 어디선가 본 것 같았다.
 신문 등에서 캐릭터를 사고파는 경우가 흔히 있다고.
 그리고 그것이 돈이 된다는 이야기를 말이다.
 이현으로서는 어차피 삭제할 캐릭터라면 남에게 파는 것도 나쁘지 않겠다는 생각이 들었다.
 이현은 인터넷을 뒤져서 캐릭터 거래 사이트를 찾기 시작했다. 한 번의 검색에 수십 개의 사이트가 떴고, 그중에 가장 크고 거래량이 많다는 곳을 찾아서 들어갔다.
 "여기다 내 캐릭터를 올려놓으면 되겠지?"
 이현은 자신의 캐릭터를 사진과 함께 올렸다.
 마법의 대륙 만렙, 용들에게서 나온 최고의 장비들, 소유금 30조 마르크.
 초기 경매 시작 금액은 5만 원으로 정했다.
 너무 큰 금액으로 올려놓으면 아무도 입찰을 하지 않을까

겁이 났던 것이다.

　경매 기한은 하루.

　오랫동안 기다린다고 해서 그리 큰 돈이 들어올 것 같지도 않았고, 취직을 하려면 그래도 괜찮은 옷 한 벌 정도는 있어야 할 테니 당장 돈이 급했던 것이다.

　캐릭터나 아이템을 거래할 때에도 보통의 시세라는 게 있다. 다른 사람들의 경매 내용은 유료 회원만이 볼 수 있어서 이현은 접근할 수가 없었다.

　이현은 글을 올리고 잠을 잤다. 다음 날에는 일찍 일어나서 근로자 대기소라도 가 볼 생각이었던 것이다.

　이현이 글을 올리고 나서 1시간도 되지 않아 네티즌들이 만드는 가상의 공간, 인터넷이 달아오르기 시작했다.

　처음에 경매 글을 본 사람들은 누구도 믿지 않았다.

　그들은 마법의 대륙에 마지막 패치가 이루어지면서 레벨 상향 선이 대폭 높아진 것을 알았다.

　최고 레벨 200 제한.

　전 서버에서 단 한 명도 이루지 못한 경지로 알았다. 도저히 인간으로서는 힘든 수치였기 때문이다.

　그런데, 이 경매 글에는 최고 레벨에 오른 캐릭터를 판매한다고 한다.

　"또 어디서 누가 장난을 치는 거군."

"대체 이런 시시한 글을 누가 올리는 거지?"

"자주 당해서 재미도 없어."

사람들은 그런 의미에서 한 번씩 댓글을 달았다. 이런 글에는 아무도 속지 않을 거라는 조언과, 덕분에 한 번 웃어 본다면서 지나쳤다.

21세기 초반부터 유행한 낚시 글들에 워낙 많이 속아 왔기 때문에 이번에도 그런 경우의 하나라고 생각했다.

"에이, 설마……."

"아니겠지."

네티즌들은 경매 글을 무시하려고 했다. 하지만 호기심을 이기지 못하고 한 번씩은 그 글에 들어가 보았다.

경매 글은 무조건적으로 캐릭터가 나온 화면을 함께 올리게 되어 있었다.

그 글에 첨부된 사진 파일들을 한 번씩 열어 보았다.

캐릭터 정보란은 실로 대단했다. 각종 능력치들은 최고로 올라가 있었고, 장비한 아이템들은 그야말로 환상적이었다.

"이런 무기들이 어디 있어?"

"적룡 갑옷 풀 세트와 적룡의 등뼈로 만든 방패? 이거야 원……."

"검은 무신이 직접 하사한 거라는데."

사람들은 그러면서도 제법 감탄을 했다.

아무래도 낚시 글치고는 보통 공을 들인 것 같지 않아서였다. 저토록 세밀한 사진을 위조할 수 있다는 것은 굉장한 노력이 필요하다.

"시간 제법 많이 썼겠는데요?"

"인터페이스는 마법의 대륙인데, 이 장비들은 어디 게임의 장비들을 가져온 걸까요?"

경매 글을 본 사람들 중에는 현직 그래픽 디자이너들도 있었다. 그들은 자료 사진의 허점을 찾아내려고 했다.

"아무리 잘 조작된 사진이라도 미세한 흔적은 남습니다. 일반인들의 눈에는 완벽해 보이더라도 최신 기술을 적용하면 잘못된 부분이 나옵니다."

디자이너들은 사진을 1만 배까지 확대하고, 픽셀을 추적하고, 음영과 화소, 심지어는 3D로 스캔해서 사진 파일의 위조를 밝혀내려고 했다.

그러나 모든 수고가 허사였다.

마침내 인정하지 않을 수가 없었다.

"이 자료 사진은 모두 진짜입니다."

"제 업은 LK 사의 수석 디자이너입니다. 이 사진에는 어떠한 조작도 없음을 보장합니다."

그래픽 디자이너들은 역으로 사진이 진품임을 증명해 주었다. 실제 아직도 마법의 대륙을 하는 사용자들도 몰려들었다.

그들은 사진을 보자마자 탄성을 내질렀다.

처음부터 의심조차 하지 않았다.

"진짜가 맞습니다. 캐릭터 이름 위드. 이 유저 굉장히 유명해요."

"그 사람의 장비들이 맞습니다. 하지만 지존 레벨까지 올렸다니 정말로 대단하군요."

이현은 늘 혼자 플레이를 했고, 사람들이 많은 사냥터는 의도적으로 피해 다녔다.

공성전에 참가한 적도 없고, 사소한 시비도 웬만하면 다 무시하고 지나쳤다. 하지만 소문이 나지 않을 수는 없는 일이었다.

단신으로 무적으로 알려져 있던 용과 크라켄을 잡고, 최고 레벨의 사냥터를 혼자 휩쓸면서 다니는 위드.

사람들과 어울리지 않는다고 해서 다른 이들이 모를 리가 없었다. 아직까지 남아 있는 유저들 가운데에 그는 이미 하나의 전설이 되어 있었던 것이다.

오로지 이현만이 자신이 유명인이라는 사실을 몰랐다.

"그러면 이 장비들이 진짜?"

"그렇다면 이건 대박이라고밖에는……."

경매의 시작가는 5만 원.

캐릭터의 가치나 장비들은 제외하고 소유금만 해도 현재의 시세대로라면 턱도 없이 낮은 금액이었다.

사람들은 서둘러서 금액을 적어 내기 시작했다.

5만 원에서 30만 원, 70만 원까지는 순식간에 치고 올라갔고, 100만 원도 1시간이 되지 않아서 넘겨 버렸다.
 장비 하나만 팔아도 그 정도의 가격은 되는 것이었으니 주저할 필요가 없었다.
 경매가가 폭등하기 시작했다.
 이때쯤에는 이 경매가 최소한 어느 정도 가격에 마감이 될지 짐작을 하고 있었기 때문에 자포자기하고 참여하지 않는 사람들도 많았다.
 마법의 대륙을 하는 사람들은 시간이 흐르면서 줄어들어 있었지만, 무료화가 되고 하나의 서버로 통합을 한 이후에도 여전히 꽤 많은 유저들이 하고 있었다.
 처음에는 마법의 대륙을 하던 사람들이 가격을 올렸고, 그 이후에는 돈이 많은 직장인들이 가격을 올려 댔다.
 마법의 대륙이라면 한때 대한민국의 밤을 지새우게 만들었던 게임. 그 게임의 최고 레벨의 캐릭터를 소유한다는 것은 골동품적인, 남에게 과시할 수 있는 가치가 있는 일이었다. 특히 순발력 있는 직장인들은 재빨리 나이 많은 상사에게 전화를 걸었다.
 "이사님이십니까?"
 ―이 늦은 밤중에 무슨 전화인가. 자네 그만 퇴사하고 되고 싶나?
 "예? 그게 아니라……. 이사님, 예전에 마법의 대륙 하셨었죠?"

―그랬지.

"그 마법의 대륙의 최고 레벨 캐릭터가 경매에 올라왔습니다. 꼭 부장님께서 아셔야 할 것 같아서……."

―뭐라고! 위, 위드 말인가?

"예. 이사님도 알고 계셨군요. 그 캐릭터의 레벨은 200. 최대로 다 채운 상태이고 장비는……."

그 뒤로 주절주절 설명이 이어졌다.

―질러. 일단 자네 돈으로 3천만 원 정도 질러 놔. 내가 지금 바로 집에 가서 확인을 해 볼 테니 우선 입찰부터 해!

현재 나이를 먹고 회사의 요직에 있는 인물들 가운데에는 젊어서 온라인 게임을 해 봤던 세대가 있었다.

그들이 가격대를 더욱 올려놓았다.

대형 포털 사이트나, 게임 관련 홈페이지마다 마법의 대륙 최고 레벨의 경매에 대한 이야기가 핫이슈로 올라오고, 몇몇 사람들이 검색을 시작하면서 어느새 검색어 순위로 치고 올라가게 되었다.

이때부터 진정한 경매의 시작이었다.

그때까지도 이현은 아무것도 모르고 잠만 자고 있었다.

"노가다… 일당 5만 원. 음식점 설거지 3만 원. 아침엔 신문 배달, 우유 배달. 저녁엔 족발……."

마치 몽유병 환자처럼 내일부터 할 일들을 정리하면서 말이다.

사람들의 집중적인 관심이 모인 이후부터 경매 가격은 급등하고 있었다.

지금까지 마법의 대륙의 최고 레벨이 누구였는지 아는 사람은 없었지만, 얼마 전까지 최고의 게임의 캐릭터를 영구 소유한다는 과시욕이 발동하기 시작한 것이다.

경매 가격은 마침내 1억을 넘어섰다.

이제는 소유하고 있는 자금과 장비의 시세를 초과한 것이다. 몇몇 사람들은 돈이 부족함을 안타까워하면서 경매에서 떨어져 나갔다.

"이 캐릭터를 파는 사람도 참 지독하군."

"어떻게 이렇게 귀한 캐릭터의 경매 기간이 단 하루에 불과할 수 있지?"

"값을 최대한 높여서 받을 자신이 있는 건가?"

사람들은 경매 글에 댓글 놀이를 하면서 아쉬움을 달랬다.

어느새 댓글만 900개가 넘어가고 있었다.

자동으로 경매는 몇 차례나 연장이 되었고, 3억 원을 넘을 때에는 몇몇 회사들의 적극적인 개입이 있었다.

이번 경매 건은 비단, 아는 사람들로만 끝나는 일이 아니다.

거액으로 거래가 된다면 뉴스나 입소문을 타고 수많은 사람들이 듣게 될 테니 홍보 효과가 만만치 않은 것이다.

광고를 한 번 싣기 위해서는 큰돈이 들고, 또 사람들은 애써 돈을 들여 만든 광고를 잘 보지도 않았다.

그러나 최고 레벨의 캐릭터가 고액에 팔렸다는 뉴스는 어떨까?

사람들의 관심과 이목을 집중시킬 것이다.

각 회사의 홍보부에서는 그러한 관점으로 접근했다.

경쟁이 치열해진 디지털 미디어나, 게임 방송사들은 이 최고 레벨의 캐릭터를 인수하길 원했다.

캐릭터의 가치나 시세 따위가 문제가 아니다.

그 캐릭터를 가지고 과거에 유명했던 게임에 대해 특집으로 편성해서 몇 차례 방송을 한다면 방송사의 신뢰도나 대외 이미지가 높아진다.

치열한 경쟁에 가격은 폭등했고, 방문자 수가 급증한 아이템 거래 사이트에서는 회심의 미소를 지었다.

마침내 경매는 종료가 되었다.

다섯 개의 게임 방송사들이 겨루었지만 모든 경쟁을 뚫고 CTS미디어에서 캐릭터를 낙찰받았다.

최근 급속도로 사세를 확장하면서 방송 점유율을 높여 가는 유망한 곳이었다.

회장 비서실의 개입으로 마지막 낙찰가를 써내면서 경매가 끝이 났다.

"여보세요."

이현은 아침에 자다가 일어나서 전화를 받았다.

그 전날 공사판에서 일을 하고 지쳐서 잠이 들었다. 그래서 번 돈은 3만 원. 일을 잘 못한다면서 조금만 준 것이었다.
 -안녕하세요.
 뜻밖에도 수화기 너머에서 들려오는 소리는 아리따운 여자의 것이었다.
 "저기… 전화를 잘못 거신 것 같습니다."
 이현은 그의 집으로 절대로 이런 전화가 올 리가 없을 테니 수화기를 놓으려고 했다. 그러나…….
 -혹시 계정을 판매하려고 인터넷에 올리지 않으셨나요?
 "맞습니다만."
 -여기는 주식회사 CTS미디어입니다. 저는 회장 비서실의 윤나희구요. 현재 낙찰된 경매 금액을 입금하였으니 아이템 거래 회사에 확인해 보시고 저희에게 연락을 주시기 바랍니다.
 "자, 잠깐만요. 낙찰이 되었다구요?"
 -네. 그렇습니다. 아직 확인을 안 해 보셨나 봐요?
 "예. 제가 조금 바빠서……."
 CTS미디어의 윤나희.
 회장 비서실에서 근무할 정도의 재원이라면 보통 여자가 아니었다. 8개 국어를 할 줄 알고, 주위에서는 그녀를 추켜세우기 바쁘다. 하지만 이런 거액의 경매를 확인도 안 해 봤다는 말은 윤나희를 충분히 질리게 만들고 있었다.
 "얼마에 낙찰이 된 거죠?"
 이현은 조마조마했다. 최소한 20만 원은 넘어서 병원비라

도 냈으면 하고 물어봤지만 들려오는 음성은 이현을 기절할 정도로 놀라게 만들었다.

 -30억 9천만 원입니다.

 본래 이현의 캐릭터인 위드의 시세는 약 1억 5천만 원이었다. 요즘 한창 인기가 있는 게임이라면 장비 하나만 해도 1억이 넘기도 했지만, 오래된 게임의 경우에는 시세 자체가 극도로 낮은 편인 것이다.

 그러나 한정된 경매 기한에 하나밖에 없는 희소성, 유명세 등 여러 가지 요인들이 작용해서 결국 30억을 넘기게 되었다. 이 자체가 하나의 뉴스거리였고 CTS미디어가 노린 바이기도 했다.

 그러나 이현은 통명스럽게 대답했다.

 "장난치는 거죠?"

 -네?

 "겨우 그 정도의 얘기나 하려고 제게 연락을 하신 건가요? 이만 전화 끊겠습니다."

 이현은 수화기를 놓은 후에 씁쓸하게 웃었다.

 "경매에 올린 건 어떻게 안 거지. 내 번호는 또 어떻게 알아서 장난을 치고 있어."

 이현은 믿지 않았다. 터무니없는 소리로 여긴 것이었다.

 그러나 사이트에 접속해 본 순간 그가 올렸던 경매 글이 아이템 거래 사이트의 메인 화면에 떴다.

수많은 사람들이 실시간으로 댓글을 달고 있었고, 경매 낙찰 금액은 그녀의 말대로 30억 9천만 원!

이현이 기절하지 않았던 것은, 독한 집념 때문이었다.

'꿈이라면 영영 깨지 마라.'

하루 뒤에 이현은 정말로 자신의 계좌에 30억이 넘는 돈이 입금이 된 것을 확인했다.

피가 나도록 살을 꼬집어 보았지만 틀림없는 현실!

이현은 할머니에게 달려가서 통장을 보여 주었다. 아직까지 긴가민가해서 말도 하지 않았던 것이다.

"할머니, 제가 돈을 벌었어요."

"그래."

할머니는 힘없이 대꾸했다.

주민등록증을 발급받고 나서 3일도 지나지 않았다. 벌어 봐야 얼마나 벌었으랴.

"아무튼 수고했다, 현아."

"수고했다 정도가 아니에요, 할머니."

이현이 통장을 내밀었다.

"이건 뭐니?"

"보세요. 여기 제가 번 돈이에요."

할머니는 침침한 눈을 몇 차례 비빈 뒤에 통장을 보았다. 그리고 통장에 찍힌 액수에 믿기지 않는다는 반응을 보였다.

"너, 너 도둑질했니? 아, 아니, 도둑질로 벌 수 있는 돈이

아닌데…….."
 "제가 하던 게임의 계정을 팔았어요."
 "계정?"
 "설명하자면 복잡한데… 아무튼 합법적으로 번 돈이에요."
 "그 그럼 정말로……."
 할머니는 북받쳐 오르는 감정에 가늘게 흐느꼈다.
 "현아, 이제 우리도 남들처럼 수도세, 전기세 걱정 안 하고 살아도 되는 거니?"
 "그럼요. 우리 집도 가질 수 있어요."
 "너도 다시 공부를……. 그리고 혜연이도 대학도 가고, 남부럽지 않게 살 수 있겠구나."
 할머니는 어찌나 감격스러웠던지 눈물을 주르륵 흘렸다. 이현도 마찬가지였다.
 그동안 수없이 고생하고, 설움받았던 기억들.
 "이제는 우리도 행복하게 살 수 있어요, 할머니."
 "암, 그래야지."
 힘겨운 시간들을 함께 이겨 냈던 만큼 두 사람은 더욱 감격하고 있었다.
 며칠 동안 그들은 새로 살 집을 구하고, 병원에서 치료도 받았다. 할머니는 허리 외에도 안 좋은 곳이 많아서 병원에 입원해야 했다. 여동생 혜연이도 함께 기뻐해 주었다.
 그러나 행복은 아주 잠깐이었다.

검은 정장 차림의 그들.
가장 보고 싶지 않은 그들이 병원으로 찾아온 것이다.

검은 정장 차림의 사내들은 신발을 신은 채로 병실 안까지 그대로 밀고 들어왔다. 체격이 좋은 자들이라 5명만 들어왔는데도 병실이 가득 찬 것 같았다.
다른 환자들은 모두 공포에 질려서, 간병인의 부축을 받아 조용히 빠져나갔다.
병실에는 이현과, 할머니 그리고 사내들만 있었다.
이현은 여동생이 마침 나가 있었을 때 저들이 온 것이 다행이라고 생각했다. 그러나 저 사내들이 와서 좋았던 적은 한 번도 없었다. 이번에도 역시 그럴 것이다.
"이현. 너희 집에 좋은 일이 있다고 들었는데……."
머리색을 노랗게 염색한 사내가 물었다.
이현은 날카롭게 쏘아붙였다.
"그래서?"
"예전에 너희 아버지가 빌린 돈 받으러 왔다."
"빚?"
"그래. 이제 돈은 준비가 되었으리라 믿는데."
이현은 침을 꿀꺽 삼켰다.
부모님들이 돌아가셨을 때, 그분들이 남긴 1억의 빚이 이현에게 이어졌다.

상속 포기를 했더라면 괜찮았겠지만 당시에 이현은 어려서 법에 대해서 잘 알지 못하였다.
할머니 또한 자식을 잃은 슬픔으로 유산이 상속되고 나서 3개월 내에 법원에 상속 포기를 신청하지 못했다.
그로 인해서 이현은 1억을 사채업자들에게 빚을 지게 된 것이었다.
저들이 얼마나 포악한 인간인 줄 알고 있지만, 수중에 돈이 있었다. 두려워할 필요는 없었다.
"빚이라면 갚겠다. 얼마지?"
"갚겠다? 말이 좀 짧구나. 아무튼 좋아. 고객님인데 소중히 모셔야지. 네가 갚아야 할 돈은 30억이다."
사내의 말에 이현의 눈가가 파르르 떨렸다.
"그런 터무니없는……. 아버지가 빌린 돈은 분명 1억이었는데."
"이봐, 8년이나 지났잖아. 시간이 흐르면 이자가 붙는 거야."
"그런 말도 안 되는 일을… 경찰에 신고하겠어."
"신고? 마음대로 해. 경찰이 너희들의 편을 들어 줄까?"
"경찰은 민중의 지팡이야."
"푸하하하하."
사내들이 이현의 말에 크게 웃었다.
특히 노랑머리의 사내는 어처구니없는 소리를 들었다는

듯이 손으로 이마를 짚으며 대소했다.

　그러자 뒤에 조용히 서 있던 사내가 말했다. 분위기로 보아서 그들의 대장 같았다.

　"꼬마에게 똑바로 설명해 줘라. 공연히 쓸데없는 사고 일으키지 말고."

　"예, 형님. 죄송합니다. 그럼 꼬마야, 똑똑히 들어 두어라. 우리들이 하는 일들은 법에 어긋나지 않아. 우리는 합법적인 이자만 받거든. 먼저 알려 줄 건 이자는 1년에 원금의 5할이 불어나. 어디 한번 계산을 해 줄까? 첫해에 1억이 1억 5천으로 늘었고, 2년째에는 대충 2억 2천 정도, 3년째에는 3억 3천이 넘고, 4년째에는 거의 5억에 가깝게 되지."

　이현은 계산을 해 보고 눈앞이 캄캄했다.

　4년 만에 5배로 늘어난 빚.

　8년이 지났으니 25억이 되었을 테고, 정확히 8년하고도 얼마간 시간이 더 지났으니 30억이라는 말은 그리 틀린 게 아니었다.

　그동안 이현은 조직 폭력배들에게 괴롭힘을 당하면서도 아직까지 빚이 얼마나 되는지를 알지 못하였다.

　한데 무려 30억이나 되는 거금으로 불어나 있었던 것이다.

　파산!

　남들이라면 30억이나 되는 빚이 있다면 어떻게든 파산을 했을 것이다. 아마 빚이 몇천만 원만 되어도 파산을 했겠지.

이현도 파산을 염두에 두지 않았던 건 아니었다. 다만 파산을 하는 데에도 돈이 든다. 법원과 법무사들. 그들에게 돈을 내고 절차를 밟아야만 파산을 할 수 있었다.
　이현은 그 돈도 없어서 파산을 하지 못하였다. 사실 돈이 있었다고 해도 저 악독한 사채업자들이 파산 신청을 하는 것을 곧이곧대로 내버려 두었을 리도 만무하지만.
　"30억을 내놔라."
　"시, 싫어."
　"싫어? 그러면 마음대로 해. 싫으면 내일 또 받으러 오지. 그때에는 갚아야 할 이자가 조금 더 늘어 있겠지만 말이야."
　검은 정장 차림의 사내들에게서는 여유가 엿보였다.
　가진 자의 여유, 힘이 있는 자의 여유다.
　그리고 또한, 빚을 갚지 않으면 어찌 되는지 이현은 잘 알고 있었다. 돈이 있는 걸 알고 저들이 찾아온 이상 선택권이란 애초에 없었던 것이다.
　사내들은 빙긋빙긋 웃기만 했다.
　"할머니가 다쳐서 입원을 한 것 같은데, 병원이 편한가 봐. 저 복도에는 여동생도 있었던 거 같고. 여동생이 예쁘던데 섬에 팔려 가면 꽤나……."
　"혜연이를 건드리면!"
　"아아, 아직은 아무 일도 없어. 지금 우리 애들이 이야기를 하고 있을 뿐이야. 그런데 단란한 세 가족이 동시에 병원에 입원을 하면 어떨까. 그것도 참 보기 좋은 광경일 텐데."

은근한 협박에 이현은 더 이상 버틸 수가 없었다. 어쩔 도리가 없었다. 저 사내들은 충분히 그러고도 남는다.

돈을 빌려서 갚지 못하는 이들, 돈을 주지 않는 이들이 어떤 꼴을 당하는지 빈민가에서 숱하게 봐 왔던 것이다.

애초부터 죄가 있다면 저들의 돈을 빌렸다는 것.

법에도 기댈 수가 없었던 이현은 통장을 내놓아야 했다.

사내들은 그 자리에서 통장을 받고, 가방에서 현금 9천만 원을 꺼내 주었다. 8년 전에 이현의 부모님이 작성했던 1억 원에 대한 차용증도 함께였다.

애초부터 모든 걸 알고 단단히 준비를 하고 온 것이다.

"고맙다. 그럼 수고해라."

사내들은 병실에서 나갈 때, 이현이 외쳤다.

"잠깐!"

"왜, 꼬마. 무슨 일이냐?"

"언젠가 반드시 되갚아 주겠다."

"뭐를?"

"돈은 다 갚았으니까, 그동안 너희들에게 당한 일들. 그걸 나중에 되돌려 주겠다는 뜻이다."

사내들은 또다시 웃으려고 했다. 그러나 이현의 눈빛을 보고는 웃음이 나오지 않았다.

아직 어린 맹수라고 할까.

독기를 품은 눈빛이 가슴을 서늘하게 만들었던 것이다.

"네가 아직 정신을 덜 차린 모양이로구나. 너 같은 겁 없는 꼬마에게 세상을 알려 줄 필요도 있겠지."

사내들이 옷소매를 걷었다. 하지만 이현은 조금도 겁을 먹거나 움츠러들지 않았다.

"됐다. 돈 받았으면 쓸데없는 짓 하지 말고 가자."

"하지만……."

"병원에서 소란을 피울 생각이냐?"

"알겠습니다, 형님."

사내들이 우르르 빠져나갈 때였다.

"그리고 꼬마야."

대장 격의 남자는 이현을 보며 충고하듯이 말했다.

"나는 명동의 한진섭이다. 어디 네 독기가 세상에도 통할 거라고 생각하느냐? 억울하면 5년 내로 한번 30억을 만들어 와 봐라. 그러면 내가 너를 형님으로 모시도록 하지."

사채업자들이 떠났다.

이현은 힘없이 땅에 주저앉았다. 복도에서 여동생이 우는 소리와 할머니가 한숨을 쉬는 소리들.

30억이란 거금을 강탈당하고 난 이후로 뭘 해도 힘이 나지 않았다. 극도의 허무감이 엄습해 왔다. 그러나 3일째 되는 날 이현은 자리를 털고 일어났다.

희망이 있었다. 그러니 주저앉아 있을 수만은 없는 것이다.

이현의 입가에는 뜻밖에도 미소가 감돌았다. 눈물을 흘리면서도 웃음이 나왔다.

잠깐이지만 거액의 돈을 만져 본 경험으로 세상을 어떻게 살아야 할지에 대해서 조금은 깨우친 것만 같았다.

'그래. 한 번 벌었으면, 두 번도 벌 수 있다.'

이현은 바쁘게 움직였다.

빼앗기지 않은 9천만 원이라고 해서 전부 쓸 수 있는 건 아니었다. 이미 계약해 놓은 집 때문에 5천만 원의 용도는 이미 정해져 있었다.

취소하려면 못할 바는 아니지만 위약금도 물어야 한다. 위약금을 물기는 죽기보다 싫었다.

결국 쓸 수 있는 금액은 4천만 원!

21세기 초반에 있었던 부동산 폭락 덕분이었다.

남아 있는 돈의 일부로 이현은 검도장과 합기도, 태권도 같은 무술관들에 등록했다.

하루에 무려 6군데를 순회하는 강행군.

몸이 부서지도록 각종 체육관에서 무술을 익혔다.

사범들은 그를 독종이라고 불렀다. 하루 종일 손에서 피가 흐를 정도로 검을 휘두르고, 체력을 길렀다.

가상현실 게임!

그곳은 사람이 직접 몸을 움직이면서, 실제의 생활처럼 행동할 수 있다고 한다.

그렇다면 무술을 익히고, 게임의 시스템에 대해서 조금이라도 더 많이 공부한다면 도움이 되지 않을까?

물론, 무술을 익힌 사람이 전적으로 유리하지만은 않을 것이다. 하지만 자기 레벨보다 1할이라도 더 강해진다면, 무술을 익히는 편이 좋다.

게임을 하는 내내 강한 1할은 상상 이상으로 엄청난 효과를 가져다줄 것이기 때문이다.

이현은 아침과 낮에는 무술을 익히고, 저녁에는 가상현실 게임에 대해서 공부했다.

어떤 게임이 가장 많은 이용자를 가지고 있는지, 게임 시스템은 어떤지에 대해서 철저하게 분석했다.

각 직업들이나 도시, 기술 등은 분석표를 만들어 이현의 방의 벽에 붙여 놓을 정도였다.

이현의 방에는 기록된 종이들로 도배가 되어 있다시피 했다.

1년.

이현은 무술을 익히고, 가상현실 게임에 대해서 공부를 했다. 1년이라는 시간은 준비의 기간이기도 했지만 로열 로드의 행보를 지켜본 시간이기도 했다.

가상현실 게임은 결국 예상대로 로열 로드가 이름처럼 황제의 길을 걸으며 평정을 했다.

전 세계 게임 시장의 점유율은 75% 이상.

한국 게이머들은 9할 이상이 이 게임을 하고 있었다. 거의 예정된 수순이라고 할 수 있었다.
 특히 왕들의 전쟁이 있는 날의 시청률은 다른 지상파를 압도할 지경이 되었다.
 게임 하나만으로도 명예와 권력, 돈을 가질 수 있는 세상이 온 것이다.
 로열 로드의 독창적인 시스템과 가상현실이 맞물린 결과였다.
 "좋아. 모든 게 나의 계획대로군."
 이현의 차가운 눈이 모니터를 주시했다.
 그날 1천만 원이라는 거금을 써서 로열 로드에 접속할 수 있는 캡슐을 구매했다.
 눈물이 찔끔 나올 정도로 아까웠지만 투자였다.
 모든 준비를 끝냈다. 승부의 시작이었다.
 전쟁터로 나가는 병사의 기분마저 들었다.

 -로열 로드에 접속하시겠습니까?   예/아니오

 안내 메시지가 나왔을 때, 이현은 망설이지 않고 '예!'라고 외쳤다.

독종의 등장

The Legendary Moonlight Sculptor

―홍채와 혈관 스캔 결과, 등록되지 않은 사용자입니다. 신규 계정을 생성하시겠습니까?

접속하고 맨 처음 들은 것은 누군가가 건넨 말이었다.
이현은 주위에 누가 말을 걸었는지 찾아보려고 했지만 아무도 없었다. 우주의 한 공간. 그때야 캐릭터를 생성하는 과정이란 것을 깨달았다.
"예!"

―캐릭터의 이름을 정해 주…….

"위드."
잡초라는 뜻이었다.
이현에게는 가장 어울리는 이름이라고 할 수 있다.

- 캐릭터의 성별로는 남자와 여자 그리고 중성 인간이······.

"남자!"

- 로열 로드의 종족 구성은 총 49가지가 있습니다. 사용자 분은 초기 29가지 중의······.

"인간!"

- 외모의 변환은······.

"지금 이대로."

- 계정이 생성되었습니다. 능력치의 성장과 직업은 직접 플레이를 하시면서 정하시는 것으로······.

"통과!"

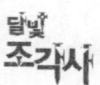

-시작하실 왕국과 도시를 정할 수 있습니다.

"로자임 왕국. 세라보그 성!"

-즐거운 로열 로드를……

"통과!"
이현은 1초도 아까워서, 설명을 듣지도 않고 미리 준비했던 계획대로 확정을 지었다. 1달 이용료만 무려 30만 원이 넘는 고액의 게임이다.

로열 로드에는 100여 개의 대형 성과 수천 개가 넘는 마을들이 있었다. 막 게임을 시작한 사람은 수도나, 그에 버금가는 큰 성에서 시작을 하게 된다.
위드도 마찬가지였다.
파아앗.
빛과 함께 그가 나타난 곳은 로자임 왕국의 세라보그 성이었다.
"여긴……."
서울 도심의 한복판이라고 착각할 정도로 수많은 사람들이 보였다.
"여기가 어디지? 세상에 어떻게 이런 일이!"

위드가 놀라서 주위를 둘러보았다. 믿기지가 않았다.

사람들이 흥정을 하고 떠드는 소리가 귓가에 그대로 들린다. 보이는 풍경은 실제와 똑같았고, 사람들 역시 바쁘게 움직이고 있었다.

땅을 밟고 있는 다리를 내려다보았다. 조금도 현실과 다를 바가 없었다.

멍하니 서 있는 그를 스치고 가는 사람들.

"저것 봐. 초보인가 봐."

"가상현실을 처음 해 본 사람인가 본데?"

주위의 유저들이 지나가면서 한마디씩을 내뱉었다.

그제야 위드는 정신을 차렸다.

'그래. 여기는 로열 로드. 가상현실의 세상. 그리고 내 직장이다.'

아무리 가상현실에 대해 많은 공부를 했고, 게임 시스템을 연구했어도 처음은 처음인 것이다.

일시적으로 혼란기가 찾아왔지만 금방 진정이 되었다. 차이점도 눈에 띄었다.

감각 등은 현실과 다를 바가 없었지만, 주변의 인간들은 정장이 아닌 갑옷과 레더 아머를 입고 있었다.

위드가 시작한 곳 주변에는 지리와 로자임 왕국에 대한 설명이 새겨진 글귀들 그리고 기본적인 인터페이스 등의 안내판들이 보였다.

위드는 주먹을 불끈 쥐었다.

'이제부터 시작이다!'

그리고 위드는 체조를 시작했다. 앉았다 일어서기부터 제자리 뛰기, 앞구르기, 발차기와 정권 찌르기 등을 연습했다.

허리도 돌려 보고, 관절과 관절 등도 꼼꼼히 체크했다. 손가락과 발가락을 꼼지락거리고 목도 이리저리 꺾어 보았다.

주변에 다른 사람들이 보고 있으니 창피함이 밀려왔지만 위드는 꿋꿋하게 이겨 냈다.

"근데 저 사람 뭐 하는 거지?"

"가상현실 게임을 처음 하는 사람이라서 몸을 움직여 보나 봐."

"아, 그렇구나. 그런데 왜 이렇게 사람들이 많은 장소에서 하는 거야."

그때 위드는 참아 왔던 수치심이 한꺼번에 밀려들어 왔다.

사람들 앞에서 무슨 생난리를 쳤단 말인가.

'젠장!'

위드는 급히 그곳을 빠져나와 다른 곳으로 향했다.

로열 로드에서는 막 시작한 유저들은 도시를 현실 시간으로 일주일간 벗어나지 못한다.

현실과의 시차 때문에 게임 시간으로는 4주!

유저들은 기초적인 퀘스트를 하거나, 쉽게 익힐 수 있는 봉제나 대장 기술, 요리 등의 생산 기술을 익히는 사람들이 대체로 많은 편이었다. 자유도가 지나치다고 해도 좋을 정도로 높은 게임이고, 아직까지 고위급 인사들은 전부 유저가 아닌 NPC들이 차지하고 있었으니 인맥 설정은 중요하다.

도서관이나 상점 등에서 일을 하며 돈을 버는 사람들도 많았다.

광장의 주변에는 거래를 하기 위해 좌판을 벌인 이들로 가득했고, 모험을 원하는 파티들이 결성되기도 한다.

무심히 그들을 지켜본 위드는 주저하지 않고 수련관으로 향했다.

수련장은 누구나 마음껏 이용할 수 있는 장소로 대다수는 새로운 스킬을 익혔을 때 몸에 익게 하기 위해서 이용하는 장소였다.

위드처럼 캐릭터를 생성하자마자 수련장에 찾아가는 사람은 아무도 없었다.

당장 자신이 속한 왕국과 도시가 어디인지 관심이 가기도 하고, 수련장에서 하는 수련이라는 게 사실 딱히 효과가 있는 것이 아니었기 때문이다. 교관은 막 문을 넘어서 들어오는 위드를 보며 눈을 부라렸다.

"막 베르사 대륙에 들어온 초보로 보이는군."

"예."

위드는 짤막하게 대답했다. 첫날부터 사람들 앞에서 창피한 일을 했기에 기분이 영 좋지 않았다.

"후후. 몬스터들을 잡기 위해서는 검술 훈련이 필수적이지. 안내가 필요한가? 아무거나 비어 있는 곳에 가서 허수아비를 치면 되네. 목검은 허수아비의 앞에 놓여 있고, 무료로 제공되는 것이야."

"그걸로 충분합니다. 안내는 필요 없습니다."

"열심히 해 보게."

위드는 목검을 잡고 가장 구석에 비어 있는 허수아비 앞으로 다가갔다. 그리고 허수아비를 후려치기 시작했다.

한 번, 두 번, 세 번.

목검이 주는 무게감과, 미묘한 타격감이 점차로 손에 익기 시작했다.

로열 로드에서는 막 게임을 시작한 4주 동안은 레벨이 오르지 않는다. 성문을 나가서 사냥을 할 수 없기 때문이었다.

주로 퀘스트를 하면서 공적치를 쌓거나 돈을 벌고, 인맥을 형성하는 게 일반적이었다.

하지만 위드는 묵묵히 목검으로 허수아비만을 때렸다.

세라보그 성에는 약 1천 개의 허수아비가 있었고, 벽에는 마음껏 꺼내 쓸 수 있는 목검들이 마련되어 있다.

평상시에도 기술을 시험하기 위해서 많은 사람들이 들락날락거렸다.

그러나 그들은 지금 다들 한곳을 보고 있었다.

'독종이다.'
'지독해.'
'인간이 어쩌면 저럴 수가 있을까.'
위드는 땀에 흠뻑 젖어 있었다.
기본적으로 주어지는 흰 셔츠와 바지가 땀에 절어서 몸에 달라붙었다. 그럼에도 쉬지 않고 목검으로 허수아비를 두들긴다.

-힘 1이 상승하셨습니다.

허수아비를 6시간째 두들겼을 때, 반가운 소식이 들려왔다.
위드는 목검을 쥔 손에 조금 더 힘이 들어가는 것을 느꼈다.
"스탯 창."
위드가 허수아비를 가격하며 중얼거렸다.

캐릭터 이름 : 위드		성향 : 무		
레벨 : 1	직업 : 무직			
칭호 : 없음.	명성 : 0			
생명력 : 100	마나 : 100			
힘 : 11	민첩 : 10	체력 : 10	지혜 : 10	지력 : 10
통솔력 : 5	행운 : 5			
공격력 : 3	방어력 : 0			
마법 저항 : 무				

캐릭터 자체가 빈약해서 별로 볼 것도 없는 상태였다.
그로부터 5시간이 지났다.

-체력 1이 상승하셨습니다.

-민첩 1이 상승하셨습니다.

거의 동시에 2개의 능력치가 올랐다.
"휴우."
위드는 그제야 목검을 내려 두고 잠시 쉬었다. 아무것도 먹지 않고 거의 8시간 동안 허수아비를 때렸다.
육체적인 피로도도 극심한 상태였지만, 목은 갈증으로 타들어 가는 것만 같았고, 배가 등에 붙을 정도의 허기가 졌다.
"인벤토리."
정해진 명령어에 따라 위드의 눈앞에 소유하고 있는 물품들이 나타났다.
수통 1개와 빵 10개.
이게 전부다.
로열 로드에서는 나머지 필요한 게 있다면 전부 알아서 구해야 한다. 남들은 4주의 기간이 있으니 여유롭게 간단한 퀘스트를 하면서 돈을 벌겠지만 위드에게는 그 시간마저 아까웠다.

위드는 빵과 물을 꺼내서 조금씩 뜯어 먹었다. 음식을 먹을 때마다 허기가 사라지고 포만감 수치가 올라갔다.
'대충 5시간에 한 번은 식사를 해야 하는군. 격렬하게 움직이면 더더욱 빨리 식사를 해 주는 게 좋고. 하지만 지금의 나는 훈련을 하는 도중이니까 구태여 포만감을 최고 수치로 올릴 필요는 없어. 그저 죽지 않을 정도면 된다.'
빠르게 식사를 마치고 위드는 다시 목검을 쥐고 허수아비의 앞에 섰다.
주변에 몰려 있던 관중들은 신기하다는 듯이 한마디를 했다.
"또 하려나 봐."
"미쳤어."
"무슨 증오심이라도 가지고 있는 것만 같아."
"저 허수아비가 산산조각 날 때까지 하려는 건 아닐까?"
이 순간 허수아비의 몸이 파르르 떨린 것은 다만 관중들만의 착각일까?
위드의 목검은 쉬지 않고 허수아비의 구석구석을 가격했다.
지켜보던 사람들은 다들 위드의 행동에 의문을 가졌다.
"대체 왜 저렇게 허수아비를 치는 거지?"
"별로 도움이 될 것도 없을 텐데……. 스킬을 올리기 위해서라면 허수아비보다는 차라리 필드에 나가서 토끼에게라도 쓰는 편이 나을 텐데요."
"저 모습을 좀 봐. 스킬을 쓴다기보다는 그저 막무가내로

허수아비를 두들기는 것으로밖에는 보이지 않는데…….”

"설마 능력치의 성장?"

제법 화려해 보이는 갑옷을 입은 기사의 말에 사람들의 시선이 한꺼번에 쏠렸다.

"허수아비를 때리는 것만으로도 능력치가 오른다구요?"

"예? 아, 예. 그렇습니다."

"그러면 다들 힘들게 레벨을 올릴 필요가 없이 허수아비만 때리면 되잖아요?"

플루토라는 이름의 기사의 레벨은 꽤나 높은 상태였고, 평소에 많은 정보를 접했다. 위드의 행동에 대해서 가장 정확하게 추측하고 있는 사람이었다.

체력을 크게 사용하면, 체력과 스태미나가 올라간다. 마법사가 마법을 많이 써도 지혜와 지력이 올라간다.

그러나 그 수치는 극도로 미미한 것이라서 레벨 업과는 비교가 되지 않을 정도였다.

몇 시간 동안 쉬지 않고 허수아비를 두들겨서 스탯 1개나, 2개 정도를 올릴 수 있을 뿐이다.

레벨을 올렸을 때 얻는 스탯의 개수가 5개임을 감안하면 무모하기 짝이 없는 행동인 것이다.

"정말로 멍청한 짓이로군요."

플루토의 말을 들은 여자 마법사가 고개를 저었다. 하지만 플루토의 의견은 달랐다.

"좋은 방법입니다."

"네?"

"자신보다 레벨이 낮은 몬스터를 잡았을 때 경험치를 거의 얻지 못하는 것은 아시죠?"

"물론요."

"그러니 레벨은 갈수록 더 올리기 힘들어지게 됩니다. 그러나 미리부터 저런 수련을 해서 힘을 올려놓으면 사냥이 훨씬 쉬워지죠. 두고두고 효과를 발휘하는 방법입니다."

"방법을 알고 계시니 기사님도 그렇게 하셨겠네요? 아니, 그걸 알고 있다면 누구나 그렇게 하지 않을까요?"

"알지만 정작 실행할 수 없는 방법이라고 할까요. 다시 본래의 이야기로 돌아가 보죠. 혹시 여기서 10시간 동안 허수아비를 때려서 힘 1을 올리고 싶은 분이 계십니까?"

"……."

"허약한 허수아비로 올릴 수 있는 능력치에는 한계가 있습니다. 힘으로 따지면 대략 40 정도겠죠. 이걸 올리기 위해서 최소한 1달 동안 허수아비만 때릴 수 있는 사람이 있습니까? 인간이라면 지겨워서 하지 못합니다."

지켜보던 사람들은 다들 고개를 끄덕였다.

힘 40 정도를 올리기 위해서 1달간 죽도록 허수아비만 두들겨야 한다면 차라리 그 시간에 좋은 장비를 구하고 말 것이다. 힘 40 정도를 올려 주는 장비는 귀하긴 하지만 구할 수

없는 것은 아니었으니까 말이다.

"이것도 다 맨 처음 시작해서, 성 밖으로 나가지 못하는 사람들이나 할 수 있는 방법이죠. 한때 허수아비 때리기가 유행을 했던 적이 있지만 사장되었던 이유는 얻을 수 있는 소득에 비해서 너무나도 지루하고 힘들다는 것이죠."

위드는 주변에서 그를 가지고 뭐라고 떠드는 것을 알고 있었다. 가능하면 사람이 없는 곳에서 수련을 하고 싶었지만 성에서 나갈 수는 없는 형편이다 보니 수련장에서 사람들의 시선을 끄는 것을 피할 수 없었다.

'대체 뭐가 지루하고 힘들다는 거야.'

위드는 힘 있게 목검을 휘둘렀다.

조금씩 노력을 해서 캐릭터가 강해진다. 성장을 한다. 더 강한 몬스터를 잡는다. 더 많은 돈을 번다. 이것보다 재미있는 일은 위드의 인생에서 없었다.

위드는 천성적인 노가다 체질이었던 것이다.

그런 위드를 교관은 무척이나 흐뭇한 시선으로 보고 있었다.

그 뒤로 3주가 흘렀다.

위드는 지독하다고 해도 좋을 정도로, 최소한의 취침 시간을 제외하면 매일 로열 로드에 접속을 했다.

이미 작정을 하고 체력부터 만든 상태였기 때문에 취침 시간도 하루에 4시간을 넘지 않았다.

3주의 시간은 돌이켜 보면 위드로서도 지긋지긋하다고 말할 수 있을 정도였다.

한 번 접속을 하면 80시간 동안 단조롭게 허수아비만 때리고 있었으니 제아무리 위드라고 해도 정신적으로 지치지 않을 수가 없었다.

중간 중간 그를 기쁘게 만드는 메시지 창들이 뜨지 않았더라면 견디지 못했으리라.

- 힘 1이 상승하셨습니다.

- 민첩 1이 상승하셨습니다.

- 스탯 투지가 생성되었습니다.

- 스탯 지구력이 생성되었습니다.

로열 로드에서는 기본적으로 주어진 스탯 외에도 필요에 따라서 추가적으로 스탯이 생기기도 한다.

- 투지 : 순간적인 괴력을 내기도 하고, 눈빛만으로도 약한 몬스터들을 굴복시킨다. 스탯 포인트 분배가 불가능하며 캐릭터의 행동에 따라서 저절로 상승한다. 오랫동안 쉬지 않고 싸우거나, 아니면 자신보다 강한 적과 자주 싸울수록 빨리 늘어난다.

> ─지구력 : 체력과 스태미나의 손실을 줄여 준다. 스탯 포인트 분배
> 가 불가능하며 캐릭터의 행동에 따라서 저절로 상승한다.

스킬과 관련된 메시지도 자주 나왔다.

현재 위드가 가지고 있는 스킬은 단 하나 검술.

> ─검술의 숙련도가 1포인트 오르셨습니다. 검술이 3레벨로 오르셨
> 습니다. 검의 파괴력이 130%로 증가합니다. 공격 속도가 9% 빨
> 라집니다.

위드는 이런 메시지들이 나올 때마다 속으로 은근히 기뻤다.

하지만 무엇보다 위드를 힘들게 한 것은 목표치를 채우지 못하고 있다는 괴로움이었다.

3주간 허수아비를 때려서 올린 힘은 겨우 28. 민첩은 25개를 올렸고, 체력은 22 정도가 늘었다.

'이대로라면 4주가 지나서 성을 나갈 수 있을 때에도 허수아비에게 시간 낭비를 해야 돼.'

위드의 눈빛에 독기가 어렸다.

꼬르륵!

그러나 지금은 당장 너무나도 배가 고팠다.

위드를 힘들게 하는 것은 스탯의 더딘 상승도 있었지만, 가지고 있는 빵들이 떨어져 간다는 현실적인 고뇌도 함께했다.

물이야 분수로 가서 수통에 가득 채워 오면 된다지만 빵은

돈을 주고 사야 했다.

쿵쿵!

어디선가 맛있는 냄새가 난다.

위드는 목검을 휘두르다가 힐끗 교관이 있는 곳을 보았다. 교관이 식사를 위해 도시락을 꺼내고 있었다.

"헤헤. 교관님."

위드는 꼬리를 살랑살랑 흔드는 개처럼 교관에게 다가갔다.

"위드, 자네로군. 왜 무슨 할 말이 있는가?"

"혼자 드시는 게 적적해 보여서 말동무라도 해 드리려고 왔습니다."

꼬르륵.

배의 울부짖음을 무시한 채로 위드는 태연하게 거짓말을 했다. 그러나 숙련된 교관의 눈을 속이진 못한다.

"배가 고픈 모양이군. 어서 옆에 앉게! 자네까지 먹을 수 있을 정도로 충분히 가져왔으니 말이야."

"고맙습니다."

"뭘. 자네처럼 훌륭한 모험가와 식사를 나누어 먹을 수 있다는 건 나로선 큰 영광이야. 자네는 절대로 세라보그 성에서 만족할 그릇이 아니네. 그때 나를 잊으면 안 돼!"

"예, 교관님. 물론이지요."

위드는 살살 교관의 비위를 맞추어 주며 도시락을 나누어 먹었다. 궁상맞은 일이긴 하지만 이렇게 약간의 노력으로 식

사를 해결할 수 있다면 좋았다.

　인간의 비위를 맞추어 주는 것도 아니고 인공지능을 가지고 있는 NPC에게 몇 마디 친절하게 말해 주는 것이 무엇이 어렵겠는가.

　3주간 허수아비를 치면서 올린 스탯도 있었지만, 교관과의 친밀도가 높아졌다는 부가적인 성과도 만만치 않았다.

　그런데 위드가 한창 식사를 하고 있는데, 교관이 뜬금없이 한마디를 했다.

　"그런데 위드, 자네 조각술에 대해서 어찌 생각하나?"

　조각술?

　무슨 조각술?

　위드는 밥알이 튀어나오지 않도록 꼭꼭 씹어서 목구멍으로 넘긴 다음에 물었다.

　"조각술이라니요?"

　"그냥 자네의 생각이 궁금하군. 평소에 어떻게 여기고 있었는지가 궁금하네."

　그때부터 위드의 두뇌 회전은 수치적으로 환산하지는 못하지만 대략 5배 정도 빨라졌다.

　'지금까지 알아본 이 교관의 성격은 단순하고 무식하다. 검이 무적인 줄 알고, 훈련장에서 땀방울을 쏟는 걸 최고로 알아. 그런 교관이 조각술에 대해 물어봤다는 것은?'

　머릿속을 정리한 위드는 곧바로 눈을 찌푸렸다.

"교관님! 그게 무슨 말씀이십니까. 저는 검을 익히는 사람입니다. 지금 저에게 그런 하찮은 조각술에 대해서 어찌 생각하느냐고 물어보셨습니까? 무척 실망스럽군요. 전혀, 한 번도 생각해 본 적이 없다고 대답하겠습니다."

평소라면 발끈할 만한 기분 나쁜 말투였는데 뜻밖에도 교관은 박수를 치며 기뻐하는 것이었다.

"역시 그렇지?"

"그렇습니다. 조각술 따위는 일고의 가치조차 없는 형편없는 것에 불과합니다. 검술을 익히는 제가 왜 그런 것을 알아야 하겠습니까?"

"맞아, 위드. 나도 그렇게 생각해."

위드는 이 순간 보이지는 않아도 교관과의 친밀도가 한 단계 정도는 상승했으리라고 느꼈다.

이런 식으로 친해지는 것이다.

구태여 피를 흘리거나 시간과 돈을 쳐 바르지 않더라도, 기회가 생길 때마다 함께 무언가를 욕해 주면서 친해지면 아주 좋다. 그것으로 끝난 줄 알았는데 교관은 뒷머리를 슥슥 만지면서 말을 이어 나간다.

"그런데 조각술을 마스터한 자가 달빛을 조각했다는 소문이 있어서 말이야."

"설마요. 소문이 잘못된 것이겠지요. 무슨 조각술을 익혀서 달빛을 조각하겠습니까. 굴러다니는 돌멩이라면 모를까요."

위드는 신나게 맞장구를 쳐 주었다.

"그렇지? 그런데 나도 이걸 선배 교관님한테 들었어. 지금은 내궁 기사로 계신 멜리엄 님이신데……."

조각술은 흔히 작은 나무토막을 다듬어서 좋은 장식품을 만드는 정도의 기술에 불과한 것으로 인식되고 있었다.

나중에 스킬이 향상되면 철 조각으로 암기류를 만들 수도 있다고는 하는데 대체로 아무도 익히지 않는 사장된 기술의 하나였다.

"그래서 말인데, 나는 아무래도 조각술에 대한 의문이 드는군. 물론 우리의 검술을 능가하지는 못할 것 같지만 자네가 한번 알아봐 주겠는가? 내 자네라면 믿을 만하니 부탁을 하는 것일세. 부탁을 받아들여 주면 좋겠군."

그때 위드의 눈앞에 떠오른 메시지.

띠링!

왕실에 나타났다는 의문의 조각사
로자임 왕국의 왕실에는 50년 전부터 조각술을 마스터한 사람이 달빛을 조각했다는 소문이 퍼져 있다. 이 소문의 진위 여부를 파악하라!
난이도 : E
퀘스트 제한 : 교관과의 친밀도, 조각술을 익히지 않은 사람만이 가능. 검술에 대한 집념을 보여 주어 교관이 안심하고 맡길 만한 사람이어야 함.

위드는 쾌재를 부르고 싶은 것을 간신히 참았다. 직감적으로 이 퀘스트는 매우 흔하지 않은 것임을 알 수 있었다.
 왜냐하면 발동 조건이 까다롭기 그지없다. 수련소 교관과의 친밀도라니, 과연 누가 올릴 엄두나 냈겠는가?
 웬만한 사람들은 찾아오지도 않는 장소가 수련소였다. 스킬을 익히더라도 굳이 허수아비에게 사용해 볼 필요는 없는 것이었고, 위드처럼 무식하게 스탯을 올리기 위해 발버둥 치는 사람들도 많지 않다.
 찾아보면 있기야 하겠지만 위드만 하더라도 3주 동안 거의 모든 시간을 허수아비와 보내 왔다. 이 정도로 집념이 강한 사람이 그렇게 많을까?
 게다가 교관과의 친밀도라니, 위드처럼 돈이 없어서 밥을 나누어 먹기 위해 아부를 펼치며 다가가지 않는 한 여간해서는 올리기 쉽지 않은 것이었다.
 이 모든 조건을 충족시키고도 로자임 왕국의 세라보그 성 그리고 조각술에 대해서 함께 욕을 하면서 맞장구쳐 줄 사람은 그야말로 위드뿐이라고 할 수 있었다.
 '마침 잘됐다. 그렇지 않아도 돈이 없어서 밥을 굶을 지경이었는데. 난이도도 낮으니 쉽게 해결할 수 있겠지.'
 위드의 고개가 교관의 앞에서 위아래로 끄덕여졌다.
 "물론입니다. 그런 허황된 소문을 믿지는 않지만, 달빛을 조각하는 방법이 무엇인지 제가 알아보도록 하겠습니다."

-퀘스트를 수락하셨습니다.

"그래 주면 고맙겠군. 자네가 이 일을 맡아 줄 것을 믿고 있었네. 이것은 착수금이고, 우선은 성내의 조각 상점에 가서 정보를 수집해 보도록 하게나."

그러면서 교관은 2실버를 주었다.

공복감을 채워 주는 가장 맛없는 보리 빵 1개가 3쿠퍼였다. 1실버가 100쿠퍼이니 위드는 착수금으로 66개나 되는 보리 빵을 살 돈을 벌었다.

물론 퀘스트를 완수한다면 추가 보상도 얼마든지 기대해 볼 수 있는 상황이다.

'좋았어! 이제 당분간 밥걱정은 안 해도 되겠군.'

굶주림에는 이미 이력이 나 있었지만 그렇기 때문에 더 배를 곯는 게 싫었다.

교관의 의뢰

위드는 분수로 가서 수통에 물부터 채운 후에 조각 상점으로 향했다. 주변에는 유저들로 북적거린다.

사실 위드에게는 이번이 첫 나들이라고도 할 수 있었다.

"레벨 17 이상 성직자 구합니다."

"라소크 동굴 탐험하실 동료를 구하고 있어요."

거리에는 많은 사람들이 있었지만 위드에게 관심을 갖진 않았다. 흉갑도 없이 여행자 옷차림을 하고 돌아다니는 자체가 아직 성을 나갈 자격조차 안 된다는 것을 뜻했기 때문.

위드는 조각 상점 안으로 들어갔다.

로자임 왕국의 수도에는 수많은 상점들이 있었는데, 그중에서도 조각 상점은 약간 특별한 위치에 속한다.

일반 모험가들은 대부분 조각 상점이 어디에 위치해 있는지도 기억하지 못한다. 알 필요가 없기 때문이다. 조각 기술은 익힌 유저들도 거의 없었기에 잘 찾지도 않는 곳이다.

그러나 조각 상점은 귀금속점과 함께 수도의 중앙 거리에 있었다. 귀족 부인들이 자주 이용하는 장소였던 것이다.

딸랑.

"어서 오십… 무슨 일인가?"

가게 주인이 부드러운 미소로 맞이하려다가 위드의 차림새를 보고 금방 말을 바꾸었다.

위드가 주위를 휘휘 둘러보니 그 외에 다른 손님은 한 명도 보이지 않았다.

무기점이나, 잡화점은 사람들로 미어터질 지경이겠지만 조각 상점에는 찾아오는 사람이 몇 명 되지 않는다.

그러나 하루의 거래 금액으로만 따지고 보면 절대로 무기점에 뒤지지 않는다.

그만큼 한 번에 고가의 물건들이 팔린다는 뜻이다.

위드는 옷깃을 여민 다음에 조심스럽게 물었다.

"여쭈어 볼 게 있어서 이렇게 찾아오게 되었습니다."

"내게 질문을 하겠다고?"

"예. 그렇습니다. 궁금한 게 있어서……."

"지금은 바쁘니 나중에 오게."

가게 주인은 응대도 해 주지 않았다. 매우 귀찮다는 투였

다. 위드의 명성은 0이었고, 친밀도가 하나도 없었기 때문에 벌어지는 일이다.

위드는 화를 내지 않고 싱긋 웃었다.

"예. 그럼 다음에 오도록 하겠습니다."

"잘 가게."

위드가 천천히 다시 문가로 다가갔다. 그러면서 우연인 듯 장식되어 있는 조각품들을 보았다.

"호오."

탄성을 내질렀다.

"정말로 웅장한 조각품이로군요. 이건 로자임 왕실에 납품하는 것인가요?"

가게 주인은 의식적으로 위드가 왜 그러나 신경이 쓰이지 않을 수 없었다.

"어떤 것 말인가?"

"이 황금으로 된 쌍두독수리 말입니다. 누가 만든 것인지 몰라도 정말로 뛰어난 세공 솜씨입니다. 위엄이 흘러넘치는군요. 진짜 살아 있는 것 같은 물건인데, 역시 여기에 와 보길 잘했습니다. 이 상점이야말로 이 정도의 수준을 가진 물건을 취급할 수 있겠죠. 제 부족한 안목을 탁 트여 주는 것만 같네요."

가게 주인은 입가에 미소가 감도는 걸 어쩔 수가 없었다.

"자네 조각술에 관심이 있나?"

"제가 어찌 감히……. 그저 뛰어난 조각품들을 보면서 마음의 평화를 느끼고, 조각물들에 담긴 웅대한 기상들을 조금이라도 닮을 수 있으면 하는 바람뿐입니다."

"이리 와서 앉게. 마침 심심하던 차였는데 자네와는 이야기가 통할 것 같군."

"감사합니다."

"차라도 들겠는가?"

"기왕이면 시원한 꿀물로……. 혹시 없으시다면 냉수라도 좋습니다."

"아니네! 당연히 있지."

위드는 주인이 타 온 꿀물을 마시며 지난 3주간 누적된 피로를 조금 풀 수 있었다.

"그래, 무엇이 궁금해서 나를 찾아왔나?"

"예. 그런데 먼저 진열된 조각품들을 잠시 구경이라도 할 수 있을까요? 어르신을 찾아온 용건은 물론 있지만 이렇게 뛰어난 예술 작품들을 곁에 두고 제대로 살펴보지도 못하다니 너무 서운해서 그럽니다."

"보고 싶다면 얼마든지 봐야지. 훌륭한 조각품들이 존재하는 이유가 그 가치를 알아주는 사람들의 안목을 트이게 만들어 주기 위함이 아니겠는가?"

가게 주인은 흡족한 미소를 지으며 허락을 했다. 모르긴 해도 약간의 친밀도가 상승했으리라.

위드가 쓴 방법은 아무 곳에나 적용할 수 있는 것은 아니었다. 조각 상점처럼 찾아오는 손님이 드물고, 사람들의 시선에서 벗어나 한적한 시간을 보내는 곳에서나 써야지, 번잡한 잡화상에서 물건들을 구경하자고 하면 쫓겨나기 십상이다.

위드는 느긋하게 진열대에 있는 조각품들을 감상했다. 그러나 목적은 따로 있었다.

'큰돈 벌긴 힘들겠어. 조각술.'

조각 물품들은 값에 따라 비싼 것은 30실버까지였다.

돌멩이나 희귀한 나무 같은 것으로 아름다운 조각품을 만들었는데, 아무리 기술이 뛰어나다고 해도 재료 자체가 그리 비싼 물건들이 아니었다.

목조품이나, 조석에 불과한 것이다.

정말 거대한 사자상이나, 동상들을 세우면 제법 쏠쏠한 돈을 만질 것 같았지만 그런 일은 흔히 있는 게 아니었다.

매년, 새로운 동상을 만들려고 하는 귀족들은 없는 법이다.

또한 조각술로 대성하기 위해서는 하나의 정점에 올라야 한다. 경쟁이 치열하지 않은 만큼 조각술의 대가가 되기는 그렇게 어렵지 않으리라.

하지만 시장성이 없다.

지금도 그렇지만 미래에 정말로 큰돈을 벌 수 있는 건 역시 유저들을 상대로 한 장사였다. 유저들은 계속해서 레벨이 오르고 좋은 장비를 필요로 한다.

무기류나 갑옷, 혹은 마법 부여 아이템을 잘 만들면 돈이 되겠지만 조각품은 아무리 시간이 지나도 유저들이 그다지 필요로 하지 않을 것이다.
　'시간 낭비, 돈 낭비.'
　위드가 게임을 하기 위한 첫 번째 목적은 어디까지나 돈이다. 위드는 진열대를 둘러보면서 조각술에 대한 생각을 정리했다.
　'돈 안 되는 기술!'
　위드는 가게 주인 앞에 앉았다.
　"그래, 무엇이 궁금한가?"
　"예. 꽤 오래된 과거입니다. 50년 전에 왕실에서 누가 달빛을 조각했다고 하더군요. 소문의 진위를 알고 싶습니다."
　"그 일 말인가. 조각가들 사이에는 전설로 내려오는 이야기지. 나도 왕실의 손님들을 통해 들었다네."
　위드는 달빛은 조각할 수 없는 것이라고 생각하고 있었다.
　당연히 허위로 여기고 있었는데, 수련소의 교관이 들었던 소문을 조각 상점의 주인도 알고 있었다.

　－왕실에 나타났다는 의문의 조각사 퀘스트 완료.

　교관이 들은 소문은 진실이었다. 조각사는 달빛을 조각했고, 이는 수도의 사람들에게 암암리에 알려져 있다. 하지만

그가 무엇을 위해 달빛을 조각했는지는 아무도 모른다.

-퀘스트 보상 : 교관에게 직접 받으십시오.

위드는 씩 미소를 지었다.

난이도가 낮은 만큼 역시나 간단한 의뢰였다. 사실 가게 주인과의 친밀도를 올리지 못했더라면 꽤나 고전을 면치 못했을 퀘스트이기도 하다.

이제 수련소로 돌아가면 교관으로부터 보상을 받을 수 있었다.

위드가 슬슬 작별 인사를 하고 일어서려고 하는데, 가게 주인은 골똘히 생각에 잠겨 있다가 입을 열었다.

"그런데 나도 어떤 식으로 그가 달빛을 조각했는지는 듣지 못했군."

"왕실의 손님들이 알려 주지 않았습니까?"

"음… 그 부분만은 잘 말해 주지 않았어. 이베인 왕비님과 관련된 일이라면서 극구 말하려고 하지 않더군. 내 호기심 때문인데 자네가 이 사실을 알아다 줄 수 있겠는가?"

위드의 주먹이 부르르 떨렸다.
'이것. 연계 퀘스트다!'

조각사의 과거
그가 왕실에 나타나서 달빛을 조각했던 것은 이베인 왕비와 관련이 있다는 소문이다. 두 사람 사이에 무슨 일이 있었는지를 조각 상점의 주인은 궁금해하고 있다.
난이도 : E
퀘스트 제한 : 소문을 추적하고 있다는 사실이 알려졌을 경우에 왕궁 기사들로부터 적대적 관계 형성.

비록 난이도는 무척이나 낮다지만 퀘스트가 하나로 끝나지 않을 경우에는 보상의 수준이 대폭 달라진다.

물론 단계별로 난이도가 높아지기 때문에 여러 차례 이어진 연계 퀘스트의 경우에는 도저히 위드의 현재 레벨로는 해결할 수 없는 것이 될 가능성이 높았다.

사람들에게 묻고, 정보를 수집하는 정도의 퀘스트만이 현재 위드가 할 수 있는 전부였다.

"제 실력이 부족한데, 의뢰를 받아들일 수 있을지 모르겠습니다."

"아닐세. 조심성만 있으면 되니 그렇게 힘들 것 같진 않군."

"그럼 받아들이겠습니다."

-퀘스트를 수락하셨습니다.

"고맙네. 아마도 왕비님과 관련이 된 일은 음유시인들에게 물어보면 알 수 있을 거야. 다만 조심하게. 이 일은 극도로 위험한 것이니까. 절대로 왕실의 명예를 추락시키는 사안이 생겨서는 안 돼."

위드는 콧노래가 나오려는 것을 참으면서 곧장 주점으로 향했다.

"어서 오세요."

여종업원의 인사를 뒤로한 채, 위드는 눈으로 음유시인을 찾았다. 하지만 음유시인을 찾는 데에도 몇 개의 조건이 있었다.

유저인 음유시인을 찾아서는 안 된다.

유저가 50년 전에 왕실에서 있었던 일을 알 리가 만무했다. 또한, 로자임 왕국 출신으로 기왕이면 나이 든 음유시인을 찾는 편이 좋다.

노래 실력이야 모르겠지만 지식은 많을 테니까.

위드는 몇 곳의 주점을 돌아 원하는 음유시인을 찾을 수 있었다. 40대 정도 되어 보이는 중년의 음유시인이다.

멋지고 화려함과는 거리가 먼, 아저씨 음유시인이었다.

위드는 박수를 치면서 그에게 다가갔다.

"노래는 잘 들었습니다. 실례지만 몇 가지 묻고 싶은 것이 있는데……. 로자임 왕국의 왕실에서 50년 전에 벌어졌던 일을 혹시 알고 계십니까?"

음유시인의 손바닥이 내밀어졌다.

그 뜻을 모를 리가 없는 위드였다.

위드의 이마가 살포시 찌푸려짐과 동시에 입이 반사적으로 움직였다. 절대로 이런 곳에서 돈을 낭비할 수 없다는 막중한 책임감을 가지고.

"참 아름다운 목소리를 가지고 계시더군요. 직접 작사와 작곡까지 하신 노래 같던데 말입니다. 악기도 정말로 잘 다루시고……."

"……."

"젊었을 때는 참 많은 여자들의 가슴을 설레게 하셨을 것 같습니다. 물론 지금도 세라보그 성의 여인들의 수많은 프러포즈를 받고 계시리라 믿습니다만……. 역시 음유시인은 모험과 낭만이죠. 저 역시 낭만을 제일 좋아합니다."

손바닥은 치워지지 않았다.

음유시인이 한마디를 했다.

"그런 얘기는 많이 들어서 이제는 지겨워. 돈이나 내놔. 아니면 그냥 가든지."

위드는 갈등했다.

의뢰를 중간에 포기해 버려? 어차피 포기한다고 해서 어

떤 페널티가 있는 의뢰도 아니다. 그렇지만 어떤 보상이 떨어질지도 모르는데 이대로 포기한다는 것도 아깝다.

위드의 손이 주머니 안으로 들어가서 동전을 꺼냈다. 그때 위드는 자신의 실책을 깨달았다.

'2실버.'

가지고 있었던 돈은 은화 2개. 바로 교관에게 퀘스트의 착수금으로 받았던 돈 전부다.

음유시인은 위드의 손바닥에서 잽싸게 은화 하나를 집어갔다.

미리 환전을 해 두지 않은 기초적인 실수였다.

'내가 이런 실수를 하다니!'

위드의 몸이 안타까움과 슬픔으로 부르르 떨렸다.

"흠흠, 이건 비밀이니 자네만 알고 있게. 본래 이베인 왕비님과 조각사는 어릴 때부터 아주 절친한 사이였지."

"절친한 사이라면……?"

"남자와 여자가 절친한 사이라면 하나뿐이지. 바로 연인이었다는 뜻이네."

"그랬군요."

이제야 소문을 캐는 사실이 왕실에 알려져서는 안 된다는 이유를 알 수 있었다.

전 왕비와 관련이 된 일이니 명예를 지키기 위해서라도 입막음을 하리라.

음유시인은 주위를 둘러보며 조심스럽게 다음 이야기를 했다.
　"둘은 한 마을에서 자라서 상대를 가슴에 품고 성장했어. 소년의 이름은 자하브. 소녀는 어릴 때부터 그가 조각해 주는 물건들을 가지고 다녔어. 그의 아내가 될 것이라는 꿈과 함께. 하지만 얄궂은 운명의 탓인지 소녀는 왕비가 되었고, 소년은 길을 떠났지. 그러나 둘 사이에는 하나의 약속이 있었네."
　"어떤 약속입니까?"
　"지상에서 가장 아름다운 조각을 해 주겠다는 약속."
　"약속은 지켜지지 않았겠군요. 왕비에게는 아름다운 조각품들이 수도 없이 많았을 테니 말입니다."
　"아니, 지켜졌네. 자하브가 왕궁의 손님으로 찾아왔거든. 그가 만든 조각품을 보며 왕비는 지상에서 가장 아름다운 것이라고 감동했다는 이야기가 있네."
　"그럼 대체 어떤 조각품을 왕비님에게 보여 주었습니까? 왕비님 정도 되는 분이라면 어지간한 조각품으로는 눈에도 차지 않을 텐데요."
　"그렇지. 나머지 이야기는 바로 그날에 있었던 시녀에게 듣게. 나 역시 소문으로만 들은 것이라서 정확하지 않네."
　"그 일을 목격했던 시녀는 아직 살아 있습니까?"
　"그렇다네."

음유시인은 위드에게 시녀가 사는 집을 알려 주었다.

 위드는 시녀에게 찾아갔다. 그녀는 나이가 들어 무척 늙어 있었고, 위드가 조각사와 이베인 왕비의 이야기를 해 주자 반가워했다.

 "이베인 왕비님은 참 현숙하고 기품이 넘치시는 분이었지요. 그때의 일이 알고 싶으시다구요."

 "예, 그렇습니다."

 "저는 당시에 왕비님을 모시고 있어서 잘 말씀드릴 수 있겠네요. 왕궁으로 찾아온 자하브 님을 왕비님은 미워하였습니다."

 "어째서요?"

 "약속 때문에. 그 두 분은 어릴 때에 약속을 했답니다. 자하브 님이 지상에서 가장 아름다운 조각을 해 주겠다는 약속을요. 그렇지만 자하브 님은 조각칼이 아닌 검을 들고 있었습니다. 누가 보아도 검술을 수련한 검사가 되어서 나타난 거지요. 그때 이레인 왕비님의 상심은 이루 말할 수 없었답니다. 세상이 다 변하더라도 영원히 변하지 않을 분이 자하브 님이라고 믿고 있었고, 또한 두 분의 약속은 그만큼 신성한 것이기 때문에."

 "……."

 "그리고 인접한 브렌트 왕국에서는 암살자들을 대거 파견했습니다. 우리 나라를 집어삼키기 위해서 야욕을 드러낸 것인데, 그때 암살자들이 정원에서 왕비님과 국왕 폐하를 습격했을 때에는 얼마나 놀랐는지 모른답니다."

"무척 간악한 놈들이군요!"

"네, 그래요. 왕실 기사들은 함정에 빠져서 그들을 막을 수 없었고, 영락없이 우리들은 죽을 것만 같았지요. 그때 자하브 님이 정원에 나타나셨습니다. 한창 싸움이 벌어지는 한복판에요. 왕비님은 위험하니 어서 도망치라고 하셨지만 자하브 님은 미소만 지으셨답니다."

"그토록 위험한 곳에서 미소를요?"

"그러면서 말씀하셨죠. 이제 자신이 만든 지상에서 가장 아름다운 조각품을 보여 주겠다고. 놀랍게도 자하브 님의 검 앞에서 달빛이 산산이 부서졌습니다. 그 아름다움이란 정말로 충격적이었답니다. 자하브 님께서는 달빛을 조각하며 노래를 부르셨지요. 제대로 가사가 기억이 나지는 않지만 '조각사의 마음'이라는 노래였던 것 같습니다. 노래를 들으며 왕비님은 눈물을 흘렸습니다. 그분이 본 정말로 가장 아름다운 조각품이었던 거죠. 자하브 님이 하찮은 나뭇조각에 이름을 새겨 왔더라도 세상에서 가장 아름다운 조각품으로 여기었을 왕비님이지만, 달빛을 조각하던 그 광경은 진실로 아름다웠습니다. 암살자들은 그 광경을 보며 다들 도망쳤고 자하브 님은 약속을 지켰습니다. 저는 오랜 시간이 지났지만 그 감동적인 광경을 잊지 못합니다."

그리고 위드의 눈앞에 알 수 없는 영상이 스쳐 지나갔다.

사각사각.
소년의 손은 작은 조각칼을 쥐고 있었다.
조각칼이 매끄럽게 움직일 때마다 나뭇조각은 점차 형상을 갖추어 간다.
아마도 여인을 조각하는 것이리라.
작고 예쁜 여인.
소년의 손놀림에 의해 나뭇조각에는 생기가 부여되었다.
그 모습을 소녀는 붉게 달아오른 얼굴로 보고 있었다.
조각칼을 놀리는 소년의 손 그리고 진지한 눈빛.
소녀는 모든 것을 사랑했다.
이윽고 소년은 완성된 조각을 내밀었다. 그것은 소녀와 너무나도 닮아 있었다.
"지금은 나무밖에 조각을 할 수 없지만, 언젠가 너를 위해서 지상에서 가장 아름다운 조각을 해 줄게."
"그래, 자하브. 그날을 기다릴게."
소년과 소녀는 두 손을 쥐며 약속했다.

소녀는 점점 성장할수록 아름다워졌다.
마침내 국왕의 눈에 들어서 왕비가 되게 되었다. 하지만 소녀는 한 번도 기쁘지 않았다.

자하브가 찾아온 그날도 마찬가지였다.

자하브는 조각칼이 아닌 검을 차고 있었다.

왕비는 혼자서 정원을 거닐며 걱정을 이기지 못해 가시 많은 장미를 쥐었다. 그녀의 손바닥에서 붉은 피가 흘러나온다.

"왜 약속을 잊었나요. 당신과의 약속은 저의 전부였는데……."

왕비는 깊이 슬퍼했다.

그리고 그날, 암살자들이 왕궁을 습격했다.

평소 사이가 좋지 않던 인근의 브렌트 왕국에서 암살자들을 보낸 것이었다.

로자임 왕국의 기사들은 무력하게 스러져 갔다.

왕비와 국왕은 죽음을 두려워했다.

자하브는 검을 쥐었다.

그때부터 달빛이 춤을 추기 시작했다.

-조각사의 과거 퀘스트 완료.

어린 소년과 소녀의 약속은 이루어졌다. 푸르고 고고한 달빛이 산산이 부서지면서 암살자들을 퇴치했다. 달빛 조각사 자하브. 그의 조각술은 마스터의 경지에 올라 있었다.

-레벨이 오르셨습니다.

-레벨이 오르셨습니다.

한 번의 퀘스트로 무려 2개나 되는 레벨이 올랐다.
그뿐만이 아니었다.

-숨겨진 직업 '달빛 조각사'로 전직이 가능합니다. 전직하시게 되면 공개된 직업이 가지고 있지 않은 특수 기술들을 사용하실 수 있습니다. 지금 전직하시겠습니까?

위드에게 메시지 창이 떴다. 놀랍게도 그것은 직업을 가질 수 있는 전직 창이다.
많은 유저들이 로열 로드 속에서 숨겨진 직업을 찾기 위해서 동분서주하지만, 이러한 숨겨진 직업을 발견한 사람은 그들 중에 만분의 일도 되지 않았다.
위드는 대답했다.
"거부합니다."

-다시 한 번 확인하겠습니다. 숨겨진 직업 '달빛 조각사'로 전직이 가능합니다. 전직하시겠습니까?

"거부합니다."
위드에게는 생각해 볼 가치도 없는 일이다.
조각사는 나름대로 잘 키우면 꽤 재미있는 직업일지도 모른다. 그러나 위드에게는 돈이 잘되는 직업이 필요했다.

골방에서 틀어박혀 팔리지도 않을 조각품을 만들어 내는 것은 위드에게 별로 반가운 일은 아닌 것이다.

위드가 정신을 차리고 나니, 늙은 시녀가 그를 바라보고 있었다.

"좋은 이야기를 들었습니다. 감사합니다."

"아니에요. 이렇게 그분들의 이야기를 할 수 있었으니 저로서도 참 기뻤어요. 그래서 말인데… 작은 선물이 있으니 받아 주시겠어요?"

호의로 내어 주는 선물을 거절하는 사람은 얼마나 독한 인간인가!

위드는 주는 물건을 마다할 만큼 모질지 못했다. 주는 선물이라면 응당 고맙게 받아야 한다.

"감사히 받겠습니다."

늙은 시녀는 서랍의 가장 깊은 곳에서 작은 보따리에 담긴 물건을 꺼냈다.

그것은 오래된 소도 같았다.

"자하브 님이 쓰시던 조각칼이에요. 그분이 이레인 왕비님을 위해 남겨 둔 조각칼인데 지금은 제가 가지고 있네요. 그리고 이것은 자하브 님이 만드셨던 목조품. 이것을 받아 주세요."

"잘 간직하겠습니다."

위드는 그녀로부터 두 가지의 물건을 건네받았다.

-아이템 : 조각칼을 습득하셨습니다.

-아이템 : 자하브의 유물을 습득하셨습니다.

아마도 자하브가 남긴 물건이라면 보통은 아닐 것이리라. 목조품은 한눈에도 고급스러워 보였다.
"자하브 님의 조각칼을 소중히 여겨 주시기를."
"알겠습니다."
위드는 팔면 꽤 큰돈이 될지도 모른다고 생각했다.
"그 목조품에는 자하브 님의 안식처가 있는 곳이 안내되어 있어요. 그분의 조각술이 이 세상에서 영영 묻히지 않았으면 좋겠네요."
"저도 그렇게 생각합니다."
"그때의 노래를 다시 들을 수만 있다면……. 그 조각칼에 조각술에 대한 모든 게 숨어 있을 거예요."
"네?"
"자하브 님의 조각칼 말이에요."
늙은 시녀의 말을 듣고 조각칼을 보는 순간 위드는 떼어내기 힘든 운명이 다가왔음을 직감했다.

자하브의 유지를 이어라

자하브는 그날 죽지 않았다. 자신의 조각술을 시험하기 위해 멀고 먼 대륙으로 떠났다. 조각술을 완성한 다음 자하브를 찾아, 그에게 노래를 배워 와서 늙은 시녀에게 들려주도록 하라. 자하브는 마지막으로 그라페스 지역으로 떠났다는 이야기가 있다.

난이도 : A
퀘스트 제한 : 늙은 시녀가 사망하기 전까지 완수해야 함. 취소 불가능.

―스킬 : 물품 감정을 익히셨습니다.

―스킬 : 조각술을 익히셨습니다.

―스킬 : 수리를 익히셨습니다.

―패시브 스킬 : 손재주가 생성됩니다.

4개의 스킬을 주는 난이도 A의 연계 퀘스트.

위드는 이것이 행운인지 불행인지 구분하기 힘들었다.

일단 자신의 직업이 아닌 스킬을 배우는 것은 굉장히 어렵다.

조각사로 전직하지 않고도 배운 감정 스킬이나 수리 등의 기술은 여러 모로 도움이 될 것 같았지만, A급 퀘스트는 현재 해결할 수 있을 만한 난이도가 아니었다.

현재 유저들의 평균 레벨은 100 정도였다.

가장 레벨이 높은 사람들은 300대 초반 정도.

300레벨의 유저들이 팀을 만들어서 해결할 수 있는 퀘스트의 난이도가 B 정도였다.

혼자서 하려면 레벨이 400 이상이 되기 전까지는 해결하지 못할 감당할 수 없는 퀘스트를 받아 버린 것이었다.

더군다나 그라페스 지역이라면 극악의 몬스터들이 들끓는 험지 중의 험지이다.

들어가면 틀림없이 죽는 대륙 10대 금역 중의 하나였던 것이다.

'곤란해. 이거.'

한 번에 저장해 둘 수 퀘스트는 총 3개에 불과했다.

그중에 하나가 자하브의 후예가 되었으니, 이제 위드가 받을 수 있는 퀘스트는 단 2개뿐이었다.

그러나 연계 퀘스트의 경우에는 어떤 보상이 뒤따를지 모른다. 2차에서 히든 클래스로 안내해 주는 퀘스트였다. 거절을 했어도 유용한 스킬을 4개나 알려 주었다. 중간 단계가 이 정도인데 만약 끝을 보았을 때의 성과는 어떨까?

위드는 굴러 들어온 복을 찰 만큼 바보가 아니었다.

다만, 그 복이 언제쯤 어떤 식으로 현실화될지는 의문이었지만.

위드는 시녀에게 작별 인사를 하고, 조각 상점으로 돌아왔다.

"오, 일찍 알아다 주어서 고맙군. 역시 자네에게 맡긴 건 올바른 판단이었어."

가게 주인은 의뢰에 대한 보상으로 3실버를 주었다.

음유시인에게 강탈당했던 1실버를 복구하고도 2실버나 더 벌었다.

수련소로 돌아와서는 교관으로부터 칭찬과 함께 1실버를 받았다. 위드가 벌어들인 돈은 이로써 총 5실버!

레벨도 2개를 올려서 3이 되었다. 얻은 스탯들은 민첩과 힘에 골고루 투자했다.

'이참에 계속 퀘스트나 해 볼까?'

위드는 순간 유혹에 빠져 들었지만 곧 다시 목검을 들었다.

이런 타인에게 공개되지 않은 퀘스트들이란 흔한 것이 아니다. 그렇기 때문에 위드의 레벨에 비해서 큰 보상을 얻을 수 있었다.

무서운 위드

베르사 대륙의 역사는 약 10억 8천만 년 전으로 거슬러 올라간다.

인간과 엘프, 드워프와 오크들이 서로 어울려서 살던 시절.

갓 태어나는 오크의 아이들을 받아 주는 것은 손재주가 뛰어난 드워프 여자였다.

태어난 오크들은 엘프 여자들이 이름을 지어 주었고, 인간은 깨끗하게 물에 씻겨 주었다.

이 네 종족은 서로 부족한 점을 보완하면서 살아왔다.

엘프들은 나무의 열매를 따고, 드워프들은 도구를 만들었으며, 인간들은 오크들과 함께 사냥감을 찾았다.

세상에는 막강한 몬스터들이 돌아다니니 이 연약한 네 종족은 서로를 돕지 않으면 생존할 수가 없었다.

 태어난 지 1~2년 만에 완전히 성장하는 오크들은 유능한 사냥꾼이었다.

 천부적인 신력과 전투 본능을 타고나서 엘프들과 인간을 먹여 살렸다.

 오크들은 명실상부한 무리의 대장의 역할을 수행했다.

 그때만 하더라도 오크들의 번식과 전투 능력을 따라잡을 수가 없었기 때문이다.

 그렇지만 인간들이 농경 기술을 개발하면서, 식량 생산을 도맡게 된 인간들은 오크의 지위를 넘보기 시작했다.

 자연의 친화력 덕분에 정령술을 익힌 엘프들은 콧대가 높아져서 무지몽매한 오크들과 어울리려고 하지 않았다.

 드워프들의 기술은 날로 발전하여 이제 더 이상 그들의 무기가 있으면 오크들이 무섭지 않게 되었다.

 네 종족은 반목하고 질시하던 가운데 서로 해체의 길을 걷게 된다.

 인간들은 비옥한 토지가 있는 곳에 그들만의 왕국을 세운다.

 엘프들은 정령술이 가장 큰 위력을 발휘하고, 생명 마법을 빠르게 익힐 수 있는 숲으로 들어간다.

 오크들은 마음껏 사냥을 하고 전투 본능을 발휘할 수 있는 산맥과 미개척지로 흩어졌다.

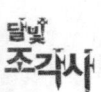

드워프들은 산에서 광물을 캐며 자신들의 기술을 갈고닦았다.

필연적으로 인간과 오크는 식량을 놓고 싸우게 되었으며, 자연 자체를 이용하는 엘프들과 드워프들의 사이가 나빠졌다.

드워프와 오크들은 서로 같은 영역에 존재하는 탓에 자주 분쟁이 벌어졌다.

이것이 베르사 대륙의 역사.

알려지지 않는 네 종족들의 신화였다.

세라보그 성의 명물이 탄생했다는 소식이 로자임 왕국으로 퍼져 나갔다.

수련장에서 무려 4주째 묵묵히 허수아비를 상대로 목검만 휘두르고 있는 괴물!

쐐애액! 퍼억!

위드는 오늘도 묵묵히 목검을 휘두르고 있었다. 허수아비를 향한 잔혹한 손 속에는 조금도 사정이 담겨 있지 않았다.

목검이 작렬할 때마다 둔중한 소리가 났다.

초창기에는 허수아비를 건드리는 정도에 족했는데 힘과 민첩성이 꾸준히 올라서, 제법 위력적으로 변한 목검이다.

"정말 유저일까?"

"인간으로 보기 힘들어."

"저 모습을 봐. 인간은 아닐 거야."

"그러면 NPC?"

"그것도 느닷없이 나타났다면……."

"퀘스트와 관련된 NPC다!"

유저들은 눈에 열기가 어리기 시작한다.

혹시 퀘스트와 관련된 NPC가 아닐까 싶어서 식량과 돈을 주는 호의를 베푸는 자들도 적지 않았다. 위드는 거지가 아니었기에 거절을 했지만, 유저들은 집요했다.

"그러지 말고 이것 좀……."

"혹시 좋아하시는 취향의 물건이 있으면 구해 오겠습니다."

"목검만 휘두르는 것보다는 진검이 아무래도 더 좋지요. 제게 롱 소드가 하나 있는데, 제법 쓸 만할 겁니다."

그들은 혹시라도 특별한 퀘스트를 줄지도 모른다는 기대에 위드에게 들러붙었다.

사실 확신할 수는 없는 일이었다.

위드가 계속 NPC가 아니라고 부인을 하고, 수련에 방해가 되니 말을 그만 걸어 달라고 했기 때문이다.

그러나 그 모습에 유저들은 더욱 깊은 신뢰를 가졌다.

'주는 선물도 받지 않는다.'

'하루 이틀도 아니고, 4주 동안 허수아비를 때릴 수는 없는 노릇이야.'

'특히 저 교관과의 친분은……!'

유저들을 하찮게 여기고 성가셔하던 교관이 유독 위드에

게는 친근하게 굴면서 밥까지 나누어 먹을 정도다.

사람들로서는 위드가 도저히 인간으로 보이지 않았다.

유저와 NPC를 구분하는 방법은 본인이 스스로를 드러낼 때뿐이다. 그런 이유로 인해서 위드는 사람들에게 많은 오해를 받았다.

몇몇 고위 레벨의 유저들은 위드의 목적을 명확하게 알았다. 힘과 스탯을 올리기 위한 노력. 고레벨 유저들은 다른 이유로 위드에게 친하게 다가왔다.

위드가 유저임을 알고서 일부러 접근한 것이다.

"우리의 세력에 속하면 섭섭하지 않게 대접해 주지."

"레벨이 100이 될 때까지 지원을 아끼지 않겠네."

로열 로드에서는 다른 게임들처럼 길드라는 개념이 존재하기는 하지만, 그보다 훨씬 더 큰 비중을 가지고 있는 게 있었다.

군왕!

고레벨의 유저를 가지고 있는 세력들의 목적은 왕이 되는 것이다.

베르사 대륙에 자신의 국가를 세우고, 지배하는 것이다.

각 국가의 성주들과 국왕들은 1달간 모인 세금을 기반으로 곡창이나, 대장간 같은 부족한 시설들을 성안에 지을 수도 있으며, 자금을 풀어서 병사들도 양성할 수 있다.

얼마나 왕이 훌륭한 치세를 펼치느냐에 따라서 상업과 기술력이 발전한다. 기술력이 크게 발전한 곳에서는 무기점에서 나오는 무기도 다르고, 치안과 위생이 발달한 곳에는 도시의 규모가 커진다.

각종 정책을 수립하고 타국과의 외교 관계를 형성하면서, 그야말로 최정점에 있는 왕의 영향력은 클 수밖에 없다.

왕국들은 도시와 성을 발전시켜서 더 많은 국민들을 끌어들이고, 지배한다. 그러나 내정과 발전의 부분들만 있는 것도 아니다. 전쟁도 벌어진다.

각 왕들이 소집한 병사들이, 서로의 지휘에 따라서 전투를 한다. 물론 누군가 전쟁을 걸었을 때의 이야기이다.

사람들은 자신들이 살고 있는 곳의 왕이 현명하기를 바란다. 그래야만 도시가 발전하고 문물이 늘어나면서 게임을 하기에 편리해지기 때문이다.

하지만 그들의 제안조차도 위드는 전부 거절해 버렸다.

-힘 1이 상승하셨습니다.

-민첩 1이 상승하셨습니다.

-체력 1이 상승하셨습니다.

-명성이 20 올랐습니다.

-생명력이 100 올랐습니다.

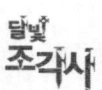

도저히 멈추지 않을 것만 같던 위드의 목검이 딱 허공에 정지했다.

그리고 잠시 눈을 감았다.

'드디어 해냈다.'

게임 시간으로는 4주.

수련장에서 올릴 수 있는 능력치를 최대한 성장시켰다. 명성까지 오른 것은 약간 의외였지만 위드에게는 나쁠 것이 없는 일이었다.

명성이 오르면 잡화점이나 무기점에서 물건을 조금 싸게 사고팔 수 있을뿐더러, 다른 NPC들을 상대할 때에도 여러모로 유리하다.

멀찌감치에서 흐뭇하게 지켜보고 있던 교관이 다가왔다.

"정말로 수고가 많았네, 위드."

"아닙니다."

"나는 자네가 이토록 잘해 줄 것이라고는 기대하지 않았어. 하지만 이 모습을 보니, 정말로 대견하구만."

"다 교관님의 덕분입니다."

"허허허! 물론 그렇지만."

교관이 너털웃음을 짓는다.

위드는 그동안의 경험을 통해서 간단한 말 한마디가 얼마나 교관의 기분을 즐겁게 만드는지 알고 있었다.

교관은 검 한 자루를 위드에게 건네었다.

"이 검은……?"

"자네가 쓰게. 기초 수련을 끝낸 수련생에게 주는 검이라네."

"기초 수련…….."

위드는 갑자기 묻고 싶은 게 생겼다.

수련장에서 목검을 휘두르는 것으로 스탯을 올릴 수 있음을 안 건 우연한 계기에 의한 것이었다.

게임에 대한 웹사이트들을 뒤지던 도중에, 몇몇 소규모 길드의 정보 창에서 이와 같은 이야기가 나오고 있었던 것이다.

그 때문에 위드는 본격적인 게임을 하기에 앞서서 수련장에서 능력치를 최대한 상승시켰다.

여기에는 이유가 있었다.

확실히 많은 시간을 투자해서 스탯을 1개씩 올리는 일은 비효율적인 일로 보일지도 모른다.

다른 사람들의 생각처럼 그 시간이면 스탯을 올려 주는 아이템을 구하는 게 더 빠를 수도 있기 때문이다.

그러나 아이템을 구하는 것과는 다르다. 차이가 틀림없이 있다.

스탯을 올리는 동안 운이 좋다면 좋은 아이템을 구할 수는 있겠지만, 하지만 본래의 스탯은 어떤 아이템을 착용하든지 그대로 남아 있다. 수련관에서 힘 40을 늘렸다면, 힘 50을 올려 주는 아이템을 찼을 경우 더욱 효과가 뛰어나다는 뜻이

었다.

 수련소에서 수련한 스탯들은 그대로 남기 때문에 위드에게는 두고두고 도움이 될 것이다.

 위드는 한참을 생각하다 입을 열었다.

 "혹시 제가 수련장을 몇 번째로 기초 수련을 끝낸 사람인지 알고 계십니까?"

 "여기서는 17번째네."

 교관의 대답은 곧바로 나왔다. 그리고 교관은 한마디를 덧붙였다.

 "대륙은 넓네, 위드. 아마 각국의 모든 수련관을 다 합치면 기초 수련을 마친 이가 3,800명가량 되겠지. 그러나 자네처럼 빠른 시간에 집중적으로 기초 수련을 끝낸 사람은 아직까지 한 명도 없었던 것으로 알고 있다네."

 3,800명!

 위드의 눈이 빛났다.

 '결국 그들이 나의 경쟁자가 될 것이다.'

 위드의 질문은 계속 되었다.

 "여기가 기초 수련관이라고 하셨는데, 그다음의 장소도 있습니까?"

 "확실히 있네."

 "어디입니까?"

 "위치는 나도 잘 모르겠군. 인연이 닿는 자들만 수련을 할 수 있다고 들었네. 그곳의 수련을 하려면 기초 수련을 반드시 마친 자들에게만 자격이 생기지."

"알려 주셔서 고맙습니다, 교관님."

"아닐세."

위드는 이제 수련관에서 용무는 끝났다. 막 뒤로 돌아서려는 그를 교관이 붙잡았다.

"혹시 앞으로 할 일이 있는가?"

"예?"

"일주일 후에 리트바르 동굴을 제압하기 위한 정벌대가 성에서 출발한다네. 내가 아는 녀석이 대장인데, 이름이 미발이라고 하지. 자네가 딱히 할 일이 없다면 동참하는 게 어떻겠는가?"

리트바르 마굴의 몬스터 소탕전

로자임 왕국에서는 몇 년째 급증하는 몬스터로 인해 골머리를 앓고 있다. 현 왕 시오데른은 이에 칙령을 발표하여 왕국의 병사들에게 마굴을 탐색하고, 몬스터들을 퇴치할 것을 명령했다.

교관의 친우인 미발은 요즘 들어 명성을 날리고 있는 왕국 기사이다. 미발과 그의 병사들과 함께 리트바르의 몬스터들을 토벌하라.

난이도 : E

퀘스트 제한 : 사망 시 퀘스트 실패.

교관이 한 제안은 보통의 유저들이라면 매우 기쁘게 받아들일 만한 일감이었다.

왕국 군대에는 조직적이고 잘 단련된 병사들이 많았다.

일반 병사들의 레벨도 30 정도였고, 기사라면 150이 넘는다.

기사 중에서도 이름을 가진 기사는 소위 말하는 네임드 기사이다. 유저들의 레벨 기준으로는 100대 후반에서 200 초반 정도.

이 정도 규모의 파티라면 웬만한 마굴이라면 원정대가 무난하게 처리를 할 수 있다. 아마 리트바르의 마굴 역시 마찬가지일 것이다.

위드가 미리 사전에 조사해 본 바에 의하면 리트바르의 마굴에서는 레벨 20 정도의 코볼트에서부터 레벨 50대의 고블린들이 다수 출몰한다고 했다.

그들과 함께 사냥을 떠나서 전투에 참여하지 않더라도 살아남기만 한다면 실패하지 않을 좋은 퀘스트였다.

교관과 쌓아 놓은 친분이 없었더라면 받기 힘든 좋은 기회. 하지만 위드는 고개를 저었다.

"죄송합니다."

- 퀘스트를 거절하셨습니다.

"왜 그러는가. 무슨 문제라도…….."
"아닙니다. 제가 아직 직업을 가지고 있지 않습니다."
"저런……. 그랬군! 내가 마음이 너무 성급했던 것 같네. 다음에 언제라도 마음이 내키면 나를 찾아오게. 자네에게 맞는 의뢰가 있다면 알려 주도록 하겠네."

교관은 본인의 레벨이 200에 달할 뿐만 아니라 스스로 키워 낸 병사들과의 소통 창구였다.

즉 로자임 왕국의 군대와 연락선이 된다는 뜻이다.

다만 그 수준이 낮아서 어느 정도 이상으로는 끈이 닿기는 힘들었다.

그런데 교관이 은근하게 물어 온다.

"자네, 무슨 직업으로 선택할지는 결정하였나?"
"아직 정하지 못했습니다. 직업소개소로 가서 저에게 맞는 직업을 추천해 주는 것으로 전직해야지요."

직업소개소.

그곳에서는 스탯과 기술에 따라서 적절한 직업을 정해 준다.

초반에는 대부분 올라간 스탯이 비슷해서 그에 맞는 전투형 직업이나, 아니면 상인, 생산직 직업으로 분류가 되는 게 보통이다.

아주 특별한 경우에 한해서 히든 클래스.

소위 말하는 숨겨진 직업을 추천하기도 하지만 그 빈도수

는 그리 많지 않았다.

"내가 자네니까 말해 주는 것이네만……. 조각가 따위로 전직할 기회를 걷어차 버린 자네라면 믿을 수 있어. 혹시 조각사로 전직할 기회를 걷어차 버린 걸 후회하고 있나?"

"그럴 리가요! 조각사라니, 거저 준다고 해도 싫습니다."

"흐흐. 그럼 이건 아무에게도 안 알려 준 이야기인데… 자네에게만 해 주지. 이리 가까이 와 보게."

교관의 목소리가 아주 은밀해졌다. 위드의 귓가에 대고 속삭이듯이 말한다.

위드는 오크처럼 생긴 교관의 입김이 얼굴에 닿자 소름이 돋았지만 묵묵히 참고 들었다.

"좋은 직업을 찾고 있다면 내가 방법을 하나 알려 주지. 현자 로드리아스 님을 알고 있나?"

"예. 알고 있습니다."

"그분에게 가 보게. 그분은 지혜의 별이라고 불릴 정도로 모르는 게 없는 분이지. 자네에게 걸맞은 직업을 알려 줄 수 있을 거네. 직업소개소보다는 백배 나을 테지. 다만……."

"……?"

"로드리아스 님은 괴짜야. 그리고 어디로 튈지 모르는 분이지. 심술쟁이에 장난치기를 좋아하시고 속이 아주 좁다네."

"……."

"정상적인 방법으로는 그분에게 물어볼 수 없을 거야. 아마 대꾸도 안 해 줄걸? 다만 이것을 드리면 자네의 청을 들어줄 것이네."

―이베인 왕비의 손수건을 획득하였습니다.

"감사합니다, 교관님."
"아니야. 이건 아무래도 내 책임감 때문이기도 해. 사실 웬만한 검사들은 달빛 조각사보다 못한 게 사실이긴 하니까. 부디 좋은 직업을 얻게나. 그리고 로드리아스 님을 조심하게. 아주 치사한 분이니 미리 약속을 받아 내기 전에는 절대로 자네의 요구 사항을 말하지 말게."

교관과 작별 인사를 하고, 수련관을 나가려는 위드에게 한 명의 거구가 다가왔다.
그의 이름은 파이톤.
거검을 든 전사였다.
"이제 떠나려는가?"
"예."
"호오, 어디로 가려고?"
"직업을 구하고, 그다음에는 레벨을 올려야죠."
"자네라면 아주 빨리 올릴 수 있을 걸세. 내가 지금까지 게임을 해 오면서 자네만큼 독한 인간을 본 적은 없었거든! 나도 꽤나 지독하다고 자부하는 편이지만 자네는 찔러도 피

한 방울 안 나올 인간이야!"

파이톤은 레벨 280대의 전사다.

그는 새로운 기술을 익히고 나서 수련관에서 기술을 실험해 보기 위해 찾아왔다.

그러나 수련관에는 인파들로 가득했다. 전부 위드를 구경하기 위해 모인 인파들이다.

파이톤은 호기심이 많은 사내였다.

사람들은 위드를 NPC로 착각하기도 했지만, 그들의 틈에서 수련관에서 스탯을 올릴 수 있다는 말을 우연히 들었다.

그다음 날부터 파이톤도 위드의 옆 자리에서 목검을 들고 허수아비를 후려 팼다.

거구의 파이톤에게서 나오는 박력이란 그야말로 장난이 아니다.

몇 명의 유저들이 더 참가하기도 했지만, 파이톤 덕분에 위드는 사람들의 관심에서 약간 멀어질 수 있었다.

수련관에서 보낸 마지막 며칠 동안 파이톤은 위드가 대화를 나눈 유일한 유저였다.

"칭찬 감사합니다."

"아무튼 기대하겠네! 다음에 우리가 다시 만날 날을. 실망시키진 않겠지?"

"실망하실 겁니다."

"응?"

"자신의 무력함에 대해. 저는 상상보다도 더 독한 인간이니까요."

"푸하하하!"

파이톤이 통쾌하게 웃어 재꼈다.

레벨 280대 후반인 그는 어디로 가도 대접을 받을 수 있는 강자의 축에 속했다.

그런 그에게 이렇게 쏘아붙일 수 있는 위드가 너무나도 재미있었던 것이다.

파이톤의 눈빛이 변했다. 조금 더 진지하게.

"정말로 기대하지."

"그럼……."

위드는 가볍게 작별 인사를 나누고, 현자 로드리아스의 저택으로 향했다.

'대륙에 모르는 것이 없다는 지혜의 별. 현자 로드리아스. 그가 내가 가질 직업을 안내해 줄 것이다.'

로드리아스의 저택은 세라보그 성의 북쪽 구역에 자리 잡고 있었다.

현자가 거주하는 곳이라서 그런지, 주변에는 병사들로 삼엄한 경계가 펼쳐지고 있다.

위드가 저택 앞으로 다가가자 병사들이 저지했다.

"무슨 일이냐!"

"현자님을 만나 뵙기 위해서 왔습니다. 여기 수련관 교관님께서 맡기신 물건도 있습니다."

"안됐군. 너에게 사정이 있음은 알겠지만 현자님은 명성이 낮은 이들은 만나지 않는다."

병사들이 무심한 어조로 이야기했다.

"그렇지만 교관님께서 로드리아스 님에게 전해 달라는 물건을 제가 가지고 있습니다."

"그것은 우리가 알 바가 아니다. 자신에게 용무가 있다고 하여 국왕 폐하를 아무 때나 뵐 수 있느냐?"

"……."

대체로 왕이나 귀족들을 만나기 위해서는 어마어마한 지위를 가졌거나, 아니면 그만한 명성을 가지고 있어야 한다.

위드의 명성은 이제 20.

현자의 저택에 들어가기에는 턱없이 낮은 수치일 수밖에 없다.

"정 저택으로 들어갈 방법이 없겠습니까?"

"우리도 수련관의 교관님은 잘 알고 있다. 한때 우리들을 직접 교육시켜 주신 분이지. 그래도 너를 저택 안으로 들여보낼 수는 없다."

"그러면 저택 안으로 들어가지 않는 것은 괜찮겠지요?"

위드의 말에 병사들은 잠시 당혹스러워한다.
"무슨 말이냐?"
"그냥 이 거리에 앉아서 현자님이 나오실 때까지 기다리면 안 되겠습니까?"
"그건 상관없다."
병사들은 무심하게 말했다.
"거리는 누구나 이용할 수 있는 것."
위드는 가볍게 병사들을 향해 고개를 숙였다.
"허락해 주셔서 감사합니다."
"아니다. 다만……."
"예?"
"이것은 교관님과의 안면 때문에 이야기해 주는 것인데, 현자님께서는 며칠간 집 밖으로 한 번도 나오지 않을 때도 있다. 누군가 만나러 오면 더더욱 문을 걸어 잠그고 나오지 않으시는 분이지. 그래도 기다릴 텐가?"
유비는 제갈공명을 등용하기 위하여 세 번을 찾아갔다.
그 결과는 국가를 건설할 수 있는 원동력이 되었다.
위드는 그 고사를 떠올리며 고개를 끄덕였다.
"그래도 기다리겠습니다."
위드는 저택의 근처에 주저앉아서 현자가 나오기만을 기다렸다. 가끔 병사들과 이야기를 나누기도 했는데, 의외로 교관이 유명한 인물임을 알게 되었다.

한때 기사를 꿈꾸었고, 지금도 기사가 되기에 충분한 인물. 그러는 동안에 밤이 깊어지고 로드리아스의 저택에는 불이 꺼졌다.

'첫날부터 많은 걸 바라지도 않았다. 어차피 언젠가는 나올 테지.'

밤에는 로드리아스도 잠을 잘 테니 굳이 지키고 있어 봐야 소용이 없었다.

위드는 저택 앞에서 철수하고, 성문 밖으로 향했다.

달이 떠오르는 밤에는 베르사 대륙의 몬스터들이 무서워진다. 1.5배의 위력으로 강해지고, 경험치는 30%가량을 더 준다.

그렇기 때문에 밤에는 각별히 주의를 해야 했다.

위드는 처음으로 세라보그 성의 문밖으로 나갔다. 넓게 펼쳐진 평원에는 사람들이 열심히 뛰어다니며 여우와 토끼, 너구리 등을 잡고 있었다.

이제 갓 베르사 대륙에 들어온 자들이 열심히 사냥을 하고 있는 모습이다.

위드도 그들 중의 하나가 되어야 했다.

'무기로 쓸 만한 물건은······.'

위드는 교관에게 받은 철검을 꺼내 쥐었다.

"아이템 정보."

> **단단한 철검** : 내구력 54/54. 공격력 10~14.
> 일반적으로 사용하는 롱 소드 형태의 무기이다. 기초 수련을 마친 이들에게 수여하는 무기로, 상점에서 구입하는 기본형 무기보다는 조금 좋다.
> **무게** : 30.
> **사용 제한** : 힘 40 이상. 체력 35 이상.
> **옵션** : 힘을 10 올려 준다.

 교관이 준 아이템은 위드가 쓸 수 있는 무기치고는 꽤 좋은 편이다. 몇 번 휘둘러 보니 무기의 밸런스도 잘 맞춰져 있어서, 위드는 편안함을 느꼈다.
 그런데, 위드가 가진 공격용 무기는 하나 더 있었다.
 "조각칼 정보!"

> **자하브의 조각칼** : 내구력 984/1,000 . 공격력 40~54.
> 짧고 작은 소도이다. 섬세한 세공을 위하여 만들어진 작은 칼로 매우 날카롭다. 세공을 위한 도구이지만 적을 향해 찌른다면 치명적인 일격을 가할 수 있다.
> **무게** : 5
> **사용 제한** : 자하브의 후인만이 이용할 수 있다.
> **옵션** : 조각술의 레벨을 두 배로 올려 준다.

 공격력은 철검보다 조각칼이 훨씬 더 좋았다.

그렇지만 위드는 철검을 택했다. 일단은 길이의 문제 때문이다. 조각칼로 적을 베기에는 굉장히 까다로웠다. 철검이 적을 공격하기에 훨씬 좋은 무기였다.

게다가 조각칼의 경우에는 내구력이 너무 높아서 잘 부서지지 않는다. 수리 스킬을 가지고 있는 위드의 경우에는 스킬을 익히기 위해서라도 일부러 내구력이 약한 철검을 쓰려고 했다.

"좋아. 이 정도라면 준비는 완벽한가?"

위드가 붕붕 철검을 주위에 휘둘러 보았다.

"너구리야, 여우야, 늑대야, 다 덤벼 봐라. 내가 모조리 잡아 주마."

철검을 들고 막 사냥에 나서려는 순간이었다.

"저기요."

위드가 묵묵히 걸어가고 있는데, 누군가가 말을 걸어왔다.

"혹시 혼자세요?"

위드는 뒤를 돌아보았다. 그러자 제법 예쁘장하게 생긴 여자 애가 다가와 있었다. 머리에는 천으로 만든 모자를 쓰고, 푸른빛이 도는 레더 아머를 입었다.

'여자다.'

"예. 혼자입니다만."

위드가 낮게 목소리를 깔았다.

"저희와 같이 사냥을 하실래요? 저희들은 마법사 2명과 궁사 그리고 몽크 1명으로 이루어진 파티예요. 괜찮다면 같이 하시면 좋겠는데요."

위드는 대답하기에 앞서서 그녀의 뒤를 보았다.

그러자 마법사 차림의 여자 둘과, 레인저로 보이는 남자 한 명이 서 있었다.

탁 보는 순간 상황이 이해가 된다.

저들은 다들 원거리 공격이 가능한 직업을 가지고 있다. 그렇기 때문에 몸빵 역할을 해 줄 전사가 필요한 것이다.

'나로서는 나쁜 제안이 아니군. 첫 전투인데, 나는 아직 실전을 겪어 보진 못했어. 안전하게 시작하는 것도 괜찮겠지.'

위드는 선선히 고개를 끄덕였다.

"끼워 주신다면 저도 좋습니다."

"잘됐네요."

위드는 곧바로 그 파티에 참여했다.

"안녕하세요. 레벨 7의 신관 이리엔입니다. 치료와 방어 계열의 신성 마법이 주특기예요."

"저는 마법사, 레벨 6. 이름은 로뮤나. 화염 계열을 주로 다루고 있어요."

여자 2명이 먼저 자기소개를 했고, 그다음에는 남자의 차례였다. 남자는 신기하다는 얼굴로 위드를 보더니 먼저 자신을 소개했다.

"제 이름은 페일. 레벨 6의 궁수입니다. 그런데 파티도 없

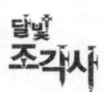

이 혼자서 이 밤에 사냥을 나오시는 걸로 보아서 제법 레벨이 높으신 것 같은데…….”

"헤헤. 저는 수르카. 레벨은 7인 몽크예요."

다들 자신들의 이름과 레벨을 말했다.

이제 위드가 소개할 차례였다.

"이름은 위드, 레벨은 3입니다."

"……!"

잔잔한 충격이 좌중을 휩쓸었다.

페일이 힘겹게 물었다.

"그럼 장비는…….”

"제게는 이 검 하나가 전부입니다."

"…….”

가진 돈을 탈탈 털어 봐야 있는 돈은 5실버.

한두 번 쓰고 버릴 방어구가 아닌 제법 괜찮은 레더 아머의 가격은 30실버 정도 되었다.

퀘스트를 거의 안 한 위드에게는 가죽 갑옷 한 벌 살 돈도 없었던 것이다.

"혹시 직업이…….”

"무직입니다."

위드는 고개를 갸웃하며 대답했다.

그가 느끼기에도 분위기가 이상하게 돌아가는 것이다.

"헉!"

페일은 마침내 헛바람을 들이켰다. 설상가상! 난감하다는 눈으로 위드를 본다.

"직업이야 천천히 구할 수도 있겠지만……. 사냥을 혼자서 나오시던데, 혹시 사냥을 하시는 게 이번이 처음입니까?"

"예. 가상현실은 처음입니다."

"역시 그렇군요."

위드의 솔직한 대답에 이리엔과 로뮤나가 질책의 눈으로 수르카를 본다. 사람을 잘못 끌어들였다는 뜻이다.

레벨 3의 직업도 없는 사람을 데려오다니.

게다가 가상현실에 대한 경험이 없으면 전투가 벌어졌을 때 평정을 잃고 바동거리다가 죽어 버리기 일쑤였다.

그들은 자신들도 초보 시절을 보냈기에 그 사실을 잘 알고 있었다.

아무리 성 앞의 초보 몬스터들이라지만 꽤 강하고 무섭다.

파티를 결성하지 않고서는 혼자서 상대하기 버거울 정도.

"휴우… 이거 곤란하군요."

페일이 이러지도 저러지도 못하는 어정쩡한 미소를 짓자, 위드는 슬그머니 한 발자국 물러났다.

"제가 들어와서 피해가 된다면 나가겠습니다."

"죄송해요."

수르카도 자신의 실수를 깨닫고 고개를 숙였다. 그러고 보니 위드의 옷은 조금 더러워졌을 뿐 캐릭터를 생성했을 당시

의 기본 복장 그대로였다.

'철검을 가지고 있기에 그런 대로 셀 줄 알았는데, 힝. 저 철검은 어떻게 얻은 거지? 제법 좋아 보이는데…….'

위드는 파티에서 떨어져 나와 혼자서 사냥터로 향했다. 그러나 페일과 수르카 들은 위드를 보내 놓고 상당한 양심의 가책을 느꼈다.

"어쩌죠? 다른 사람을 구해야 할까요?"

구할 사람은 많이 있었다.

베르사 대륙에 남아도는 게 유저였고 오히려 몬스터가 부족할 지경이었으니까.

특히 수도 앞 초보들이 설쳐 대는 곳에는 유저들로 그득그득했다. 바캉스 기간에 바닷가에 바글거리는 인파보다야 조금 못하겠지만.

"음… 그래도 일단 인사까지 같이 나눈 사이인데……."

"조심해서 사냥을 하면 괜찮지 않겠어요?"

"그래도 되겠지만……."

"같이해 봐요."

페일과 수르카, 이리엔 등은 위드에게 걸어갔다.

위드는 막 철검을 가지고 뛰어다니는 몬스터들을 노려보고 있던 참이었다. 첫 사냥이다 보니 몬스터들이 어떤 강함을 가지고 있는지, 어떤 패턴의 공격을 하는지 무지했던 까닭이다.

페일이 말했다.

"아직 생각이 바뀌지 않으셨다면 저희들과 함께하시겠습니까?"

"제가 레벨이 낮아서……. 그래도 같이할 수 있다면 하겠습니다."

"뭐, 어찌 되었든 좋습니다. 이것도 인연이니까요. 레벨이 조금 낮으시니 무리하게 전면에 나서지 마시고, 필요하시면 우리들의 뒤에 있어도 됩니다."

페일은 파격적인 조건을 내걸었다.

위드에게 사냥에 참가하지 않고 숨어 있어도 된다는 이야기. 그들이 보기에 위드는 생초보나 다름없었던 것이다.

"그래도 괜찮겠습니까?"

"예. 직접적으로 전투에 참여하는 게 아니라서 공헌도가 낮아 경험치는 조금 덜 들어오겠지만, 일단 레벨을 올리는 게 급하니까요. 레벨 3과 6은 비록 3개 차이라도 하늘과 땅만큼 차이가 납니다. 레벨 3이 힘에 전부 투자했을 경우에는 25. 하지만 레벨 6은 40이나 되죠. 그리고 직업을 정했을 때 생기는 보너스 스탯 10개를 감안한다면 그 격차는 훨씬 크다고 할 수 있습니다."

페일은 이야기하지 않았지만 직업 선택에 따른 부가적인 수치도 간과할 수 없다.

예컨대 궁수가 검을 휘두르는 것과 검사가 검을 휘두르는

건 차이가 있다. 검사 쪽이 거의 2배가량 공격력이 강하다. 물론 검사가 화살을 쏠 때에는 궁수의 절반 데미지도 나오지 않았다.

이도 저도 아닌 무직인 위드는 그들로서는 솔직히 실망 그 자체였다.

"그러니 안전한 곳에서 저희들이 사냥을 하는 걸 지켜보시다가 하실 수 있는 만큼만 적당히 활약해 주시면 됩니다. 몬스터들의 주의를 약간 혼란시키는 정도만 해 주셔도 충분합니다."

위드는 고개를 끄덕였다.

"알겠습니다."

잠시간 혼란은 있었지만 위드는 그들의 파티에 정식으로 가입했고 사냥을 하기로 했다. 어차피 성 앞의 간단한 몬스터들을 잡는 파티였고, 위드가 없는 상황에서도 어찌어찌 사냥은 되고 있던 참이었다.

다만 회피력이 높은 대신 방어력은 낮은 몽크인 수르카가 혼자서 몹들과 정면에서 싸워야 했으니 위험부담이 커서 전사를 필요로 했던 것이다.

"쯧쯧쯧."

본국검법의 계승자 안현도는 만족스럽지 못하다고 연신 혀를 찼다. 도장에는 수백 명의 소년들과 청년들이 기합을 지르며 검을 수련하고 있었다.
"이야핫!"
"야압!"
　매서운 기합 소리와 날카로운 검풍.
　검의 달인이 되면 소리만 듣고도 검의 경지를 알 수 있다.
　안현도는 세상 사람들이 최고로 꼽는 검의 달인이었다.
　세계 검술 대회 연속 4회 우승자.
　나이를 먹은 이후로는 도장을 차려 후진 양성에 힘을 쏟고 있지만, 그의 손과 육체는 한시도 검을 떠나 본 적이 없었다.
"도무지 눈에 차는 녀석들이 없어. 그 녀석을 제대로 한번 키워 봐야 하는데, 그 녀석이라면 내 재능을 뛰어넘는 무언가가 있어. 그리고 그 근성이라면……."
　과거에는 꽤 괜찮은 제자들을 몇 두었다고 생각을 했다. 5년에 한 번씩 있는 세계 검술 대회에서 입상을 노릴 만큼 충분한 자질을 가진 녀석들이 몇 있었던 것이다. 그러나 안현도의 눈은 그날의 일을 계기로 완전히 바뀌었다.
　그리 오래된 일도 아니었다.

　1년 전.
　어떤 20세 정도 되어 보이는 아이가 안현도의 도장에 찾아

왔다.

"제 이름은 이현입니다. 여기가 최고의 검술 도장이라고 해서 찾아왔습니다."

안현도는 웃기만 했다.

"아이야, 검을 다뤄 본 적이 있느냐?"

"아직 없습니다. 배우려고 왔습니다."

"그래. 배워야지. 배우고 또 배워서 검의 끝 자락이라도 보게 되면 그때 최고를 논하자꾸나."

안현도는 그것으로 끝일 줄 알고 한동안 이현에 대해서 잊고 지냈다. 그러다가 어느 날 이현을 보았다.

새벽 일찍 나와서 검을 휘두르는 모습.

이현은 몇 시간이고 검을 휘둘렀다. 움직임과 호흡이 일치가 되고, 검에서는 아름다운 소리가 났다.

도저히 검술을 배운 지 몇 개월 안 된 초보자라고는 볼 수 없는 경지였다.

사범들 몇 명에게 물어본 결과, 부단한 노력의 성과라는 소리를 들었다.

"말도 마세요. 독종이에요, 독종. 저 녀석보다 더한 독종은 없을걸요?"

"얼마나 독종이기에?"

"검을 잡으면 놓으려고 하지 않습니다. 저희들이 빼앗아야 그만둘 정도죠."

"검을 빼앗아?"

"예. 그러지 않으면 탈진해서 쓰러질 때까지 검을 휘두르거든요. 도장에 나온 첫날에는 손아귀가 찢어져서 피가 철철 흐르는데도 검을 휘둘렀을 정도입니다."

"그 정도까지…….'"

"예. 그리고 둘째 날도 마찬가지였고요. 손바닥에 확실하게 굳은살이 박일 때까지 피를 흘리며 검을 익혔으니 저 정도의 성장도 당연한 것 아니겠습니까?"

"정말로 좋구나!"

안현도는 내심 이현을 후계자로 점찍었다.

재능과 노력!

두 가지가 겸비되어 있는 데다가, 기본적으로 눈빛이 다르다.

대련을 시켜 보아도 눈빛 자체가 남들과는 차이가 있었다.

지지 않으려는 근성. 투쟁심.

순해 빠진 인간에게서는 나올 수 없는 투지.

그것을 이현에게 발견했다.

그렇지만 지금은 노력을 할 때였다. 너무 일찍 바람을 넣는 것도 좋지 않다고 여겨서 남들보다 소홀하게, 그러나 많은 과제를 내주면서 이현을 지켜보기만 했다.

그러던 어느 날부터 이현은 도장에 나오지 않았다.

"휴우."

안현도의 한숨이 깊어지기만 했다.

"그 녀석은 지금 어디서 무얼 하고 있을까. 반드시 그때 내 제자로 삼았어야 하는데……."

위드는 페일의 뒤에 숨어 전투를 지켜보고 있었다.

"언니, 도와줘요."

"알았어. 파이어 볼!"

"성스러운 힘이여, 우리를 이끌어 주세요. 축복!"

몽크인 수르카가 여우에게 달라붙어서 공격하면, 로뮤나와 페일 그리고 이리엔이 보조를 해 주는 방식이다.

수르카의 레벨이 7로서 가장 높기도 했지만, 다른 이들은 체력이 극도로 낮은 계열의 직업들이었던 것이다.

여우는 가만히 있지 않고 재빠르게 움직였다. 수르카의 주먹을 잘 피했고, 갑자기 몸을 회전하면서 일으키는 꼬리 공격은 제법 무섭다.

체력이 빈약한 수르카가 약간 위험해질 정도였다. 그러면 이리엔이 급하게 힐을 써서 체력을 보충해 주었다.

'나쁘지 않군.'

네 사람의 손발은 잘 맞는 편이다.

자잘한 아이템에 욕심을 내거나, 사소한 일로 다투지도 않았다. 꽤나 오랫동안 같이 게임을 해 온 사이로 보였다.

비록 로열 로드에서는 초보라고 해도 다른 게임부터 손을 맞춰 온 사이이리라.

그럼에도 여우의 레벨이 5가량이었지만 근근이 잡아 내는 정도였다.

너구리나 토끼는 조금 쉬운 몹이라서 수르카 혼자서도 잡아 낼 정도였지만, 여우는 만만치 않다.

이 파티가 주로 사냥하는 몹이 여우라는 것도 짐작할 수 있었다. 위드는 한참을 구경했다. 충분하다고 여겨질 때까지.

위드의 날카로운 눈이 여우와 수르카의 동작들을 분석해 낸다.

'생각보다 쉬운데?'

적과 싸우는 전투다.

그러나 여우의 움직임은 둔하고 단조로웠다.

위드는 충분한 자신감을 얻을 때까지 구경을 했고, 그러다가 철검을 쥐고 앞으로 나왔다.

수르카는 옆으로 다가온 위드를 보며 살짝 웃었다.

"조심하세요."

"예."

위드의 대답은 무척 짧았다.

이번에도 잡을 몬스터는 여우였다.

"제가 먼저 시선을 돌릴 테니… 위드 님은 나중에 공격하세요. 여우가 거의 다 죽어 갈 때쯤에요."

수르카가 여우에게 주먹을 뻗었다.

공격을 받은 여우가 수르카에게 덤벼들었다. 로뮤나와 이리엔, 페일의 공격이 연속해서 이어진다.

여우의 체력이 삼분의 일쯤 남았을 때 위드는 한 발자국 앞으로 나섰다.

비록 가상현실에서 전투를 벌여 본 적은 없다지만 현실에서는 수백 번의 대련을 거쳐서 전투 자체를 익숙하게 만들었다.

또한 허수아비를 상대로 수천, 수만 번 휘둘러 온 그대로다.

위드의 검은 일수유의 짧은 순간에 허공에 하얀 궤적을 그렸다. 유려한 궤적의 끝에는 여우가 있었다.

절대로 피할 수 없는 찰나의 순간에, 여우의 호흡을 끊고 들어간 일격이다.

—치명적인 일격이 터졌습니다!

위드에게만 알 수 있는 메시지가 떴다.

소위 크리티컬 공격이라고 해서, 데미지가 2배로 들어갔을 때만 나타나는 메시지.

절대적인 타이밍과 허점을 노려서 쳤을 경우에는 2배의

공격력이 발휘가 되었다.
 스겅!
 여우의 몸이 두 쪽으로 갈라지고 아이템이 떨어진다.
 여우의 털과 고기 약간이었다.
 고기는 요리하면 식량이 되고 여우의 털로는 옷을 만들 수 있었다. 물론 관련 스킬이 있어야 하는데, 제봉이나 요리 스킬을 초보자들이 익히는 경우란 거의 없어 잡화점에 팔리게 될 운명이다.
 "아자! 운이 좋았네요."
 수르카는 웃으면서 아이템을 모았다.
 위드가 공격을 시작하고 나서, 위험할지도 몰라서 마나 소비를 아끼지 않고 큰 공격을 준비하고 있던 페일과 로뮤나도 함께 기뻐해 주었다.
 "위드 님, 아이템은 사냥이 끝나고 나서 분배하도록 할게요."
 "예. 알겠습니다."
 "그럼 저 다시 여우 데려올게요. 다들 준비해 주세요."
 "그래. 이번에도 아이템 가득 든 여우로 데려와!"
 "칫. 그게 내 마음대로 되나, 어디."
 수르카는 입을 삐죽 내밀고 멀리서 돌아다니는 여우를 공격해 끌고 왔다.
 "파이어 볼!"

"축복, 치료의 손길!"

여우의 분주한 움직임에 수르카가 고전을 하고 있었다. 하지만 페일과 로뮤나의 공격으로 여우도 조금씩 체력이 깎여 나가고 있다.

위드의 철검은 체력이 40% 정도 남았을 때 움직이기 시작했다. 검 집에서 미끄러지듯이 빠져나온 검은 전광석화처럼 여우의 몸체를 가른다.

쐐액!

이번에는 운이 나빴는지 아이템은 떨어지지 않았다.

어차피 여우가 떨어뜨리는 아이템이라고 해 봐야 별로 돈이 되는 물품은 아니었지만 말이다.

그다음에는 여우의 체력이 50% 남았을 때에 검이 움직였다.

크리티컬이 터지지 않아 한 번에 여우는 죽지 않았지만, 물 흐르듯이 이어진 위드의 연속 공격에 여우는 아이템을 내놓고 죽어야 했다.

"어라?"

"이상하네."

"사냥이 많이 빨라진 것 같아."

"위드 님이 공격하면 거의 다 죽어 버리는데?"

몇 번의 사냥이 계속되고 나서, 세 사람은 조금씩 이상함을 느꼈다.

위드가 참가하고 나서 확연히 사냥 속도가 달라진 것이다. 거의 검을 펼치기만 하면 몹들이 힘없이 죽어 나가는 것이었다.

위드가 검을 뿌려 댈 때마다 회색빛으로 사라지는 몬스터들!

'이건 말도 안 돼!'

페일의 입이 떡 벌어져서 닫힐 생각도 하지 않고 있었다.

워낙 빨리 위드가 몹을 잡아 버리니 수르카는 여우를 데려오기 바빴다.

페일이 화살을 쏘지 않아도, 몹이 죽는 속도에는 별 차이가 없을 지경이다. 하지만 현재의 상황은 위드의 스탯을 보면 이해할 수 있다.

맨 처음 시작할 때 주어진 힘 10에서 수련관에서 올린 40개의 스탯.

두 번의 레벨 업으로 인한 포인트를 골고루 힘과 민첩에 투자했다. 그 결과 현재 힘 55에 민첩 55, 체력이 50이다.

거기에 추가로 철검을 쓰면서 얻은 힘 10의 옵션!

힘만 놓고 봐도 무려 65였다.

레벨 업으로 이 스탯을 만들기 위해서는 온전히 힘에만 전부 투자를 해도 11의 레벨이 필요하다.

그리고 민첩과 체력. 투지와 지구력 역시 레벨 3의 수준이 아니었다. 각 스탯들을 올리기 위해서도 최소한 8에서 9개

의 레벨 업이 필요하다.
 레벨 3인 위드의 본 실력은 거의 30레벨에 육박하는 것이었다.
 그리고 더 놀라운 사실!
 허수아비를 때리면서 기본적으로 주어져 있던 위드의 검술 스킬은 무려 레벨 4였다.
 같은 검술을 펼쳐도 140%의 데미지가 들어간다.
 검술의 현재 숙련도는 레벨 4에 98%였으니 곧 5레벨이 되면 150%의 데미지 강화 효과가 있을 것이다.
 결정적으로 교관이 준 검 또한 위드의 레벨에 구하기는 상당히 어려운 물건이었고.
 이런 상황을 종합해 볼 때 여우가 거의 한 방에 죽는 것도 무리는 아니다.
 '저 검, 정말로 좋은 아이템 같구나!'
 페일과 사람들은 그런 오해를 할 수밖에 없었다.
 그렇지 않고는 위드의 놀라운 공격력을 이해할 수 없었기 때문이다.
 그들 역시 아직은 초보들이라 찰나를 끊고 들어가는 위드의 움직임이나 동작은 잘 보지 못했다.
 가상현실의 전투는 실제의 움직임을 기반으로 하기 때문에 격투술을 익힌 사람과 익히지 않은 사람에게는 분명한 차이가 난다.

아주 사소한 발동작이라도 위드는 1년간 죽기 살기로 익혀 온 검술을 쓰고 있었지만 이들에게는 그런 것까지 보기에는 무리였다. 그저 아이템이 좋다고 착각했을 뿐.
"대단해."
수르카는 신을 내며 몹들을 끌어왔다.
위드는 철검을 힘 있게 움켜쥐었다. 그가 생각하고 익혀 온 검술이 효과를 발휘하고 있었기에 힘이 난다.
'1년간 내가 헛고생을 한 게 아니었어. 지금이다!'

-치명적인 일격이 터졌습니다!

위드의 공격은 절반 이상이 크리티컬로 발동되었다.
이는 여우가 미리 움직일 동선을 예측하고, 정확하게 그곳으로 검을 움직였기 때문!
도장에서 1년간 피나도록 검술을 익혀 온 결과가 바로 이를 위함이었다.
"아자, 아자, 아자!"
위드의 입에서 힘 있는 기합 소리가 울린다.
혼자만의 세계에 너무 몰두해서 벌어진 일이다.
여우의 눈을 마주 보며 사정없이 휘두르는 검술!
위드의 진지한 표정에 이리엔과 로뮤나가 픽 웃음을 터트렸다. 그러다가 위드는 여우의 발톱에 의해 가슴이 할퀴어졌다.

미리 준비하고 있던 이리엔이 바로 신성 마법을 사용했다.
"치료의 손길!"
위드의 몸이 새하얗게 빛났다. 하지만 위드는 신성 마법을 받기 전에도 자신의 체력이 얼마 깎이지 않았던 걸 확인했다.
'혹시······.'
위드는 여우를 끌어 오려는 수르카를 향해 물었다.
"수르카 님."
"네?"
"생명력이 얼마나 되시죠?"
"제 생명력은 150인데요. 왜요?"
"아, 그러셨군요."
여우의 공격력은 15 정도.
방어구를 하나도 입지 않은 위드였기에 그 데미지가 그대로 들어갔지만, 현재 위드의 생명력은 700이 넘었다.
"알겠습니다, 수르카 님. 그럼 지금부터는 제가 여우의 공격을 받아 주도록 하죠."
"괜찮으시겠어요?"
"예. 그럼 수르카 님은 여우를 계속 데려와요. 로뮤나 님과 이리엔 님은 스태미나가 낮아서 멀리 움직일 수 없으니까요. 페일 님, 화살로 멀리 있는 여우를 끌어들일 수 있죠?"
어느새 위드는 파티의 중심이 되어 있었다.
"가능합니다."

"그럼 페일 님도 여우를 끌어들여 주세요."
"예!"
위드는 정신없이 움직였다.
수르카가 여우에게 맞으면서 달려오면, 위드가 금방 처리를 해 버린다. 그리고 페일이 화살로 끌어들인 여우도 위드의 칼질에 회색으로 변했다.
이리엔은 간혹 가다가 치료의 손길로 위드의 떨어진 체력과 스태미나를 보충해 주었다.

-레벨이 오르셨습니다.

위드의 레벨도 4가 되었다. 나오는 스탯은 전부 민첩성에 투자하기로 했다. 민첩성이 높을수록 적의 공격을 잘 피하고, 자신의 공격은 잘 통한다.
회피와 정확도와 관련된 스탯.
단단한 철검은 초보자가 쓰기에는 충분히 좋은 검이었고, 힘도 높았기 때문에 공격력은 충분하다고 민첩에 과감하게 5를 투자했다.
사냥은 계속 이어졌다. 이리엔이나 로뮤나 너무나도 빠른 사냥 속도에 즐거워서 미칠 것만 같은 기분이다.
언제 그들이 이렇게 환상적인 사냥을 경험해 보았을까.
"수르카! 더 많이 데려와."

"그래. 이 정도라면 아예 위드 님과 우리들한테 전투는 맡기고 수르카는 여우만 데려와도 충분하겠어."

"알았어요, 언니."

수르카는 열심히 여우들을 끌어왔다. 페일도 부지런히 움직였다.

위드로서는 혼자 사냥을 하려면 일일이 여우를 찾아다녀야 했고, 체력이 떨어지면 쉬어야 하는데 신관이 있는 이 파티 덕분에 꽤나 빠른 속도로 경험치를 쌓아 가고 있다.

'혼자만 할 때와는 다른 기분이군.'

위드가 마법의 대륙을 했을 때에는 언제나 몬스터에 둘러싸인 채였다.

몬스터들이 우글거리는 던전이나 마굴로 들어가서 마음껏 싸웠다. 포션이 떨어질 때까지, 약초가 떨어질 때까지 몇날 며칠 날밤을 새우고 싸움을 했다.

인벤토리는 가득 차서 들고 있는 것들이 너무 무거워 동작이 느려질 지경이었고, 쉴 새 없이 몬스터들은 덤벼들었다.

단 홀로 몬스터들의 우리에서 한없이 싸움만 하던 위드.

수없이 죽었고, 수없이 죽였다.

파티 사냥을 하는 것은 그때의 기분과는 많이 다름을 느낄 수 있었다. 조금 더 효율적이고, 신이 난다.

그러나 너무 신바람을 낸 탓일까.

"꺄아악!"

수르카가 결정적인 실수를 저지르고 말았다.

여우를 건드리다가 그만 근처에 있던 늑대까지 불러와 버리고 만 것이다.

수르카가 달려오며 비명을 질렀다.

"모두 도망쳐요!"

컹컹!

수르카의 뒤에서 늑대가 네 발로 뛰어왔다. 침을 질질 흘리는 거대한 늑대.

"도망칩시다!"

"하지만 수르카가…….''

일행이 망설이는 사이에도 수르카는 늑대의 공격을 받고 있었다. 여우와는 달리는 속도 자체가 다르기 때문에 수르카는 무사히 도망칠 수 없을 것만 같았다.

"제가 수르카를 살리겠어요. 그러니 다른 분들은 피하세요. 성령의 힘이여, 여기 고통받는 이를 구원해 주세요. 치료의 손길!"

성직자인 이리엔은 도망치지 않고 자리에 버티고 서서 계속 치료의 손길을 발동해 수르카의 부족해진 체력을 보충해 준다.

"젠장!"

페일도 망설이다가 늑대를 향해 화살을 쏘았다.

한 발, 두 발. 화살을 시위에 재자마자 쏘았다. 그의 특기

인 연속 화살이 날아갔지만 늑대는 꿈쩍도 하지 않는다.

이제 늑대는 파티를 적으로 인식했다. 수르카를 죽이더라도 이리엔과 페일을 공격하게 될 것이다.

그러면 위드의 선택은?

위드는 철검을 들고 앞으로 나섰다.

'할 수 있을까? 왠지 될 것도 같다!'

위협적으로 보이는 것은 이빨과 발톱.

발톱으로 할퀴기보다는 몸으로 달려들어서 마구 물어뜯는 형태의 공격을 할 것 같았다.

"네 상대는 나다."

위드가 늑대 앞을 가로막고 한마디 했다.

어차피 늑대가 알아들으리라고 생각해서 한 말은 아니다. 그러나 늑대는 본능적으로 자신의 적이 나타났음을 알았는지 위드에게 집중했다.

커엉!

늑대가 땅을 박차고 달려들었다.

위드는 늑대의 진행 방향에서 재빨리 옆으로 몸을 굴리며 검을 휘둘렀다. 늑대의 입이 아슬아슬하게 위드의 목 옆을 찢고 지나갔다.

그것만으로도 생명력이 80이나 깎였다.

"위드 님! 피하세요! 이제 제 마나가 다 떨어져서 치료의 손길을 펼칠 수가 없어요."

위드의 귓가로 이리엔의 비명 소리가 들린다.
'젠장. 신관이 마나 관리 하나도 제대로 못해서야.'
이리엔은 치료를 전담하고 있었으니 언제나 충분한 양의 마나를 유지해야 한다. 그러지 않았다가는 자칫 죽는 이가 생길지도 모르고 심한 경우 파티가 몰살당할 수도 있기 때문이다.
수르카를 치료하러 나설 때에는 무언가 준비가 있다고 생각했는데 위드의 오산이었다. 천생 성직자 체질인 이리엔은 그저 마음만 가지고 나선 것이었다.
지금의 상황은 한가롭게 이리엔을 탓할 수도 없었다.
늑대는 앞에서 으르렁거리고 있다.
로뮤나가 몇 번의 화염 마법을 쓰고 더 이상의 마법은 날아오지 않았다. 그녀도 마나가 다된 것이었다.
푸슈슝 퓨퓽!
멀리서 페일만이 화살을 계속 쏘고 있었다.
늑대는 피투성이가 되었지만 오히려 더욱 흉포해졌다.
'그래. 와라. 덤벼라!'
위드는 검을 휘두르며 늑대와 함께 어우러졌다.
커허헝!
늑대가 울부짖으며 달려든다.
그때부터 위드의 움직임은 놀라울 정도로 달라졌다.
두 다리는 지면 위에 단단히 붙어 있고 허리와 상체만이

이리저리 움직인다. 부드러운 바람처럼 매서운 늑대를 가볍게 흘려 보내고 있었다.

'죽으면 나만 손해!'

하지만 늑대의 공격은 너무나도 뻔히 보이고, 생각만큼 피해도 크지 않다.

'이쯤이라면 충분히 잡을 수 있겠어.'

위드는 의도적으로 늑대를 향해 휘두르는 검에 실린 힘을 약하게 했다.

커헝!

늑대가 비명을 지르며 울부짖었다. 공격을 약화시켰어도 위드의 검에 적중당할 때마다 만만치 않은 데미지를 입었다.

"크윽!"

위드 또한 늑대가 공격할 때마다 발톱에 찢겨서 부상을 입었다.

700이 넘던 생명력이 200까지 낮아졌다. 이제 위드 역시 피투성이가 됐다.

"죄, 죄송합니다, 위드 님! 늑대가 너무 빨라서 화살을 맞힐 수가 없습니다."

아닌 게 아니라 페일의 낮은 민첩성으로는 빠르게 움직이는 늑대를 맞히기가 힘들었다.

"저도 싸우겠어요."

수르카가 위드의 옆으로 다가왔다. 늑대로부터 도망쳐 올

때부터 입은 부상으로 그녀의 체력도 절반 이하로 낮아진 상태다.

위드가 후들거리는 다리로 간신히 서서 말했다.

"지금입니다. 제가 아직 늑대를 상대하고 있을 때 모두 도망을 가십시오."

"하지만……."

"지금밖에 기회가 없습니다. 어서!"

위드의 말에 페일과 수르카 등은 서로의 얼굴을 보았지만, 발길이 떨어지지 않았다.

그때 위드가 처연하게 중얼거린다.

"어리석은 사람들. 오늘 처음 본 사람을 위해서 목숨을 잃을 필요는 없지 않습니까?"

"……."

그때 페일은 코끝이 찡했다.

사실 여기에서 도망을 치려고 마음먹었다면 가장 편하게 도주할 수 있는 사람이 바로 위드였다.

위드라면 늑대가 쫓아오더라도 충분히 성문 안으로 달아날 수 있다. 일단 성문 안으로 도망치기만 한다면 경비병들이 늑대로부터 지켜 주리라.

하지만 위드는 처음 본 그들을 위해서 검을 들고 늑대의 앞에 나서서 싸우고 있었다.

"위드 님."

수르카의 눈에서는 눈물이 흘러내린다.

어린 감수성에 위드의 행동이 대단히 멋지게 보였던 것이리라.

위드는 늑대를 노려보며 단호하게 말했다.

"모두들 그런 생각이라면 저도 최대한 싸워 보겠습니다. 하지만 제가 늑대에게 죽으면 주저하지 말고 도주하십시오."

"예."

"꼭 도망치셔야 합니다."

"알겠어요."

수르카와 페일이 적당히 뒤로 물러나고, 위드는 늑대를 상대로 전투에 들어갔다.

늑대의 공격력은 과연 무서웠다.

위드의 생명력은 150 이하로 떨어지고, 마침내 70 이하까지 떨어졌다. 위드의 철검은 사람의 애간장을 태울 듯이 아슬아슬하게 늑대를 빗나가고 있었다.

늑대 역시 피투성이였기에 조금만 공격을 하면 될 것 같은데 그 한 번이 맞지 않는 것이다.

그때 파티였던 이리엔이나 로뮤나 들은 위드의 생명력이 10% 이하까지 내려간 것을 확인할 수 있었다.

페일과 수르카의 심장이 조마조마해졌다. 그들이 나서서 대신 늑대의 공격을 받으려고 했지만, 늑대는 이미 자신을 가장 위협하는 인간으로 위드를 지목했던지 다른 이들에게는 신경도 쓰지 않았다.

이제 늑대의 공격이 한두 번만 더 성공하면 위드는 죽는다.

죽게 되면 아이템이나 레벨이 다운되는 것은 물론이고, 하루 동안 게임에 접속하지 못하는 페널티를 받게 된다.

처음 만난 그들 때문에 죽는다!

크크클.

늑대가 웃었다.

상황으로 보아서 자신이 유리하다고 깨달은 것!

커허헝!

늑대가 마지막 일격으로 위드를 죽이려고 뛰었을 때, 행운이었는지 그동안 빗나가기만 했던 검은 날카롭게 늑대의 옆구리를 찢어 놓았다.

위드의 눈앞에 한꺼번에 많은 메시지 창들이 떠오른다.

-레벨이 오르셨습니다.

-검술 스킬이 상승했습니다. 검술 공격력이 150%로 강화됩니다.
공격 속도가 15% 빨라집니다.

-스킬 조각 검술을 익히셨습니다.

과연 늑대는 경험치를 많이 주는 몬스터였는지, 4였던 레벨이 5가 되었다.

위드는 고개를 갸웃했다.

"조각 검술이라고? 스킬 창!"

> **감정 1 (0%)** : 알 수 없는 물건들의 가치를 파악할 수 있다. 마력 소모 30.
> **조각술 1 (0%)** : 조각을 할 수 있다. 아름다운 조각품은 고가에 팔리기도 한다. 여자의 환심을 사기에 좋다.
> **수리 1 (0%)** : 무기나 방어구를 수리한다. 랭크가 높아질수록 많은 내구력을 수리할 수 있으며, 5레벨 이상이 되면 무기와 방어구를 제작할 수 있다.
> **손재주 1 (15%)** : 패시브 스킬. 손을 이용하는 다양한 기술에 부가적인 효과를 더한다. 제조나 요리에 특히 크게 작용하지만, 검술에도 약간은 도움이 될 것 같다.
> **검술 5 (0%)** : 검을 휘두르는 기술. 레벨이 높아질수록 위력이 강해진다.
> **조각 검술 1 (0%)** : 자하브는 조각술을 익히던 도중에 우연한 깨달음을 얻었다고 한다. 조각이란 돌이나 나무 같은 물체를 세공하여 아름답게 만드는 것. 하지만 조각 검술을 쓰면 눈에 보이지 않고, 잡히지 않는 것들도 조각할 수 있다. 자하브의 비전 검술이 인연자에게 이어진다. 마력 소모 초당 50.

위드는 스킬 창을 확인해 보고 고개를 절레절레 저었다.

'아무래도 조각 검술은 한번 써 봐야 무슨 스킬인지 알 수 있겠군. 그래도 마력 소모가 엄청나. 지금으로써는 최대한

유지해 봐야 단 2초뿐인가.'

아무튼 늑대는 죽었다.

"크으윽."

위드는 신음 소리와 함께 창백하게 질린 얼굴로 바닥에 쓰러졌다. 그러자 페일과 이리엔, 로뮤나, 수르카가 한꺼번에 달려왔다.

위드가 동료들을 보며 맨 처음 내뱉은 말!

"수르카 그리고 모두들 괜찮지요?"

"위드 님······."

이리엔과 로뮤나가 눈물을 글썽였다.

수르카는 아예 대놓고 울고 있었다. 남자인 페일조차도 가슴이 벅차오르는 감동에 아무 말도 하지를 못했다.

생명력이 10% 이하로 떨어지면 치료를 하지 않을 경우에는 서서히 죽게 된다.

잠시 후에 위드는 이리엔이 조금씩 마나를 회복하면서 치료의 손길을 펼쳐 무사히 생명력을 채울 수 있었다.

"고맙습니다, 이리엔 님."

"아니에요, 위드 님."

위드와 이리엔 사이에 오가는 눈빛이 한층 따뜻해졌다.

단단히 위드에 대해 호감을 가지고 있지 않으면 불가능한 눈빛.

로뮤나 수르카 역시 마찬가지였고, 페일은 존경에 가까

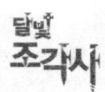

운 태도로 위드를 대했다.

"그럼 다시 사냥을 하지요."

"괜찮겠어요?"

"예. 이제는 쌩쌩합니다."

위드가 팔뚝을 걷어 보이며 말했다.

그 후로 조심스러워진 수르카는 실수를 하지 않았다. 위드를 중심으로 똘똘 뭉친 파티는 4시간 동안 무려 60마리 정도의 여우를 잡았다.

로뮤나와 이리엔, 페일과 수르카는 각자 1레벨을 올렸고, 위드도 레벨 1을 더 올려서 이제 6이 되었다.

추가된 스탯은 전부 민첩성에 투자했다.

"휴우. 정말 대단해."

지나친 마력 소모로 로뮤나가 땀을 흘리며 말했다.

"저희들은 이제 그만 나가야 될 것 같습니다. 학교를 가야 하거든요."

"다음에 또 같이 사냥해요. 내일 들어와도 볼 수 있겠죠?"

"친구 등록을 해도 되죠?"

페일과 이리엔은 처음과는 다르게 활짝 웃으며 말했다.

"예."

위드는 친구 등록을 하고, 그들과 작별했다.

"여기 위드 님의 몫이에요."

사냥의 대가로 얻은 전리품을 나누어서 3실버를 받을 수 있었다. 하지만 그들이 떠나고 나서도 위드의 사냥은 계속되었다.

파티 플레이를 선호하지 않는 이유가 바로 이것이었다. 어느 정도 사냥을 한다 싶으면 다들 떠나 버리기 때문.

위드는 아직 해가 뜨지 않았으니 계속 사냥을 했다. 너구리나 여우 정도는 쉬운 상대였기에 성 앞에서만 머무르지 않고 늑대들이 출몰하는 숲 근처까지 다가갔다.

크르릉!

늑대들이 나타났다.

늑대들은 혼자 다가온 위드를 보며 이게 웬 떡이냐면서 슬금슬금 다가온다.

몬스터 무리들 역시 그들끼리 싸움을 하거나 유저를 죽여서 성장할 수 있는 시스템이었기 때문에, 위드를 보며 군침을 삼키는 것이다.

그러나 모여든 늑대들은 위드의 눈을 보고는 본능적으로 위축이 되었다.

'저 눈빛은…….'

'우리를 적으로 보는 눈이 아니다.'

'경험치로 보는 눈이야.'

'경험치 대박. 아이템 드랍. 놈이 우리에게 바라는 것은 바로 그것이다!'

위드의 마음을 헤아린 늑대들!

설상가상으로 높은 위드의 투지 수치는 늑대들을 움츠러들게 만든다.
깨갱!
눈빛만으로도 통했는지 늑대들은 재빨리 도주하려고 몸을 돌렸다.
"이놈들이 어딜!"
하지만 위드의 철검은 인정사정이나 자비 따위와는 거리가 멀었다. 비겁하게 등을 공격하는 일도 서슴지 않는다. 늑대들을 몰아대며 마구 사냥을 하는 위드!
"똥개들아, 이리 덤벼!"
위드의 철검이 허공을 가르는 순간 늑대들은 절망에 빠졌다. 강하고 빠르다. 파격적이기까지 한 검술은 늑대들에게 공포의 대상이 되었다.
그런데 왜 동료들까지 있었을 때에는 늑대 한 마리에게 그렇게 고전을 면치 못했을까. 거의 죽음 직전의 상황에나 이르러서야 한 번의 공격이 성공해서 늑대가 먼저 죽었다.
주위에서 보기에는 완전한 행운의 일검이었다.
이 비밀은 오로지 위드만이 알 수 있는 일이다.
늑대들과 전투를 치르던 위드는 아침 해가 뜨자 자리를 이탈해서 현자 로드리아스의 저택으로 향했다.

언어를 잃어버린 소녀

"휴… 드디어 오늘인가."

이현은 오늘 기분이 매우 좋지 않았다.

21세기의 대한민국의 자랑스러운 국회에서는 이른바 가정소외자감정법이라는 말도 안 되는 법을 통과시켰다.

집이 가난하거나 불우한 가정환경을 가지고 성장한 아이들은 범죄 발생률이 높다는 이론을 기반으로 만들어진 법이었다.

이 법에 의해서 20세가 넘은 가정환경에 마이너스 요인이 있는 자들은 정신병원에 가서 검진을 받아 봐야 한다.

어릴 때 부모님을 잃고, 사채업자들에게 쪼들리며 가난하게 살아온 이현에게 완벽하게 적용이 되는 법이다.

그래서 이현이 가는 곳은 새마을 갱생 정신병원!

"복고풍인가. 새마을이 뭐야."

투덜투덜 거리면서 이현은 정신병원 안으로 들어갔다. 이름과는 달리 내부는 으리으리한 병원이었다. 병원 안에는 감정법에 의해서 확인을 받으러 온 청년들로 가득해서 한참을 기다려 접수를 했다.

"가정소외자법에 따라서 정신감정을 받으러 왔습니다."

"그래요? 그럼 이 진단서를 작성해 주세요."

간호사로 보이는 흰 가운을 입은 여자가 이현에게 서류를 하나 내민다.

"이게 뭡니까?"

"작성하신 진단서를 바탕으로 완벽한 정신감정을 해 드릴 거예요. 다만 한 가지 말씀드릴 것은 검사를 통해서 사회 부적응자로 구분이 되었을 시에는 정신병원에 입소하셔서 정기적인 치료를 받으셔야 됩니다. 단 이럴 시에는 국가에서 일정 금액의 보상금이 가족에게 지급이 됩니다."

악법도 어지간히 악법이다.

아이들이 무럭무럭 자라날 때에 국가에서 무엇을 해 주었던가.

고등학교를 졸업한 다음에 대학에 가더라도 불이익이 있었고, 나중에 국가 시설에는 취직도 되지 않았다.

테러와의 범죄를 한다면서 불우하게 자란 아이들을 일체

받아들이지 않는 것이었다.
"예. 알겠습니다."
이현은 진단서를 가지고 열심히 작성했다.
일필휘지.
평상시에 많이 생각했던 일들이었으므로 망설임이란 없었다.
"이제 다 된 건가요?"
"네. 끝났습니다. 그리고 여기 이건 교통비……."
그래도 마지막 인정은 있었는지 정부에서 약간의 차비는 나온다.
이현은 차비를 받아서 병원을 나왔다. 하지만 이현이 내놓은 진단서를 본 정신병원의 의사들은 전부 뒤집어지고 있었다.

정신분석학 박사 차은희는 정신없이 웃고 있었다.
"깔깔깔."
평상시 얼음 여왕이라고 불리던 그녀가 이렇게 넋을 놓고 웃고 있는 모습은 간호사들에게 무척이나 생소한 것이었다.
"혹시 기르던 강아지와의 대화에 성공했나?"
"그럴지도. 박사님이라면 가능할 거야."
어릴 때에 외교관이었던 부모님을 따라 미국으로 유학을

가서, 20세에 하버드를 수석 졸업하고 불과 22세의 나이에 박사가 된 차은희.

미모와 교양을 겸비했지만 그만큼 도도한 자존심으로 콧대 높은 그녀가 이렇게 웃고 있는 것은 병원 내에 화제가 되기에 충분한 일이다.

결국 수석 간호사가 총대를 메기로 했다.

"차은희 박사님. 무슨 일인지 알 수 있을까요?"

"이것 좀 보세요."

눈물까지 흘려 대며 차은희가 건네준 진단서.

그것은 가정소외자감정법에 의해 작성된 서류였다.

일곱 개의 짧은 문항과 그에 따른 대답이 전부다.

1. 이름을 적어 주십시오.
   ―이현.
2. 직업을 확인합니다.
   ―인류 평화를 위협할 대악당.
3. 현재 하는 일은?
   ―서류 작성.
4. 과거에 있었던 일 중에 가장 기억에 남는 일, 혹은 가치 있었던 일 세 가지를 쓰시오.
   ―마법의 대륙 만렙. 안 먹고 안 자고 204시간 게임 플레이. 계정 판매.

5. 현재의 정치인들에 대한 생각은?
  ─일본과 중국에 수출.
6. 사회 구성원으로서의 자신을 자각했을 때는 언제입니까?
  ─영화 '혹성 탈출'을 본 직후.
7. 자신의 정체성을 한 문장으로 표현한다면?
  ─난 드래곤이다.

정신감정 서류를 본 간호사는 어이없다는 얼굴을 했다.
"이거 혹시… 어디 개그집에 실려 있는 내용인가요?"
"아니에요. 오늘 대상자가 직접 작성한 서류 같은데요. 거기 인증 도장도 찍혀 있지요?"
"미친 녀석이군요."
"아니에요. 미쳤다면 이토록 냉소적으로 정확하게 세상을 볼 수 없지요. 그렇지 않겠어요?"
차은희의 결정은 뜻밖에도 정상이었다.
정신분석학 박사의 견해에서 이 서류를 볼 때에는 안타까움이 느껴질 정도였다.
이토록 장난스럽게 세상을 비판할 수 있는 사람. 아마도 이 이현이라는 사람이 살아온 현실은 차갑고 냉정한 것이었으리라.
"휴우."
간호사는 한숨만 내쉬고 있었다.

차마 박사의 결정에 이래라저래라 말할 입장은 아니었다. 하지만 미국에서 정신분석학 박사 학위를 따고, 세계적인 의학지에 단골로 논문을 제출하는 차은희 박사가 미쳤거나 아니면 이 이현이라는 남자가 미쳤거나 둘 중 하나밖에는 없다고 간호사는 생각했다.
 '아니면 둘 다 미쳤거나, 아니면 둘 다 정상이고 내가 미쳤거나. 세상이 전부 미쳐 돌아가거나!'
 간호사의 머릿속이 복잡해졌다.
 차은희 박사가 서류를 들고 일어나며 말했다.
 "세상에는 이런 사람도 있고, 저런 사람도 있는 거지요. 너무 골치 아프게 생각할 것 없어요. 그리고 이 서류는 서윤이에게도 보여 주어야겠어요."
 "정서윤 환자요?"
 "네."
 "그녀가 과연 볼까요?"
 "볼 거예요. 마음을 닫아걸어 놓은 아이일수록 자신에게 다가오는 것들을 더욱 의식하게 되니까요. 다만 이번에는 웃었으면 좋겠는데……."
 차은희 박사는 이현이 작성한 진단서들을 들고 병실로 향했다. 그녀가 간 곳은 병원의 12층에 위치한 특실.
 최고의 시설과 의료진, 또한 전용 수영장과 운동 시설까지 갖추어져서 하루에 2천만 원의 입원비가 들어가는 곳이었다.

"서윤아, 나 왔어."

차은희가 방긋 웃으며 병실 안으로 들어갔다. 그러자 창백한 얼굴의 소녀가 책을 읽던 도중에 고개를 들었다. 얼굴로 돈을 버는 연예인이라고 한들 이 소녀보다 아름다울까. 그러나 표정이 죽어 있었다.

아름다운 인형처럼 사람으로서의 생동감이 전혀 느껴지지 않았다.

'신은 그녀에게 지나친 아름다움을 주었지.'

너무나도 아름다웠던 탓에, 지나친 아버지의 사랑을 받았다.

물론 부녀간의 선을 넘을 정도로 금기시된 일은 벌어지지 않았다. 그러나 그녀의 어머니는, 약간은 의부증이 있었던 모양이다.

그녀를 질투했고, 어릴 때부터 학대했다.

그리고 빚어진 그날의 참극.

그 후로 소녀는 언어를 잃었다.

어릴 때의 서윤은 천사라고 불릴 정도로 밝고 명랑한 아이였다. 서윤의 과거를 알고 있는 차은희로서는 언제나 안타까웠다.

"이것 좀 봐. 본래 이렇게 빼 오면 안 되는 거지만 너한테는 보여 줄게."

차은희는 소녀에게 이현이 작성한 종이를 건네주었다.

소녀의 무심한 눈길이 종이를 훑고 지나간다. 차은희는 소녀가 웃음을 터트리기를 기대했다.
 '알고 있니? 만약에 네가 이번에 웃는다면 5년 만에 웃는다는 걸.'
 하지만 차은희의 바람에도 불구하고 소녀는 조금도 웃지 않았다. 그저 무미건조한 얼굴로 종이를 훑어보고 차은희에게 다시 돌려주었을 뿐이다.
 소녀의 어릴 적 밝고 환하던 모습을 기억하는 차은희에게는 무척이나 가슴이 아팠다.
 "휴우… 뭐 필요한 건 없니?"
 살래살래.
 소녀가 고개를 저었다.
 "그럼 필요한 게 있으면 언제든지 부르렴."
 차은희는 조용히 병실에서 빠져나왔다.
 "혹시 웃었나요?"
 병실 안에는 들어갈 수 없었던 간호사가 물었지만, 차은희는 씁쓸하게 웃을 뿐이다.
 "실패하셨군요."
 "네. 아무래도 저 녀석의 치료 방법을 찾기 힘드네요. 저를 믿고 맡겨 주신 회장님, 아니 서윤이를 위해서라도 반드시 고쳐 놓아야 할 텐데…….."
 수많은 심리학자와, 정신분석학자, 심리 치료사들이 달라

붙었다. 그러나 서윤의 얼어붙은 마음을 달래고 녹여 줄 수 있는 사람은 없었다.

지금은 모두 자포자기하고 있는 상태.

안타까웠던지 간호사도 눈물을 글썽였다. 저토록 아름다운 애가 웃지도 않고 말을 하지도 않으며, 닫힌 자신만의 틀 속에서 살아가야 하다니.

"치료 방법은 없나요?"

"어떤 심리적인 치료법이라고 해도 본인이 받아들이지 않으면 효과가 없어요."

"그러면 평생 이대로 살아가야······."

"반드시 고쳐 놓아야지요. 단지 시간이 필요할 거예요. 본인이 현실을 받아들일 수 있는 시간이."

"그렇지만 벌써 5년이나 지났어요. 이렇게 되면 서윤이의 자아는 그대로 굳어져서 영영 돌아오지 않을 수도······."

"그렇지 않게 하는 게 우리들의 일이죠. 저는 반드시 서윤이를 정상으로 되돌려 놓겠어요."

차은희의 의지가 불타오른다.

그녀가 심리분석학과를 우수한 성적으로 졸업하고, 병원에 취직한 이유 중의 하나는 서윤 때문이기도 했다.

"이미 1년 전부터 그녀를 고쳐 놓기 위한 한 가지 방법은 실행하고 있어요."

"그런 이야기는 들어 보지 못했는데요."

"물론요. 최대한 알려지지 않도록 비밀로 해야 했으니까. 그녀를 고쳐 놓을 방법은 로열 로드. 그녀는 치료를 받을 때를 제외하고는 거의 캡슐 안에서 살고 있지요."

"그러면……."

"맞아요. 현실이 아닌 부분부터 조금씩 시작하는 거죠. 갇혀 있지 않은 공간에서, 조금씩 시작하는 거예요. 현실에서 믿지 못하고, 느끼지 못한 감정을 가상의 공간에서라도 자신을 모르는 사람들을 만나면서 풀 수 있으면 좋을 텐데……."

집으로 돌아온 이현은 게임에 들어가기 전에, 아이템 거래 사이트부터 들러 보았다.

지금까지 이현이 거래했던 물품은 단 하나에 불과했다. 그럼에도 그의 등급은 트리플 다이아몬드였다.

30억에 팔려 나간 마법의 대륙 계정.

그것으로 인해서 최고 우수 고객에 선정이 되어 있는 것이다.

-40만으로 힘 20 이상 올려 주는 철검 삽니다.

-전사에게 유리한 반지류 구합니다. 가격 제시.

> -푸른 인도자 부츠 구함. 30만.

> -마법사 귀걸이 구합니다. 시세에 추가금 드립니다.

사려고 하는 물품들은 끝도 없을 정도였다.

한 번 검색에 수십만 건이 떴다. 그러나 이들 중에 거래가 되는 경우는 별로 없다.

워낙에 많은 사람들이 아이템을 구매하려고 하니 수요는 충분한 상태. 공급이 이에 크게 미치지 못한다.

팔고자 하는 사람은 자신의 물건을 올려놓기만 하면 자동으로 경매가 진행되는 구조였던 것이다.

> -단혼의 철퇴. 내구력 105. 공격력 96~105. 힘 15. 경매 시작가 100만.

> -샤인의 축복 반지. 5분간 초당 3씩 마나 회복되는 레어 아이템. 경매 시작가 300만.

> -메시아링 귀걸이. 마법 저항력 상승. 화염 마법 숙련도 8% 상승. 경매 시작가 400만.

> -톰스 대장장이의 망치. 무기 제작 성공률 15% 상승, 한 등급 더 높은 무기를 제작하게 만들어 줌. 경매 시작가 50만.

경매 상위권에 있는 아이템들은 엄청난 가격대를 자랑했다. 그 밑으로 자잘한 아이템들이 이어졌지만, 그것들조차

10만 원을 훌쩍 넘는 것들이 많다.

그만큼 아이템들이 희귀하다는 뜻이리라.

이현도 운 좋게 단단한 철검을 초반부터 구하지 못했더라면 흔해 빠진 퀘스트를 무한으로 반복하며 몇 쿠퍼씩 돈을 모아서 상점으로 달려가 마침내 무기를 사고, 그런 다음에야 사냥터로 향했으리라.

물론 허수아비를 때리면서 스탯을 키워 놓았으니 맨주먹으로 싸워도 되기는 하다.

그렇지만 그럴 경우에는 위드의 검술 스킬이 적용되지 않는다. 공격력이 절반 정도로 제한되고 마는 것이다.

현금으로 고가에 거래되는 무기나 방어구류에 비해 대장장이나 봉제처럼 제조와 관련된 물건들은 값이 저렴한 편이다.

조각가들이 쓸 만한 물건은 아예 목록에 있지도 않다.

로열 로드가 열린 지도 아직 1년 3개월밖에 지나지 않았다.

한참 레벨 업에 그리고 모험에 열중할 때인 것이다.

이현이 게임을 하면서도 자신을 제외한 제조 직업들은 볼 수 없었다.

현재는 대륙의 70%가 넘는 땅이 미개척지였다.

너무나도 넓은 영토, 많은 퀘스트들이 기다리고 있다.

이런 무궁무진한 기회를 두고, 장인의 꿈을 펼치는 사람들

이 별로 없는 것이다.

로자임 왕국도 현실 시간으로 불과 6개월 전에 발견된 새로운 왕국이다. 아마도 왕국을 최초로 발견한 탐험대는 큰 소득을 거두었으리라.

대륙의 중심부에는 제법 떨어져 있지만 주변에는 미개척지와 알려지지 않은 던전들이 가득하고, 강한 몬스터들도 많다.

로자임 왕국에서 시작했던 건 그러한 이유에서다.

'내가 너무 늦게 시작한 건가? 아니야. 아직 기회는 충분하다.'

이현은 고개를 저었다.

1년간의 준비 기간.

남들은 레벨을 올리고, 명성을 쌓아 가고 있을 때에 자신은 육체를 단련하고 정보를 수집하면서 지냈다.

이제 계정을 팔고 싶지 않았다.

가상현실 게임에서는 계정 판매 절차도 까다로울뿐더러, 그렇게 한 번 장사를 하고 그만둘 수는 없다.

최소한 5년간은 든든한 자금줄이 되어 주어야 했다.

'현재 로열 로드라면 5년, 아니 10년이 되어도 우리 가족을 먹여 살릴 수 있다. 혜연이를 대학에도 보낼 수 있겠지. 그러려면 무엇보다 안정적이어야 해. 나는 고등학교에서 끝났지만 내 동생만큼은…….'

따르릉!

그때 전화벨이 울렸다.

이현은 주위를 돌아봤지만, 할머니도 여동생도 나갔기에 어쩔 수 없이 자신이 전화를 받았다.

"누구십니까?"

-이현이냐? 여전히 삭막하게 전화를 받는구나. 나다, 상훈이.

"아, 신상훈."

전화를 받고 나니 꽤나 오랜만에 들어 보는 음성이었다.

'고등학교를 중퇴하고는 처음이던가.'

"왜. 무슨 일이야?"

-오늘 고등학교 동창회 하는데…….

"일 없다. 그런 건 졸업생들이나 모이는 것 아니었나? 나 같은 중퇴자가 동창회에 나가는 것도 우스워."

-하지만…….

"내가 왜 학교를 그만두었는지 알잖아. 나는 더 이상 학교에 미련이 없어."

-…….

"이 번호로 다시는 전화하지 마라."

달칵.

이현은 수화기를 내려놓은 뒤에 크게 한숨을 쉬었다. 받고 싶지 않은 전화를 받고 말았다.

고등학교 때는 기억하고 싶지 않았다.

사채업자들에게 수없이 두들겨 맞고 협박당하던 시절. 사채업자들을 피해서 학교를 다녀야 했다.

새벽같이 학교를 가고, 숨어서 지내던 시절.

사채업자들은 잘 따돌렸지만 그들은 이현이 생각하는 것보다 훨씬 고단수였다.

사채업자들은 깡패들을 통해서 학교 선생님들까지 동원했다.

정규 수업 시간에 반 친구들이 다 보는 앞에서, 담임으로부터 사채업자들의 돈을 갚으라는 말까지 들었다.

담임은 자신이 맞고 싶지 않다면서, 이현의 다리를 붙잡고 애걸복걸을 했다.

'그리고 나는 학교를 그만두고 말았지.'

친구들이 지금 무얼 하고 있을지는 약간 궁금하기도 하다. 그러나 이현은 그 수치스러운 기억을 안고 동창회에 나갈 수는 없었다.

'결국 내가 할 수 있는 것은 게임뿐.'

이현은 식사를 마치고 다시 캡슐 안으로 들어갔다.

아침부터 해가 질 때까지는 어김없이 로드리아스의 저택 앞에 진을 치고 있는 생활이 계속되었다.

위드가 아니면 정말로 하기 힘든 짓이다.

"서쪽 계곡에서 사냥을 하는 게 어떨까. 그곳의 히피들은 레벨이 높지만 우리들끼리라면 충분히 잡을 수 있을 거야."

"이번에 엘라인 마을의 호송단에 속하셨다면서요?"

"요즘 트롤의 피 가격이 폭등했어. 거의 3배나. 큰 전쟁이 다가올 조짐인 것 같아."

위드의 귓가로 주위의 말소리들이 들어왔다.

말이 우는 소리나, 마차가 굴러 가는 소리들 역시.

대로에 앉아 있으면 수많은 정보들을 들을 수 있다. 세상이 흘러가는 이야기를 앉아서 알게 된다.

그런 재미라도 없었다면 위드는 도저히 견디지 못했을 것이다.

허수아비를 때릴 때에는 강해지는 맛이라도 있었지, 햇빛 아래에 가만 앉아서 있는 건 고문이나 다름없다.

'달마대사가 며칠 면벽을 했다고 하지?'

현자 로드리아스를 만나기 위함이라지만 비슷한 수준의 고행이다.

지난 2일 동안에 페일과 이리엔 등과 매일 만나서 사냥을 했었다. 그들은 위드만큼 강하지 않았기 때문에 경험치를 모으는 속도는 훨씬 느리다.

그러나 그들은 아침과 낮, 해가 지기 전에도 사냥을 할 수 있다. 덕분에 레벨이 오르는 속도는 위드와 별로 차이가 나지 않는다.

실상 밤에 경험치가 30% 더 들어온다지만, 몬스터들도 절

반이나 강해지니 어쩌면 아침과 낮의 사냥이 훨씬 효율적일 수 있다.

공격력이 막강한 위드가 없을 때, 그들 파티끼리만 사냥을 한다면 틀림없이 그럴 것이다.

특히 페널티 아닌 페널티로 직업이 없으면 직업 관련 스킬을 일찍 배우지 못한다는 점은 매우 크다.

레벨이 더 높아진 상태에서 직업을 구한다면 스킬 숙련도에서 뒤떨어진다. 게다가 이렇게 가만 앉아서 기다리고만 있는 것은 인내심의 문제이기도 했지만 시간이 너무나도 아까웠다.

'지금 내가 할 수 있는 것은 조각술? 조각이라…….'

위드는 주위를 둘러보았다. 마차의 축에서 떨어져 나온 것인지 나무토막이 하나 있었다.

나무토막을 줍고, 조각칼을 꺼내어서 스킬을 시전한다.

"조각술!"

스스슥

위드의 손이 움직일 때마다 나무토막은 점점 잘려 나가며 형태를 만들어 간다.

"이게 뭐야."

스킬이 완성되고 난 후에 위드는 푹 한숨을 쉬었다.

네모난 나무토막을 기껏 조각해 보니 둥글게 만든 정도에 불과했던 것이다.

"이럴 바에야 차라리 내가 조각을 하는 게 낫지."

위드는 나무토막을 하나 더 주워 와서 조각칼로 깎기 시작했다.

과거에 제봉 공장에서 일을 했던 경험이 있었으니 나름의 손재주는 있었고, 무얼 만드는 것은 매우 익숙한 위드이다.

슥슥.

조각칼은 얼마나 날카로운지 닿기만 하면 나무가 잘려 나갔다. 몇 번 시행착오도 겪었지만 이윽고 작은 검 모양의 나뭇조각을 완성했다.

-조각술 스킬의 숙련도가 향상되었습니다.

-손재주 스킬의 숙련도가 향상되었습니다.

나란히 뜨는 메시지.

위드는 새로운 사실도 약간씩은 깨달았다.

굳이 조각술을 의도적으로 시전하려고 하지 않더라도, 직접 조각을 하는 것도 스킬과 관련이 있다는 것.

그리고 조각술을 펼칠 때에는 무엇을 만들 건지 미리 확실하게 인지하고 있어야 한다는 것을 말이다.

"그냥 노는 것보다는 조각술이라도 올리는 게 낫겠군."

심심하던 위드는 땅바닥에 굴러다니는 나뭇조각들을 주워

와 조각을 하기 시작했다.

"이것도 나름대로 재미는 있는걸."

어릴 때에 학교에서 미술 선생님으로부터 조각을 잘한다는 칭찬을 몇 번 들었던 것이 떠올랐다.

대체로 아무 짝에도 쓸모없는 물건들이 나왔지만, 몇 개는 위드가 보기에도 정말 괜찮은 물건들이 나왔다.

약 5시간 동안 위드는 조각술에 전념했다.

땅바닥에 주저앉아 열심히 조각칼로 나무를 깎고 있는 모습이었지만 멍하니 앉아 있는 것보다는 훨씬 나았다.

> -조각술 스킬의 레벨이 상승했습니다. 조금 더 복잡하고 아름다운 조각품을 만드실 수 있습니다. 조각품의 실패율이 줄어듭니다.

스킬의 수준이 낮았기 때문에 손재주와 조각술 스킬이 빠르게 올라간다.

"오오."

위드는 경탄했다.

조각술 스킬이 늘어나면서, 조각을 하는 도중에 이런저런 화면들이 뜬다.

여기는 둥글게 파는 것이 좋다든지, 혹은 어떤 무늬를 넣을 수 있는지 마치 힌트처럼 장면들이 주어진다.

위드는 그것 중에 하나를 선택해서 직접 조각을 할 수 있었다. 혹시 실수로 잘못 조각을 하더라도 조각술의 스킬이 보조를 해 주어서 봐 줄 만한 물건이 나왔다.

아니, 이제는 꽤 멋진 작품들이 나온다.

어제 잡았던 작은 여우 모양의 조각품이나, 늑대도 어렵지 않게 만들어 낸다.

생동감이 넘치는 조각품들이 완성되어 위드의 주변에 놓여 있었다.

위드의 조각술은 현재 2. 그렇지만 자하브의 조각칼에 걸려 있는 옵션에 의해 스킬 레벨이 4로 적용된다.

자하브의 조각칼은 조각사라면 모두 다 탐낼 만한 그런 유니크 아이템인 것이다!

'물론 아무도 탐낼 사람이 없다는 게 문제겠지만.'

현재 조각가란 직업은 전멸되다시피 하였다.

그리고 설혹 있다고 하더라도, 조각가의 레벨이 높아 봐야 얼마나 높겠는가? 팔려고 해도 별로 돈도 되지 않을 것이다.

조각품을 5개째 만들었을 때였다.

―스탯 예술이 생성되었습니다.

―예술 : 아름다움을 이해하고, 실천하는 능력. 정성이 담긴 요리는 보기에도 맛있어 보이며, 예술성이 높은 사람이 만든 물품들은 하나같이 고급스럽게 보인다. 오래된 벽화나 장식품을 감상할 때에도 오르지만 직접 제작에 참여할 때 많이 오른다.

"……."

위드는 잠시 침묵했다. 예술 스탯이 지닌 무궁무진한 가능성을 확인해 본 것이다. 그리고 빠르게 판단을 내렸다.

"예술 스탯 삭제!"

-스탯은 삭제되지 않습니다.

"이런 젠장!"

스탯은 무제한으로 만들어지지 않는다.

자신에게 필요한 스탯은 최대 15개가 한계였다. 아끼고, 아껴서 꼭 필요한 스탯만 만들어도 모자랄 판에 그중의 하나가 예술이라니 얼마나 안타까운 일이란 말인가!

'이렇게 된 바에야 할 수 없지.'

불필요한 스탯이라는 생각이 들었기에 레벨이 오르더라도 절대로 예술 따위에 스탯을 분배해 줄 생각은 없었다.

다행히 내버려 둬도 알아서 성장한다지만 어디 쓸모가 있겠나 싶었다.

위드는 열심히 조각을 했다. 하지만 솔직히 염불보다는 잿밥에 관심이 많다.

"조각술은 별 볼일 없지만 손재주가 늘어나면 여러 모로 좋지. 검술의 공격력이 늘어나는 것은 물론이고, 궁술에는 손재주가 중요하게 작용한다니까. 그리고 섬세한 작업도 할 수 있고."

손재주는 두루 영향을 미치는 중요한 스킬이다.

> -손재주 스킬의 숙련도가 향상되었습니다.

> -손재주 스킬이 상승했습니다. 만드는 조각품에 영향을 줍니다. 요리와 봉제를 배우실 수 있는 자격이 생겼습니다. 무기를 다루는 기술이 늘어 공격력이 3% 상승합니다. 주먹의 공격력이 5% 상승합니다.

조각술을 펼치면서 손재주가 가장 빨리 올라서 스킬 레벨이 3이 되었다.

"정말 의외로 할 만한걸."

위드는 손재주 스킬의 빠른 향상에 매우 만족하고 있었다.

만들어지는 조각품들이 실제로는 스킬 레벨 4의 것들인 까닭도 있겠지만, 무엇보다 조각술 자체의 영향이 크다.

요리나 봉제들도 손재주의 영향을 크게 받았지만 직접 미세한 세공을 하는 조각술만큼 손재주와 관련이 깊은 스킬은 없는 것이다.

어찌 본다면 손재주 스킬을 키우기에는 조각술만 한 게 없다. 물론 손재주를 키우기 위해서 필요도 없는 조각술을 배울 사람은 드물겠지만.

'그래도 봉제는 배우고 싶지 않아!'

요리야 맛있는 음식을 만들어서 먹을 수 있으니 한 번쯤은 익혀 두는 것도 괜찮다.

비싼 가게에서 음식을 사 먹는 것보다는 재료들을 사서 직접 만들어 먹는 편이 싸게 먹히니까.

게다가 일주일씩 성에 돌아오지 않고 사냥을 하다 보면 이런저런 요리 재료들을 모아 직접 해 먹어야 스태미나가 더욱 오래 보존이 된다.

인스턴트 음식인 건량으로는 스태미나가 완전하게 회복이 되지 않았던 것.

다만 제봉 공장에서 실밥을 땄던 추억 때문인지 위드는 봉제만큼은 배우지 않으리라 결심했다.

'봉제가 이 세상에서 제일 싫어! 옷 따위는 절대로 만들지 않을 거야.'

열심히 조각을 하고 있는 위드의 앞에 검은 그림자들이 드리워졌다.

"어머, 어쩌면……."

"저것들 정말로 살아 있는 것 같아."

"저렇게 생생한 조각품을 보는 건 처음이야."

위드는 웅성거리는 소리에 슬쩍 고개를 들어 보았다. 그러자 수많은 사람들이 앞에서 조각품들을 구경하고 있는 것이 아닌가.

작고 예쁘장한 여자 아이가 토끼처럼 만들어진 조각품을

언어를 잃어버린 소녀

손으로 가리켰다.

"아저씨, 저거 파는 거예요?"

여자들이 아줌마라는 소리를 듣기 싫어하는 것처럼, 남자들 역시 때로는 아저씨란 소리를 듣고 싶지 않아 한다.

불행히도 위드 역시 그런 부류에 있는 사람들 중 하나였다.

하지만…….

"예, 파는 겁니다."

위드는 친절하게 웃으며 말해 주었다. 두말할 필요도 없이 돈의 냄새를 맡았기 때문이다.

"그럼 저거 하나 주세요. 가격은 얼마죠?"

위드는 토끼 조각품을 건네주면서 잠시 고민을 했다.

"가격은……."

여기서 적당한 가격을 불러야 한다.

어차피 남아도는 것이 조각품이 아닌가.

내버려 두면 전부 재고로 남을 물건들이고, 필히 내다 버리게 될 텐데 잘만 하면 적당한 금액을 받고 전부 처분할 수 있었다.

위드가 손가락 2개를 펼쳐 보였다.

"이만큼만 받겠습니다."

"2실버란 말이죠? 생각보다 싸네요."

여자는 2실버를 지불하고 조각품을 받아 갔다.

"정말 예뻐요. 잘 간직할게요."

위드는 멍하니 그녀의 뒷모습만을 바라보았다. 손가락 2개를 보여 준 것은 동전 2개라는 뜻이었다.

　단 2쿠퍼.

　그런데 무려 백배나 되는 돈을 지불하고 사 간 것이다.

　"아저씨, 저도 하나 주세요."

　"저희도요. 저희들은 저 여우 2개 주세요."

　위드가 만든 조각품들은 불티나게 팔렸다.

　작은 것은 2실버에서 큰 것은 3실버까지 가격이 책정되었고, 주로 검이나 방패 모양의 조각품보다는 성 앞 사냥터에 있는 여우나 토끼의 조각품들이 잘 팔렸다.

　귀엽기도 했거니와 초보 시절의 추억으로 사 가는 사람들이 많았기 때문이다.

　레벨이 100만 되더라도 하루 동안 사냥해서 몇 골드를 벌기란 그리 어려운 일이 아니다. 그들에게 2실버란 그렇게 큰 돈이 되지 못했다.

　위드의 조각품들은 곧 품귀 현상까지 빚어냈다.

　"저희들은 여우를 조각해 주세요. 꼬리가 9개 달린 여우로요. 가능하겠죠?"

　위드는 잠시 생각해 보다가 고개를 끄덕였다.

　그리 어려운 형태도 아니고 꼬리만 9개로 제작하면 된다. 가능할 것 같았다.

　"예. 다만 별도로 형태를 주문한 조각품은 가격이 조금 추가됩니다."

"얼마나요?"

"한 5실버 정도로······."

위드는 말하고 나서 내심 너무 비싸게 부른 게 아닌가 하고 후회해 봤지만, 사려는 사람들은 쉽게 고개를 끄덕였다.

"네. 그럼 만들어 주세요. 대신 예쁘게 만들어 주셔야 해요?"

성내에 조각 상점은 있었지만 거기에는 큰 동상들을 위주로 제작하고, 또한 보석이나 금붙이로 치장을 해서 비싸서 구입을 하지 못한다.

그리고 조각술을 올리는 사람이 없었기 때문에, 위드의 조각품은 희소가치가 있었던 것이다.

"와, 정말 예쁘다."

조각품을 구입한 사람들은 이리저리 살펴보면서 기뻐하는 표정이다.

"다음에 또 살 일이 생길지도 모르니 이름을 알려 주세요."

"위드. 조각사 위드입니다. 언제라도 필요한 조각품이 있으면 찾아 주십시오."

"그럼 나중에 또 봐요."

소문을 듣고 성의 다른 곳에서도 사람들이 찾아왔다.

"여기래, 여기."

"저희들도 조각품을 만들어 주세요."

위드가 어제 하루 동안 파티 사냥을 통해 번 돈이 4실버였다. 하지만 한두 개만 조각을 해 주어도 금방 그 돈을 벌게 된다.

하나를 조각하는 시간은 약 10분.

재료비야 거의 들지 않았으니 엄청난 흑자를 내는 사업이다.

다음 날부터는 아예 목공소에 가서 나뭇조각을 대량 구입해서 만들기 시작했다.

손재주와 조각술의 스킬도 착착 올라가면서 더욱 예쁘고 아름다운 조각품들이 나왔다.

스킬이 높아지면서 조각품들이 좀 더 비싼 가격에 그리고 곧바로 팔려 나가는 것은 두말할 필요도 없는 일이다.

천 개 중에 한두 개. 대성공으로 나오는 작품들은 아예 경매까지 붙을 정도였다.

이제 조각술에 대한 인식이 약간은 바뀌었다.

큰돈은 아니더라도 제법 짭짤한 부수입을 올려 주는 직업으로.

집요한 바비큐 쟁탈전!

"끄으응!"

로드리아스는 앓는 소리를 냈다.

벌써 6일째였다.

여전히 창밖에는 위드가 있었다. 굳이 창을 내다보지 않아도 그 사실을 알 수 있었다.

한창 조각품들을 사람들에게 팔고 있을 테지.

"무슨 일인지 한번 나가 봐야겠군."

지독하게 게으른 로드리아스였지만 6일째 되는 날 도저히 참지 못하고 밖으로 나왔다.

"내가 바로 로드리아스네. 자네는 무엇을 내게 전해 주기 위해 기다리고 있었던 것인가?"

"우와! 현자가 나왔어."

"정말 현자다."

"지혜의 별 로드리아스!"

위드에게서 조각품을 사 가기 위해 기다리고 있던 인파들은 깜짝 놀랐다.

현자들의 공통점이라면 대체로 귀찮은 일들을 싫어했다. 특히나 누군가 찾아와서 자신을 귀찮게 하는 일은 질색이다.

그런 로드리아스가 마침내 문밖으로 나온 것이다.

위드는 품에서 푸른 새가 그려져 있는 손수건을 꺼내서 현자에게 보여 주었다.

"이것이 제가 전해 드리려고 한 물건입니다."

그 순간 로드리아스의 눈에 물기가 어리기 시작한다.

"이것은 이베인 왕비님의 손수건……. 여기는 사람이 너무 많군. 저택 안으로 들어오겠나?"

"예, 알겠습니다. 오늘의 장사는 여기까지입니다."

위드는 싱긋 웃으며 자리에서 일어났다.

"우우!"

"우리들도 볼 수 있게 해 줘요!"

몰려 있던 사람들은 원망 섞인 음성을 내뱉었지만, 위드나 로드리아스나 그리 신경을 쓰지는 않았다.

로드리아스는 저택 안으로 위드를 이끌었다.

"이제 조용해졌군. 이 손수건을 가져온 사람은 내게 한 가

지를 말할 수 있지."

"예, 알고 있습니다."

현자 로드리아스!

그는 이베인 왕비의 물건을 가져온 사람에게는 한 가지 정보를 알려 주겠다고 공언을 했다.

위드가 가져온 것은 그녀의 손수건이다.

"말해 보게. 무엇이든 들어 주겠네."

진지한 로드리아스의 태도는 현자로서 타인의 고뇌를 도와야 한다는 의무감에 불타오르는 것만 같았다!

그러나 여기에 로드리아스의 시커먼 속셈이 있었다.

이베인 왕비의 손수건은 자신이 그렇게도 찾던 물건이었지만 위드를 돕고 싶은 마음은 추호도 없었다.

약속과는 다르지 않냐고?

전혀 아니다.

로드리아스는 위드가 한 가지를 말할 수 있다고 했고, 무엇이든 들어 주겠다고 했다.

자신은 고민거리가 무엇인지만 알면 된다. 지적 욕구와 호기심을 채우기 위해서. 그리고 그걸로 끝이다. 해결책은 추호도 말해 줄 생각이 없었다.

지금까지 많은 유저들이 로드리아스에게 그런 식으로 골탕을 먹었다.

불량하고 까다로운 조건만 내걸면서 절대로 유저들이 원

하는 해답을 알려 주지 않는 로드리아스!

 그래서 지혜의 별이라는 별명 외에 유저들이 붙여 준 별명으로는 퀘스트의 무덤이라는 게 괜히 있는 게 아니다.

 이 유치하고 치졸한 방법에 위드는 넘어가지 않았다.

 애초에 위드는 로드리아스를 믿지도 않았던 것.

 인간이란 무척이나 나약한 존재다. 로열 로드를 하기 위해서 1년간 준비를 하는 과정에서 뼈저리게 느꼈다.

 약해지려는 의지, 편함만을 찾는 육체.

 자기 자신도 믿지 않았는데, 처음 보는 로드리아스를 믿을 리가 없다.

 "말하면 뭐가 달라집니까?"

 "달라지다니?"

 "제 고민을 듣고 나서 도움이라도 주실 건지요?"

 "그건……."

 "그러면 말 안 하겠습니다. 입만 아프게 뭐 하러 말을 합니까. 귀찮게."

 "……."

 로드리아스는 눈살을 찌푸렸다. 본인은 전혀 그런 뜻이 아니었는데 위드의 의심병에 당했다는 표정이다.

 "좋아. 그럼 이제 이야기해 보게. 자네가 바라는 것이 무엇인지를 말하면 되네. 이베인 왕비님의 손수건을 가져온 자네에게는 자격이 있네."

로드리아스가 은근한 어조로 이야기했다.

위드가 기다려 온 순간이다.

'제깟 놈이 이제는 말하겠지!'

하지만 위드는 그의 생각보다도 훨씬 간악하고 비열하며 용의주도했다. 이 사실을 모른다는 것이 로드리아스에게는 불운이었다.

위드는 다시 한 번 확인을 했다.

"말하면 정보를 줄 겁니까?"

"……."

"정보를 안 준다면 말하지 않겠습니다."

"에… 그것은 말이네."

"이베인 왕비님의 손수건이 무척 귀해 보였습니다만. 특히 현자님께는 남다른 의미가 있는 물건으로 보였습니다. 그런데 도로 가져갈까요?"

"가져가게!"

"안녕히 계십시오."

위드가 정말로 돌아서서 가려고 하자, 로드리아스는 어쩔 수 없다는 듯이 두 손을 들었다.

"자네의 고민을 듣고 도움을 주겠네. 이베인 왕비님의 손수건을 가져오는 자에게는 한 가지 정보를 알려 주겠다고 약속한 것도 있었으니, 무리한 요구가 아니라면 내가 말할 수 있는 한도에서 말이야."

"사내로서 약속을 하신 겁니다."

"그야 물론… 그러나 나중에 자네도 내 부탁을 하나 들어 주어야 하네. 그때가 언제가 될지는 몰라도 말이야."

위드는 잠시 생각해 보다가 고개를 끄덕였다.

"그렇게 하지요."

로드리아스는 슬쩍 웃음을 지었다.

"자네가 이토록 힘들어하는 고민이 뭔가? 웬만한 일이라면 나를 며칠씩이나 기다리진 않았을 텐데 말이네."

호기심 가득 묻은 질문이었지만, 로드리아스에게는 따로 흑심이 있었다.

'어차피 별건 아닐 거야. 감히 나를 골탕 먹이다니, 내가 어디 너의 뜻대로 호락호락 넘어갈 줄 아느냐? 정보를 알려 달라고? 알려 준다, 알려 줘. 하지만 아주 지독하게 꼬아 놓은, 극악의 방법만을 알려 주겠다. 나를 귀찮게 한 대가를 톡톡히 치르게 될 것이다.'

로드리아스는 고민거리만 알아낸다면 수백 배로 보복할 자신이 있었다.

어떤 사람을 알려 달라면 그 사람의 사촌의 팔촌을 안내해 줘서 알아서 찾아가라고 할 것이고, 어떤 지명을 묻는다면 이름만 같고 전혀 엉뚱한 곳을 알려 주리라.

'크헤헤헤.'

로드리아스의 음흉한 흑심을 아는지 모르는지 위드는 드

디어 고민거리를 이야기했다.
"제가 선택할 직업 때문입니다."
"직업? 그러고 보니 자네는 아직 직업도 갖지 않았군."
"예, 그렇습니다."
로드리아스는 가볍게 웃었다. 이 정도라면 그가 예상했던 정보들 중에서는 굉장히 수준이 낮다.
아직 사람들이 찾아내지 못한 던전 정보나, 왕국의 정책들을 염두에 두고 있었다.
좋은 던전의 경우에는 하나만 발견하더라도 대박이었고, 정책들 역시 활용하기에 따라서는 엄청난 가치를 지닌다.
로자임 왕국에서 내년부터 남쪽 지역을 개발하려고 하는데, 그 전에 남쪽 지방의 상권을 선점하고 있다면 그는 큰 이득을 거둘 수 있는 것이다.
그런데 겨우 직업 선택을 도와 달라는 개인적인 부탁 정도는 로드리아스에게 무척이나 간단한 일이다.
"겨우 그 정도의 일을 가지고 고민했던가? 직업 때문이라면 나를 끌어들이지 않아도 되었을 텐데, 직업소개소만 가도 되지 않던가? 5일이나 이 앞에 앉아서 나를 기다릴 필요가 없었을 텐데."
"현자님이 가장 정확한 판단을 내려 주신다더군요."
"좋아. 어디 내가 자네가 할 만한 직업을 추천해 주지! 자네의 능력치를 불러 보게."

"예."

위드는 수련관에서 각 스탯들을 최고로 올린 이후로 처음으로 캐릭터 정보 창을 불러내었다.

"정보 창!"

캐릭터 이름 : 위드		성향 : 무		
레벨 : 13		직업 : 무직		
칭호 : 없음		명성 : 20		
생명력 : 960		마나 : 100		
힘 : 55	민첩 : 105	체력 : 50	지혜 : 10	지력 : 10
투지 : 67	지구력 : 89	예술 : 23		
통솔력 : 5		행운 : 5		
공격력 : 19		방어력 : 5		
마법 저항 : 무				

주야를 가리지 않고 플레이한 결과 레벨이 13이나 되었다. 이제 늑대 정도는 여유 있게 잡을 수 있을 정도다.

"허억."

로드리아스는 경악했다.

"레벨 13에, 생명력이 960이나 돼? 그 레벨에 힘이 55, 체력이 50. 민첩은 100을 넘어가? 수련관! 수련관에서 스탯을 올렸어! 자네의 독기도 정말 보통이 아니군."

과연 로드리아스는 지혜의 별이라는 명성답게 위드의 스

탯만 보고도 어떤 일이 일어났는지를 알고 있었다.

그러나 놀라움은 이제부터였다.

"조각술. 그런데 조각술의 스킬이 4에 손재주 스킬이 6이라니! 믿을 수 없군. 믿기지 않는 일이야! 대체 자네는 어떻게 살아온 건가."

"그건……."

위드는 자신의 지금까지의 행적을 들려주었다. 위드가 말을 할 때마다 로드리아스는 놀라움으로 입을 다물지 못하였다.

"교관과의 친밀도가 높아서 그런 의뢰들도 할 수 있었군. 그리고… 뭐라고? 자하브의 유지를 이었어? 그런데 달빛 조각사로 전직할 수 있는 기회를 스스로 걷어차 버렸다고?"

로드리아스는 눈을 부릅뜬 채로 경악했다. 이웃 왕국이 침략을 했을 때에도 이처럼 놀란 적이 없었다.

자하브. 그가 누구인가.

대륙에 숨겨진 절대 강자 중 한 사람이다.

전 왕비와의 인연으로 인해서 로드리아스도 몇 번 만나 본 적이 있었는데, 그의 스킬들과 검술은 반하기에 충분할 지경이었다. 자하브의 훌륭한 인품과 실력에 반해 로드리아스는 친구가 되었다. 그때가 50년 전이었으니 둘의 나이가 비슷한 때이기도 했다. 자하브가 왕국을 떠나지 않도록 몇 번이나 왕에게 간언을 드린 적도 있을 정도였다.

"허어, 그렇게 좋은 직업을 거부하였다니……. 자네는 어떤 직업을 갖고 싶은 건가."

"돈을 많이 벌 수 있었으면 좋겠습니다."

로드리아스는 잠시 침묵했다.

'어쩌면 이놈이야말로 내가 기다려 온 놈일지도 모른다. 대왕의 유지가 이제야 이어질지도 모르겠구나.'

고대로부터 내려오던 어떤 직업.

대륙을 최초로 일통했던 전설의 황제 게이하르 폰 아르펜.

그 인연은 로드리아스 자신과도 연결이 되어 있었다.

'다만 이 녀석이 받아들일 그릇은 안 되겠지만. 아닌가? 그래, 어차피 녀석이 생고생을 하는 것이지, 내가 하는 건 아니지 않던가.'

로드리아스는 근엄한 얼굴로 말했다.

"자네."

"예."

"굼벵이보다 뛰어난 인내와, 바퀴벌레처럼 치열한 생존 능력, 거머리처럼 악착같지 않으면 절대로 해결할 수 없는 의뢰가 있다네. 그래도 하겠는가?"

"……."

"왜 그러는가."

"표현이 썩 마음에 들지는 않는군요. 다만 저는 무엇이든지 할 각오가 되어 있습니다."

"좋은 의지네. 마치 할 수만 있다면 구더기라도 으적으적

씹어 먹을 만한 자신감으로 충만해 있는 것으로 보이는군."

"……."

"내가 말한 대로 한다면, 자네에게 직업이 생길 걸세. 그러나 조금 힘든 퀘스트가 될 터인데 자네가 이를 받아들일 수 있을지 모르겠군."

위드는 이때 깊은 음모의 기운을 눈치 채고야 말았다.

"어디 말씀해 보십시오."

"혹 리트바르 마굴에 대해서 알고 있는가?"

"예, 그렇습니다."

리트바르 마굴이라면 수련관의 교관이 퀘스트를 주려고 했던 장소이기도 했다.

"그러면 위치 등을 따로 알려 줄 필요는 없겠군. 수단과 방법을 가리지 말고 그곳의 모든 악의 무리들을 잡게! 그러면 자네에게 새로운 직업이 생길 걸세."

띠링!

리트바르 마굴의 몬스터 소탕
마굴 안에서 서식하고 있는 몬스터는 총 100마리이다. 이들을 전부 한 번씩 죽이고 자신의 자격을 증명하라. 새로운 길이 열리게 될 것이다.
난이도 : 알려지지 않음.
퀘스트 제한 : 없음.

위드는 몇 번이나 퀘스트를 확인해 보았다.
'이 늙은이가 무슨 꿍꿍이가 있어.'
그렇지 않고서야 리트바르 마굴과 관련된 퀘스트를 주었을 리가 없다.
리트바르 마굴은 이미 많은 부분이 공개가 된 장소로, 총 지하 5층의 던전이었다.
밤낮을 가리지 않고 유저들이 그곳에서 사냥을 하고 있는 상태다. 레벨 20에서부터 50까지의 몬스터들이 주로 나오는 장소로, 현재 위드의 레벨은 13이다.
하지만 수련관에서 올린 스탯으로 정상적인 레벨 40 이상의 강함을 보유하고 있다.
높은 검술 스킬과, 손재주 스킬 등을 부가적인 효과까지 포함한다면 아마 50레벨의 몬스터도 잡을 수 있을지 모른다.
리트바르 마굴의 몬스터 소탕은 위드에게는 힘들지만 불가능한 일은 아닌 것이다.
'무언가가 있다. 무언가……. 그렇지만 일단 현자는 거짓말을 하지 않아. 어떤 음모가 숨어 있건 간에 이 퀘스트를 완료하면 내게 가장 적합한 직업을 가질 수 있다는 것만은 분명해.'
퀘스트에서는 함정의 냄새가 물씬 풍겨 왔다.
'적어도 정상적인 마굴에서의 사냥을 뜻하는 것은 아닌……. 어쩌면 이것은!'

위드의 눈빛이 날카롭게 빛난다.
"어떤가. 수락하겠는가? 참고로 말해 두자면 나는 지금 이것보다 더 좋은 이야기를 할 수 없으니 싫거든 알아서 하게."
위드는 잠시 고민하다가 고개를 끄덕였다.
"현자님의 말씀을 따르겠습니다."

-퀘스트를 수락하셨습니다.

"좋아. 그러면 리트바르 마굴의 몬스터들을 전부 잡고 내게로 오게나. 만에 하나라도 성공할 시에는 자네에게 줄 물건이 있으니까 말이지. 물론 절대로 성공하지 못하겠지만. 푸하하하."
로드리아스가 통쾌하게 웃어 재꼈다.

퀘스트를 받은 위드는 곧바로 수련관으로 향했다.
'늦기 전에 가야 한다.'
아직 점심시간이었기에 위드의 발걸음은 무척이나 빨랐다. 때마침 교관은 도시락을 꺼내 막 먹으려던 참이었다.
"교관님."
"위드가 아닌가! 자네가 너무나도 보고 싶었다네."

"저도 교관님을 만나 뵙고 싶어서 찾아왔습니다."
"이럴 게 아니라… 뭐라도 먹으면서 이야기하지."
"감사합니다."

위드는 적절한 아부로써 한 끼의 식사를 해결할 수 있었다. 교관의 체구는 그야말로 엄청나서 도시락도 거대했다.

위드가 옆에서 얻어먹고도 남을 정도다.

"그런데 교관님, 저번에 말씀하셨던 의뢰 말입니다."
"응? 그거……."
"예. 참가하고 싶습니다."

리트바르 마굴의 몬스터 소탕전

로자임 왕국에서는 몇 년째 급증하는 몬스터로 인해 골머리를 앓고 있다. 현 왕 시오데른은 이에 칙령을 발표하여 왕국의 병사들에게 마굴을 탐색하고, 몬스터들을 퇴치할 것을 명령했다.
교관의 친우인 미발은 요즘 들어 명성을 날리고 있는 왕국 기사이다. 미발과 그의 병사들과 함께 리트바르의 몬스터들을 토벌하라.
난이도 : E
퀘스트 제한 : 사망 시 퀘스트 실패.

"하하하. 내 그럴 줄 알고 자네의 자리를 남겨 달라고 말해 놨지. 의뢰를 받아 주겠다면 나도 좋네."

교관이 흔쾌히 위드의 부탁을 받아 준다.

"감사합니다."

-퀘스트를 수락하셨습니다.

"그럼 출발까지는 하루가 남았군. 오늘 밤에는 나의 집에 머무르지 않겠는가?"
"죄송합니다. 내일 출발하려면 미리 준비할 것들이 많아서……."
"아쉽군. 자네를 위해서 저녁을 준비하려고 했는데."
"저녁이요?"
"그럼. 오늘 아내가 통돼지 바비큐 구이를 해 놓는다고 해서 말이지."

위드의 입 안에 사르르 군침이 돌았다. 고소하고 매콤한 바비큐! 도저히 거부하기 힘든 유혹이다.
"사실 교관님 댁에 꼭 방문해 보고 싶었습니다!"
"하하하. 자네가 그럴 줄 알고 있었다네."
"헤헤헤."

위드는 절대로 자신이 비굴하다거나, 옹색한 인생을 살고 있다고는 생각하지 않았다.
다만…….
다만 보리 빵이 지겨울 뿐이다.
로열 로드에서는 맛조차 완벽하게 재현을 해 놓았다.

그것이 어느 정도라면 갓 잡은 생선으로 회를 만들면 그 신선도를 음미할 수 있을 정도였고, 오래된 음식은 딱딱하고 쉰 맛이 난다.

보리 빵의 경우에는 말할 것도 없다.

벌써 2달 넘게 보리 빵만 먹은 위드의 입맛은 그야말로 최악의 상황에 이르렀다. 빵만 보아도 신물이 올라올 정도.

이런 때에 통돼지 바비큐로 입가심을 하는 것도 나쁘진 않으리라.

물론 공짜라서 더욱 좋다.

"그럼 저녁에 다시 오겠습니다."

"암, 기다리고 있겠네."

수련소에서 새 퀘스트를 받은 위드.

"이제 3개의 퀘스트가 전부 차게 되었군."

하나는 기약도 할 수 없는 자하르와 관련된 퀘스트라면, 나머지 둘은 한 번에 해결할 수 있는 퀘스트였다.

"다만 로드리아스의 퀘스트는 무언가 함정이 있어 보이기는 하는데… 괜찮겠지."

부딪쳐 보면 될 일이다.

최악의 경우 죽기밖에 더하겠는가.

물론 죽고 싶은 사람은 아무도 없겠지만 어느 정도의 난관은 예상을 하고 있었다.

"이제는 나를 정비할 시간이다. 내일 오전에 리트바르 마

굴에 갈 준비를 해야겠지."

위드는 당당하게 번화가로 향했다.

화려한 옷을 입은 사람들이 지나가고, 흥정을 하는 이야기들이 끊이지 않는다.

좌판을 벌여 놓고 장사를 하는 사람들도 있다.

위드는 무기점으로 가서 활을 사고 화살도 넉넉하게 구입했다.

시오그라데의 활 : 내구력 50/50. 공격력 5-6. 연사 속도 4.
오크의 힘줄을 꼬아 만들었다는 활이다. 투박하게 만들어 정밀도는 낮지만 위력은 나쁘지 않다. 막 시작한 궁사들이 다루기 좋다.

가격은 1골드 20실버.

그러나 위드가 제값을 내고 사진 않았다.

위드는 나비 모양의 조각품 하나를 점원에게 건네는 것으로 1골드에 구입을 할 수 있었다.

조각품을 여자들에게 주면 상당한 호감도를 얻을 수 있다는 사실을 우연히 발견한 위드였다.

'조각술. 역시 중요한 곳에는 쓸모가 없지만…….'

지긋지긋한 보리 빵도 충분한 양을 샀다.

굶는 것보다는 빵이라도 먹는 편이 낫다. 그리고 전투를 하게 되면 공복도가 빨리 낮아진다.

공복도가 30 이하가 되면 동작이 느려지고 체력이 저하되는데, 허수아비를 때릴 때처럼 여유를 부릴 수는 없다.

위드는 배낭을 화살과 약초 그리고 빵으로 가득 채웠다.

만반의 준비를 다하고 위드는 다시 수련소에 있는 교관에게로 갔다.

"제가 할 일은 다 끝났습니다."

"오, 그런가. 그럼 우리 집에 가세. 자네를 기다리고 있는 사람이 있다네."

"사람이라니요? 오늘의 저녁 식사에 저 외에 다른 누구를 초대하셨습니까?"

"내, 내가 말하지 않았나?"

교관은 무언가 당황한 기색이었다. 그러더니 금방 표정을 바꾸고 얼버무렸다.

"그런 사람이 있지. 자네와 아주 잘 어울릴 것이라네."

이때 무언가 위화감이 느껴지긴 했지만, 별일 아닐 것이라며 위드는 마음을 풀어 놓았다.

"자, 어서 우리 집에 가세!"

교관은 위드의 손을 덥석 잡더니 자신의 집으로 데려간다. 교관의 손은 고릴라처럼 털이 숭숭 나 있었다.

꽉 손을 움켜잡고 있는 교관 때문에 위드의 이마가 찌푸려졌다.

"이 손 놓고 가도 되는데요."

"아닐세. 혹시 자네를 놓쳐 버릴 수도 있으니까."
"예?"
이윽고 교관의 집에 도착한 위드.

벽난로에서는 장작불이 타오르고, 훈훈한 온기가 집 안에 감도는 그런 화목한 가정을 연상한 것은 아니었다.

교관은 종족을 뛰어넘는 사랑으로 바바리안 출신의 아내와 결혼해서 아직 아이를 갖지 못했다는 이야기를 들었으니까.

하지만 문이 열리고, 미리 식탁에 앉아 있는 그녀를 보며 위드는 놀라지 않을 수가 없었다.

'대단하다.'

일순간 숨 쉬는 것조차 잊어버릴 만큼 예쁜 소녀였다. 그저 앉아 있는 것만으로도 한 폭의 그림이 될 정도였다. 하지만 곧 위드는 튕기듯이 물러났다.

교관의 집에 있었기에 으레 NPC일 줄로 알았다. 그러나 그는 위드와 똑같은 유저였다.

그것도 차고 있는 장비로 추측해 볼 때 매우 높은 레벨의 유저이리라.

그뿐이라면 위드가 이렇게 놀라지는 않았을 것이다.

그녀의 이름은 붉은색으로 표시되어 있었다.

유저의 경우에는 자신을 드러내지 않는 한 굳이 NPC인지조차 구분이 되지 않는다. 그러나 사람을 죽인 살인자는 자신의 이름을 숨기지 못한다.

이마에 붉은색 마름모와 함께 이름이 나타난다.
살인자의 표시.
같은 유저를 죽인 머더러의 표시였다.
"이런 이런…… 그럴 줄 알고 내가 손을 꽉 잡고 있었던 거라네."
위드는 도망치려고 했지만 교관이 붙잡고 있어서 그 시도는 성공하지 못했다.
"교관님."
"응?"
"저를 그렇게 죽이고 싶으셨습니까?"
"흐흐. 눈치 챘나?"
교관이 음흉하게 웃었다. 그것을 보며 위드는 마음을 놓았다. 진짜 그를 죽이고 싶었다면 다른 사람을 통하지 않고 곧바로 손을 썼을 것이다.
"자리에 앉게. 두 사람, 서로를 소개해 주지. 여기는 위드. 아직 레벨은 낮지만 기초 수련관을 훌륭하게 통과한 사람이지."
위드는 그녀를 향해 살짝 고개를 끄덕였다. 하지만 그녀는 아무런 반응도 보이지 않았다.
"여기 서윤도 얼마 전에 기초 수련관을 통과했는데, 그때의 인연으로 인해 1달에 한 번씩 우리 집에 와서 같이 식사를 하곤 한다네."

"예. 그러셨군요. 만나서 반갑습니다."

위드가 정중하게 인사를 했지만, 서윤은 무표정한 얼굴로 위드가 있는 쪽을 쳐다도 보지 않았다. 노골적인 무시로 보였다.

'나 같은 초보와는 상종하기 싫다는 건가? 그런 것이라면 굳이 나도 너와 친해지고 싶은 마음 따위는 없다.'

그때 교관이 한쪽 구석으로 위드를 이끌었다.

"미안하네. 대신 사과하지."

"아닙니다."

"나쁜 아이는 아닐세. 다만 말을 할 줄 몰라. 내 동생 같은 아이인데……. 사람을 잘 믿지 못하는 것 같더군. 자네와 친하게 지냈으면 하는 생각에 자리를 마련했네만. 휴우."

"괜찮습니다."

다만 위드는 구태여 서윤과 친해져야 할 이유를 알지 못했기 때문에 무시하면 될 일이라고 생각했다. NPC도 아닌 인간 살인자와 친해져서 좋을 일은 하나도 없는 것이다.

"그런데 부인 되시는 분을 제가 도와 드려도 되겠습니까?"

"자네가 요리를 할 줄 안다고?"

"아닙니다. 다만 도와 드릴 수는 있겠지요. 요리도 배울 겸 말입니다."

"그렇게 하게."

교관의 아내는 바바리안 출신답게 거구였다. 위드는 그녀의 심부름대로 부지런히 고기를 자르고 양념을 버무렸다.

 위드가 한창 일하고 있자, 서윤도 옷소매를 걷고 따라나섰다. 그녀 역시 혼자만 앉아 있기에는 무안했기 때문이리라.

 서윤이 위드의 근처에 다가와서 일하는 것을 지켜본다. 막상 하려고 나섰지만 뭘 해야 할지 몰라서였다.

 위드는 그릇들을 그녀의 앞에 가져다주었다.

 "이걸 씻어 주세요. 깨끗하게……."

 혹시라도 서윤이 거절하지 않을까 싶었지만 의외로 그녀는 그릇을 받아 들고 열심히 바닥에 주저앉아 설거지를 했다.

 두 사람은 부지런히 일을 해서 교관의 아내로부터 인정을 받았다.

 "제법 잘하는군요."

 "고맙습니다, 부인."

 "제법 손재주가 있는 분 같은데, 제 요리술을 배워 보시겠어요?"

 위드가 기다렸던 제안이다. 이게 아니라면 왜 일부러 잔심부름을 하며 그녀를 도왔겠는가.

 "예. 배울 수만 있다면 영광입니다."

 –스킬 : 요리를 익히셨습니다.

 서윤도 위드를 보며 무엇을 깨달았던지, 교관의 아내에게

서 요리 스킬을 배웠다.

요리 스킬.

원한다면 요리사 길드에 가서 배울 수도 있고, 혹은 음식점에 가서 익힐 수도 있는 간단한 스킬이지만 매우 유용하게 쓰이는 기술이다.

잠시 후에 큰 쟁반에 담긴 통돼지 구이가 나왔다.

노릇노릇 구워져서 모락모락 김이 올라온다. 그 향기는 여기가 현실인지 가상현실인지 구분이 안 갈 정도였다.

위드가 얼른 나이프와 포크를 들었다.

찌릿!

그러나 교관은 비겁한 선수를 쳐 왔다.

"자네들은 손님이니 조금만 먹게!"

치사하게 초대까지 해 놓고 이게 무슨 말인가.

수련관에서 사내다웠던 교관은 없었다. 그저 식탁 위의 음식에 탐욕을 드러내는 야비한 오크 한 마리가 있을 뿐이다.

레벨이 200이 넘는 오크라고 할 수 있다.

그러나 위드도 맛있는 음식을 놔두고 협박 한마디에 굴복할 위인은 결코 아니다.

"죄송합니다, 교관님."

"지금 내 말을 거부하겠다는 건가?"

교관에게서 풍기는 투기!

그것은 위드가 감당하기 힘든 것이다.

오금이 저리고, 나이프를 든 팔이 덜덜덜 떨린다.
'이런…….'
내심 혀를 찬 위드는 슬쩍 눈동자만 굴렸다. 연약한 여자인 서윤을 확인한 것이다.
이곳은 게임 속. 레벨이 최고인 세상.
서윤은 아무렇지도 않은 듯했다.
'저 여자의 레벨이 200이 넘는구나. 그리고 교관의 아내도…….'
교관의 아내 역시 강자만이 살아남는 바바리안 출신답게 약자의 편을 들어 주지는 않는다.
바바리안은 본래 육체적인 능력이 강하니까 지금 교관의 살기와 협박에 영향을 받는 이는 위드뿐이라고 할 수 있다.
현재 위드의 편은 아무도 없다고 할 수 있다.
그러나 위드가 누군가. 처세술로 적을 아군으로 만들고, 아군은 말 잘 듣는 부하로 만드는 인물이 아니던가.
"하지만 교관님……."
위드는 떨려 오는 몸을 지탱한 채 간신히 말했다.
"뭔가! 하고 싶은 말이 있다면 그 포크와 나이프부터 놓고 천천히 이야기하지! 내 식사가 끝날 때까지 기다려 주면서 말이네!"
"이렇게 아름다우신 부인께서 요리 솜씨를 마음껏 발휘한 음식입니다. 벌써 향기에 취할 정도인데 그 맛이야 오죽하겠

습니까? 정말로 오늘 먹는 음식의 맛은 평생 잊지 못할 것 같습니다."

"으허허허!"

교관이 예의 그 호탕한 웃음을 지었다.

"정말 내 아내의 음식 솜씨는 좋지."

"예. 교관님의 부인이신데 어련하겠습니까. 정말 맛있어 보입니다."

"여보."

부인이 은근슬쩍 교관의 옆구리를 쿡 찔렀다.

위드가 하는 아부의 말이 싫지는 않았던 모양!

"그래. 자네가 이토록 맛있는 음식을 먹을 수 있는 기회가 얼마나 되겠나. 아끼지 말고 마음껏 들게나!"

자고로 아내 자랑은 팔불출이라 하였다.

교관은 자신이 팔불출이 맞음을 여지없이 드러냈다. 그럼에도 불구하고 음식은 정말 맛이 있었다.

통돼지 바비큐도 그리고 북방의 요리법대로 조리한 각종 음식들도 입맛에 꼭 맞다.

"우물우물……. 정말 맛있습니다, 부인. 최고예요. 교관님께서는 매일 이런 음식을 먹을 수 있어서 행복하시겠습니다."

"암암."

위드는 오래간만에 옷소매를 걷고 실컷 배를 채웠다. 교관이 껄껄거리며 웃고, 서윤은 얼음으로 빚어 놓은 인형처럼 조용히 자신의 식사를 한다.

위드는 그날 교관의 집에서 하루를 쉬고, 다음 날 일찍 성문 앞으로 향했다.

그곳에는 기사 미발과 함께 리트바르 마굴을 정벌할 원정대 병사 30명이 모여 있었다.

"자네가 위드인가?"

"예."

퀘스트에 앞서서 약간의 조사는 필수였다.

미발은 로자임 왕국의 주력인 적색 기사단에서부터 활약해서 최근에는 왕실 기사단에 승격해서 배치된다는 소문이 있는 강한 사내였다.

로자임 왕국의 신성으로 기사도의 표본이라 불리는 미발!

위드를 제외한 다른 병사들은 전부 갈색 말 위에 올라 있는 상태였다.

"우리들이 가야 할 곳은 멀리 있다네. 말로 3시간은 걸리는 거리지."

"……."

배낭만 짊어지고 있던 위드는 미처 말은 준비하지 못하였다. 미리 말이 필요하다는 사실을 알았더라도 어쩔 수 없었으리라. 말은 최소 100골드가 넘는 고가였던 것이다.

"따로 도르크 녀석의 부탁도 있었으니 임시로 자네에게

말을 하나 배속시켜 주지."

"고맙습니다."

"반스, 그놈을 이리 데려오게."

한 명의 병사가 어떤 비루먹은 망아지를 한 마리 끌고 왔다. 고삐를 억지로 끌고 오는데 뒷발로 버티고 안 오려고 하고 있었다.

누런 이를 드러내며 씩씩거리는 게 참 말도 안 듣게 생겼다.

'저런 말을 타는 사람은 하는 일마다 재수가 없을 거야.'

"임무가 완료될 때까지 임시로 자네에게 배속시켜 주겠네."

띠링!

이름 : 망아지   성향 : 자연
레벨 : 3   종과 : 말
칭호 : 로자임 왕국의 말   명성 : -300
생명력 : 30   마나 : 0

로자임 왕국의 정벌대에 배속된 말이다. 눈치가 빨라서 사람의 머리 위에 올라가려고 하고, 잦은 말썽을 부려 조련하기를 모두가 포기했다. 물을 싫어해서 비가 오는 날에는 달리지 않으며 체력이 적고 질병에 자주 걸리는 편이라서 조심해서 다루지 않으면 병사함.
추신 : 방귀를 자주 뀐다.

"……."

말의 정보 창은 가관이라고밖에는 표현할 수 없는 지경이다.

명마들이 까다롭다는 이야기는 들었지만 이런 비루먹은 망아지가 성격마저 더럽다니!
 "아무튼 잠깐이지만 잘 지내보자."
 위드가 손을 들어 망아지를 쓰다듬어 주려고 했지만, 말은 대번에 그의 손을 깨물어 버렸다.
 "이 자식이?"
 위드가 노려보자 망아지는 슬그머니 뒤로 돌아서더니 자세를 낮췄다.
 "그래도 네가 염치는 있구나."
 그다지 잘생기지 않은 엉덩이를 보며 망아지의 등 위로 오르려는 찰나였다.
 망아지가 갑자기 몸을 앞으로 숙였다. 그러더니 뒷발을 동시에 들어 발차기를 날리는 것이다.
 "커헉!"
 위드는 말의 뒷발차기에 맞고 볼품없이 나가떨어졌다. 한 번의 공격에 생명력이 70이나 줄어들었다.
 이 정도라면 아주 작심하고, 위드를 죽이려고 차지 않으면 불가능한 위력이다.
 "이 망아지 새끼가!"
 히히힝!
 위드와 망아지 간에 서로 동질감이 생겼다.
 그것은 서로를 죽일 듯이 노려보고 있다는 것.

'히히힝! 네까짓 게 어딜 내 등에 오르려고…….'
'내 너를 단매에 때려죽이마!'
말과 사람이 전투를 벌이는 기상천외한 상황이 벌어지려 하고 있었다.
그 일촉즉발의 순간에 미발이 말했다.
"준비가 끝났으면 그만 가지!"
미발과 정벌대가 움직인다. 위드도 슬그머니 강아지의 등 위에 올라탔다.

서윤 또한 교관의 오두막에서 하루를 묵었다. 교관의 부인이 자꾸 자라는 것을 거절할 수 없었기 때문이다.
아침에는 몇 번 위드와 마주치기도 했다. 문을 열었더니 위드가 있었던 것.
하지만 위드나 서윤이나 서로에게는 신경을 쓰지 않고 몸을 비켜서 피했다.
아침이 되었고, 위드가 나올 때에 함께 나왔다. 혼자 집에 남아 있기도 어색해서였다.
서윤은 공허한 눈으로 위드가 사라진 곳을 보고 있었다.
'이제 난 어디로 가지?'
'갈 곳은…….'
없었다.
하지만 어디로든 갈 수는 있었다.

'이 지독한 기억으로부터 잠시나마 떨어져 있을 수 있다면.'

서윤은 남문을 향해 발길을 옮기기 시작한다. 딱히 의미가 있어서 택한 길이 아니다.

그저 사람들이 찾지 않는 곳, 개척되지 않은 땅.

몬스터들이 우글거리는 곳으로 향할 뿐이다.

그녀는 지금까지 중앙 대륙에서 시작하여 변경으로 움직이며 조금씩 강한 몬스터들을 찾아다니며 전투를 벌여 왔다.

'그곳에는 몬스터들이 있겠지.'

'싸울 때면 나를 잊을 수 있어.'

'아무것도 떠올리지 않아도 돼.'

'내가 사랑받지 못했던 사실까지도…….'

'그만. 서윤, 약해지지 말자.'

타인에게 말을 하지 않는다고 하여 서윤의 의식이 움직이지 않고 있는 것은 아니었다.

더욱 활발하게 움직이며 스스로에게 말을 걸고, 대답을 한다. 하지만 겉으로 보이는 서윤의 얼굴은 지극히 무표정했다. 차가운 얼음을 빚어 놓은 것처럼 그렇게.

언제나 반복되는 대화들.

혼자만의 울림.

몬스터들의 무리에서 싸우면 기갈이 조금이나마 해소가 된다. 몬스터들이 우글거리는 곳에서 피에 젖은 전투만을 한다.

목숨까지도 돌보지 않으면서 오직 더 강한 몬스터들만을 찾아 나선다.

전장에 흐르는 피가 마르지 않게 한다.

광기와 살육 속에서 존재의 가치를 증명하는 광전사.

몸을 돌보지 않고 싸움터만을 찾아다니는 그녀의 직업이었다.

전투의 마에스트로

리트바르 마굴은 그라바 산맥의 초입에 있었다.

말을 타고 3시간 거리!

망아지는 똑바로 가라면 엉뚱한 곳으로 가기 일쑤였고, 심지어는 한가롭게 풀을 뜯어 먹기도 했다.

위드로서는 천신만고 끝에 망아지를 다독여서 마굴에 도착했다.

마굴의 앞에는 말들을 관리할 병사가 한 명 따로 나와서 기다리고 있었다.

"존슨, 자네가 말을 관리하게."

"옛."

미발과 정벌대는 그곳의 병사에게 말을 관리하라는 임무

를 맡기고, 마굴 안으로 들어갔다.
 위드는 비로소 망아지를 더 이상 신경 쓰지 않아도 된다며 다행스러워했다.
 "전투준비!"
 "다들 전투 진형으로!"
 원정대 병사들은 강철 방패를 앞으로 내밀고, 창과 검으로 단단히 무장했다.
 그에 비하면 위드의 무장은 빈약하기 짝이 없다.
 철검 하나와 활 하나.
 체인 메일을 걸친 미발이 다가왔다.
 "자네의 장비는 이것뿐인가?"
 "예."
 "방어력이 약해서 선봉에 서기는 무리겠군. 그럼 후방을 지원하게."
 "알겠습니다."
 원정대 병사들은 방패를 앞으로 들고 마굴 안으로 진입했다. 위드는 조금 뒤에 처져서 따라갔다.
 얼마 들어가지 않았는데 코볼트들 여럿이 모닥불을 피워 놓고 무언가를 구워 먹다가 놀라서 펄쩍 일어난다.
 "끼익! 끽!"
 "적이다. 적이 나타났다!"
 코볼트는 레벨 20 정도의 몬스터였다. 키가 1미터 20센티

미터도 되지 않는 난쟁이 무리로 조악한 방패와 검으로 무장하고 있었다.

"죽여! 죽여!"

"안식처를 습격한 사악한 인간들을 물리쳐라. 용맹한 코볼트 용사들이여!"

코볼트들이 우르르 달려오자, 병사들은 긴장을 했다.

로자임 왕국의 신병들.

훈련소를 갓 나온 그들은 실전 경험을 해 보는 것이 처음이었던 것이다.

위드의 눈길이 미발로 향했다.

미발은 무심하게 지켜보고만 있을 뿐이었다. 병사들이 전부 죽더라도 어쩔 수 없다는 듯이.

'기사라서 병사들의 목숨에는 관여하지 않겠다는 건가? 아니야. 이건 아무래도 병사들을 훈련시키기 위함인 것 같구나.'

병사들은 당황하였지만 곧 진열을 갖추고 싸우기 시작했다.

때때로 코볼트들은 새총 같은 무기로 돌멩이를 쏘기도 했다. 그러나 그 정도의 돌멩이들은 심각한 위협이 되지는 못하였다.

숫자도 많고, 무장 상태도 월등한 병사들은 별 피해 없이 코볼트들을 제압했다.

코볼트들이 죽어 갈 때마다 작은 금속 같은 것이 떨어진다.

"부란, 베커. 전리품을 챙겨라."

미발이 명령한 병사들이 그 금속을 주워 담았다. 구리나 질이 낮은 철로서 가치는 얼마 안 되는 것이지만, 그럭저럭 농기구를 만들 때 쓰기는 좋았다.

이렇게 왕국에서 몬스터 정벌대를 꾸려 가는 이유에는 병사들을 훈련시켜서 치안을 확보하기 위한 수단도 있었지만, 전리품을 획득하려는 이유도 있었다.

'슬슬 나도…….'

그다음의 전투에서부터 위드는 시오그라데의 활을 꺼냈다. 그리고 정확히 코볼트의 눈과 목을 노렸다.

'숨을 멈추고, 화살이 나아갈 곳을 지정한 후…….'

쉬릭!

높은 민첩성과 손재주 덕분에 위드가 쏜 화살들은 정확히 코볼트들에 맞았다.

-레벨이 오르셨습니다.

몇 마리 잡지도 않았는데 레벨이 올랐다는 메시지가 떴다.

최하 20레벨의 코볼트들은 레벨 13에 불과한 위드에게는 엄청난 경험치를 안겨 주었던 것이다.

화살에 맞은 코볼트들은 거의 곧바로 목숨을 잃었다. 왜냐면 처음부터 체력이 거의 떨어진 코볼트들만 골라서 쏘았기 때문.

위드는 사악하게도 정벌대들이 열심히 싸우고 있을 때, 뒤에서 체력이 다 떨어진 코볼트들만 저격했다.

그야말로 치사하고 야비한 방법이라고 할 수밖에 없다. 불난 집에 구경을 하는 놈보다, 불난 집에서 고구마를 구워 먹는 놈이 백배는 나쁘다.

위드의 행동은 남들이 신나게 싸울 때, 자신의 이득을 한껏 취하겠다는 매우 사악한 행동이다.

착하고 선량한 이라면 절대로 떠올리지 못할 방법!

그렇지만 위드도 나름대로 상당히 신경을 쓰고 있었다.

이 방법은 자칫하면 정벌대 병사들로부터 엄청난 비난을 살 수 있다. 열심히 싸우고 있는데, 뒤에서부터 날아온 화살 때문에 생명력이 거의 줄어든 코볼트가 픽 쓰러져서 죽는다면 얼마나 허무하겠는가.

위드는 전투를 하다가 체력이 떨어지자 약삭빠르게 도주하는 코볼트들을 쏘거나, 두세 마리가 병사들에게 협공을 가할 때만 공격을 했다.

―레벨이 오르셨습니다.

코볼트를 잡을 때마다 위드의 입가에는 흐뭇한 미소가 걸린다. 남들이 열심히 전투를 할 때 그는 유우자적 화살만 쏘면 되니 어찌 이보다 편할 수 있겠는가.

레벨도 콩나물 자라듯이 무럭무럭 잘 오른다.

애초부터 사냥에 앞서서 활을 사 왔던 치사한 목적이 드러나는 순간이다.

중간에 넓은 공터가 나왔다. 미발과 정벌대는 둥글게 돌면서 코볼트들을 처리하고 다시 공터로 돌아왔다.

"여기서 식사를 한다."

"옛, 알겠습니다."

미발의 말에 부란과 베커는 솥단지를 꺼내고 불을 피우는 등 수선을 피웠다.

정벌대 병사들의 막내인 그들이 모든 성가신 일을 다 하는 것이다. 위드는 누가 시키지도 않았는데 베커의 옆으로 가서 슬그머니 식칼을 잡았다.

"저도 돕겠습니다."

"허, 그럴 필요 없는데."

"아닙니다. 제가 요리를 만드는 게 취미입니다. 제가 아직 미숙하긴 하지만 열심히 만든 요리들을 로자임 왕국의 치안을 지켜 주시는 여러분들이 먹어 주시면 얼마나 또 기쁜 일입니까?"

"그것 참 성실한 사람이군!"

위드는 병사들로부터 한순간에 인정을 받았다.

이렇게 원정을 나왔을 때에 자진해서 궂은일을 해 주는 사람이 있다면 반가울 수밖에 없는 일이다.

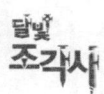

베커와 부란의 눈길부터 대번에 달라졌다.

식칼을 들고 고기를 써는 위드가 그렇게 훌륭해 보일 수가 없다. 하지만 위드가 사리사욕 없이, 병사들을 아끼는 마음에서 나섰을 리가 없다.

요리 스킬!

솥에 고기를 숭숭 썰어 넣고, 야채와 조미료 등을 넣어 고깃국을 끓인다.

음식 재료만 해도 병사 30명과 위드 그리고 미발이 먹을 수 있을 정도로 해야 하니 그 양은 장난이 아니게 많다.

풍부한 요리 재료야말로 요리 스킬을 빠르게 향상시킬 수 있는 지름길이다.

> -요리 스킬이 상승했습니다. 미각을 돋우는 음식들을 만들 수 있게 되었습니다. 스태미나의 회복에 도움을 주며, 일시적으로 생명력을 5% 추가합니다.

> -손재주 스킬이 상승했습니다. 섬세한 손재주는 관련된 모든 분야에서 도움이 될 것입니다.

한꺼번에 뜨는 메시지들!

요리 스킬이 한 단계 오르고, 경험치가 얼마 낮지 않았던 손재주 스킬이 한 단계 올라서 7이 되었다.

꿩 먹고 알 먹고. 그야말로 일석이조다.

위드는 완성된 요리를 먼저 국자로 한입 떠먹어 보았다. 이것이야말로 요리사만의 특권이라고 할까.

'맛있다!'

상점에서 판매하는 싸구려 보리 빵과는 비교가 안 될 정도였다.

얼마 전에 먹은 통돼지 바비큐보다 낫다는 이야기는 아니지만 꽤 먹을 만한 음식이 나왔다. 요리 스킬은 낮아도 손재주 스킬의 영향 덕분이었다.

"자, 음식이 나왔습니다. 모두 드세요!"

전투로 인해서 허기진 병사들은 그릇에 가득 음식을 담아 먹기 시작했다.

"오, 맛있다!"

"야영지에서 이렇게 훌륭한 식사를 할 수 있다니."

"아무래도 내 와이프보다 나은 것 같아."

병사들은 위드를 향해 엄지손가락을 치켜세웠다. 다소 과장된 행동에는 앞으로도 요리를 부탁한다는 뜻이 담겨 있었다.

위드는 연신 빈 그릇에 고깃국을 퍼 주는 한편, 자신의 배를 채웠다.

허기진 병사들은 만든 음식을 깨끗이 먹어 치웠고, 식사를 끝내고 나니 미발이 다가왔다.

"앞으로 요리를 담당할 생각이 있나?"

용감무쌍한 기사라고 해도 미각이 없진 않았던 모양. 하기

야 기사일수록 맛있는 음식을 많이 먹어 봤을 것이다.

"예. 요리는 제가 전담하겠습니다."

위드는 이런 식으로 정벌대 전속 요리사가 되었다.

하루에 세 번씩. 자신과 미발까지 포함하여 32인분의 음식을 하며 스킬을 올릴 수 있다니 거절할 이유가 없었다. 그러나 위드는 요리 담당으로만 자신의 영역을 한정시키지 않았다.

"검이나, 장비들. 깨끗하게 수리해 드립니다. 혹시 파손되거나 내구력이 떨어진 물건이 있으면 가져오세요."

"정말인가?"

"내 검을 수리해 줄 수 있어?"

"이 방패는 내구력이 절반밖에 안 남았는데……."

"일단 줘 보세요. 수리!"

병사들이 내놓는 장비들을 위드는 수리 스킬을 사용해서 말끔하게 수리해 주었다.

성으로 돌아가서 대장간에서 수리를 하려면 아무래도 돈이 들기 마련이다. 또한 내구력이 지나치게 떨어져 있을 경우에는 갑자기 깨져 버릴 수도 있다.

"고맙군!"

위드는 정벌대로부터 열렬한 환영을 받았다.

손재주와 수리 스킬도 올리고, 병사들과의 친밀도도 높이는 일석이조의 일이다.

전투의 마에스트로

사실 친구의 어쩔 수 없는 부탁으로 정벌대에 참여시켰던 미발로서도 위드에게 만족했다.

"앞으로 잘 부탁하네!"

"예, 저야말로요."

위드는 완벽하게 정벌대에 녹아든다.

만약에 위드가 없다면 얼마나 불편해졌을 것인가.

장비들이 부서질 때마다 마을에 가서 다시 수리해 와야 할 테고, 또한 맛없는 음식을 먹으면서 전투를 했어야 할 것이다.

아주 드물게 나오는 매직 아이템들도 감정 스킬을 이용해 즉석에서 파악하는 것이 가능했다.

그렇지 않고 감정 스크롤을 사서 쓴다면 약간의 돈이 나간다.

늦게 든 바람이 무섭다고, 병사들로서는 위드의 맛있는 음식을 먹고 나자 더 이상 베커와 부란이 하는 간도 맞지 않은 밍밍한 죽을 먹고 싶지 않았다.

"우리들도 요리는 하기 싫다고!"

베커와 부란이 그렇게 외쳤다.

이런 식으로 병사들과 위드는 그야말로 떼려야 뗄 수 없는 관계가 되었다.

슈슉!

위드의 화살이 날아가면 여지없이 코볼트가 회색으로 변한다. 코볼트는 비교적 약한 몬스터의 축에 들었다.

도구를 이용하기는 하지만 어린아이가 만든 것처럼 아주 조악한 수준이었고, 그들이 믿는 것은 오로지 숫자!

"키요오옷!"

코볼트 무리가 한꺼번에 떼 지어 몰려온다.

'어서 와라! 이 경험치들아!'

위드는 얼굴 한 가득 미소를 지으며 코볼트 무리를 맞이했다. 그러고는 닥치는 대로 화살을 쏘면서 경험치를 획득했다. 어차피 방어는 정벌군 병사들이 전담해 주고 있는 상황이다.

위드가 할 일은 화살을 쏘는 것밖에 없었다.

-레벨이 오르셨습니다.

-레벨이 오르셨습니다.

-스킬 : 궁술을 익히셨습니다.

그야말로 미칠 듯한 레벨 업!

덤으로 궁수의 직업을 갖지 않고서는 익히기 힘든 궁술까지 배웠다.

전투 내내, 검 한 번 휘두르지 않고 화살만을 쏘았으니 당연한 일이라고 볼 수 있었다.

그렇지만 병사들은 시기하지 않는다.

정작 전투가 끝나면 가장 바쁜 것은 위드였으므로.

요리를 준비하고, 병장기를 수리해 주고, 다친 병사들의 상처를 돌봐 준다.

기사인 미발에게는 비상용으로 몇 개 있었지만 이런 정벌대 병사들이 값비싼 포션을 쓸 수 있을 리가 없다. 높은 손재주 스킬로 부상 부위에 약초를 바르고 붕대를 매어 주었다.

> -스킬 : 붕대 감기를 익히셨습니다.
> 부상 부위에 붕대를 감아 지혈을 하고, 상처 회복에 도움을 주는 유용한 기술.

직업을 정하지 않은 상태에서 자유롭게 익힐 수 있는 스킬은 총 10개!

붕대 감기 스킬 또한, 손재주의 영향을 받아서 매우 뛰어난 효과를 발휘하였다. 30명의 상처에 붕대를 열심히 감다 보니 이 스킬 역시 무섭게 성장한다.

정벌대는 일주일간 던전의 1층과 2층을 돌아다니며 코볼트들을 소탕했다. 주변에 간혹 보이는 유저들은 부러움 가득한 눈으로 위드를 보았는데, NPC 정벌대에 속해서 사냥을 한다는 자체가 엄청난 행운인 것이다.

일주일간 미치도록 사냥에만 열중하여 레벨을 26까지 올릴 수 있었다.

수리 스킬도 3으로 올랐고, 요리 스킬도 4가 되어서 이제는 먹으면 포만감이 사라질 때까지 체력을 50이나 늘려 주는

특수 능력도 부여가 되었다.

그렇지만 위드로서도 고민거리는 있었다.

"퀘스트 정보 창."

리트바르 마굴의 몬스터 소탕
마굴 안에서 서식하고 있는 몬스터는 총 100마리이다. 이들을 전부 한 번씩 죽이고 자신의 자격을 증명하라. 새로운 길이 열리게 될 것이다.
남아 있는 몬스터 : 100

현자 로드리아스가 내준 퀘스트.

위드는 최소한 1천 마리가 넘는 코볼트들을 학살했음에도 숫자가 조금도 줄어들지 않는다.

일주일간의 사냥이 끝난 후, 정벌대는 마굴의 지하 3층으로 향했다. 여기서부터는 고블린의 영역이다.

코볼트 소탕전이 정벌대에게 경험을 쌓게 만들기 위함이라면 고블린과의 전투는 병사들로서도 위험하지 않을 수 없었다.

코볼트들의 레벨은 대략 20대!

코볼트 청년들은 레벨 23 정도였고, 비교적 강한 코볼트 전사들은 28이다. 그러나 대다수의 이름 없는 코볼트들은 레벨이 20 정도에 그쳤다.

그에 비하면 고블린의 레벨은 50이나 된다.

무기나 방어구들 또한 코볼트와는 비교할 수 없는 정도!

실질적인 전투력은 고블린들이 몇 배나 위다.

"이제부터는 다들 조심해라. 생명력이 떨어지면 즉시 후방으로 빠진다."

"옛. 알겠습니다, 대장님."

미발의 명령에 병사들은 긴장한 기색을 감추지 않았다.

병사들도 사냥을 하면서 레벨을 23에서 25 정도로 올렸지만 고블린들과의 전투에는 얼마나 도움이 될지 미지수였다.

다행이라면 고블린들은 코볼트처럼 숫자로 밀어붙이지는 않는다는 점!

"휴우."

위드는 저절로 안타까움에 한숨이 나왔다.

지금 고블린과 싸운다면 어쩔 수 없는 희생자들이 생기고 말 것이다.

'삼분의 일 정도. 아니 그보다는 조금 더 죽게 될까? 설마 전멸하지는 않겠지.'

자신이 정벌대를 이끄는 대장이라면 조금 더 병사들의 경험을 쌓고, 레벨을 올린 다음에 고블린들이 진을 친 곳에 들

어왔으리라.

　병사들에게 고블린과 싸우는 법도 가르쳐 놓고 말이다. 하지만 정벌대를 지휘하는 건 미발이다.

　위드에게는 정벌대를 따르든지, 아니면 퀘스트를 포기하고 독자적으로 코볼트를 사냥하든지 둘 중 하나였다.

　물론 막대한 페널티가 따르는 퀘스트 포기를 할 생각은 없다.

　사실 병사들의 죽음이 아쉽다는 것 또한, 기껏 올려놓은 병사들과의 친밀도인데 허무하게 죽어 버려서는 억울하다는 것이다.

　"온다. 준비해라!"

　미발의 말이 떨어지기도 전에 동굴 안에서 고블린들이 튀어나왔다.

　"끼기긱!"

　"인간. 인간."

　"죽여야 해!"

　나타난 고블린들은 다섯!

　병사들의 숫자는 30이나 되었다.

　위드는 일단 기선 제압을 위해 화살을 한 번 가볍게 날리고, 다음 기회를 노리려고 했다.

　고블린을 잡으면 엄청난 경험치를 획득할 수 있는 건 의심할 여지가 없기 때문이다.

그러나 병사들은 얼어붙어 있었다. 자리에 못 박힌 듯이 서서 움직이지 않았다.

고블린들이 내뿜는 살기!

레벨 50의 고블린들에 위축이 되어서 동작이 굳어 있는 것이다. 검은 자꾸만 밑으로 내려가고, 방패는 떨림이 그대로 보일 정도였다.

'저런 멍청한…….'

위드는 혀를 끌끌 찼다.

겁먹지 않고 싸워도 쉽지 않은 상태인데 싸우기 전부터 얼어붙어 있다.

이래서야 피해가 속출하고 만다.

위드가 힐끗 미발을 보았지만, 그는 위드의 바로 옆에 붙어 서서 팔짱을 끼고 있었다. 조금도 병사들을 도와줄 태도가 아니다.

나약한 자는 죽는다!

몬스터들이 들끓는 로자임 왕국의 냉정한 기사도다.

위드의 발걸음이 성큼 앞으로 향했다. 활은 등 뒤로 메고 단단한 철검을 꺼냈다.

'지금까지 올려놓은 친밀도만 믿는다.'

그러고는 위드는 종전의 자신으로는 도저히 상상할 수 없는 행동을 했다.

바로 기합을 지르면서 고블린들을 향해 달려 나간 것이

었다.

"이야아합!"

"끽끽!"

허무할 정도로 가볍게 막혀 버리는 위드의 검!

레벨이야 어느 정도 올려놓은 스탯으로 극복이 가능하더라도 무기의 간격 때문이었다.

창을 들고 있는 고블린들에게는 검을 휘두르는 공격은 그리 효율적이지 않은 것이다.

'놈들에게 맞으면 방어구 하나 착용하지 않은 나는 무조건 사망이다.'

창을 든 고블린들은 검을 쳐 냄과 동시에 힘껏 창을 내질렀다.

위드는 몸을 바싹 땅에 낮춰서 창을 피했다. 창을 피하는 데에는 놀라운 반사 신경과 임기응변이 조합되었다.

진정으로 고블린들과 싸울 의도 또한 없었기에 처음부터 전력으로 휘두른 검도 아니었다.

"죽어라, 인간!"

"그까짓 검은 가소롭다!"

5개의 창이라고는 해도 고블린들은 본능적으로 닥치는 대로 찌르고 있다.

검의 공격 거리로 억지로 좁히려고 하지 않고 일정한 간격을 유지하면서 싸운다면 당장 위험하진 않다.

그럼에도 위드는 위태위태한 척, 간신히 창들을 피했다.
병사들의 눈에는 약한 자의 발버둥처럼만 보인다.
위드의 레벨이 이미 그들을 추월한 지 오래였지만, 수리와 요리, 붕대 감기의 역할을 톡톡히 해내는 잡부.
병사들의 위드에 대한 인식은 귀찮은 일을 전담하는 유용한 잡부에 지나지 않았던 것이다.
그런 위드가 고블린들과 싸우고 있다.
병사들의 눈에 조금씩 자신감이 어리기 시작했다.
위드는 몇 합을 더 겨룬 후 슬며시 뒤로 물러나며 벼락같이 고함을 지른다.
"이놈들 생각보다 약해요! 우리들의 숫자를 보십시오. 자신이 혼자서 고블린과 싸운다는 오만한 마음을 가질 필요는 없습니다. 동료가 있지 않습니까! 동료들이 등을 지켜 주고, 옆을 지켜 줍니다!"
"우와아아!"
병사들의 사기가 대번에 회복이 됐다.
"저 약한 위드도 싸우는데 우리가 쥐새끼처럼 숨어 있을 수 없다!"
"나가자. 싸우자!"
병사들은 고블린들을 향해 우르르 달려갔다.
그 틈을 타서 고블린들의 공격에서 위드는 몸을 뒤로 뺄 수 있었다.

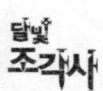

"놈들은 전부 창만 쓰고 있습니다. 창의 거리에 검을 든 우리들이 억지로 들어가려고 하면 피해가 생겨요. 방패를 이용하십시오. 방패를 들고 돌격해서 거리를 좁혀 창을 마음대로 쓰지 못하게 해야 합니다."

"알겠네!"

"그렇게 하지!"

위드는 익숙한 태도로 병사들에게 훈수를 두었다.

이미 최대한도로 친밀도를 높여 놓은 상태였기에 그의 지휘는 그대로 병사들에게 적용이 되었다.

병사들이 힘을 내서 고블린들을 밀어붙인다. 20명의 병사들이 앞에서 방패 조가 되고, 10명은 검을 들었다.

병사들은 방패를 들고 돌진하고 있기에 창으로 찔러도 튕겨 나가기 일쑤였고, 고블린들은 당황을 금치 못하였다. 그러면 거리를 좁힌 병사들이 검을 휘둘렀다.

―통솔력이 3 오르셨습니다.

가만히 있는 위드의 통솔력이 올랐다.

통솔력이 높아지면 NPC부대에 대한 지배력이 강화되고, 펫이나 용병을 구하기 쉬워진다.

위드의 연설에 분발한 병사들이 활약을 시작하며 통솔력이 상승한 것이었다.

서걱!

고블린의 레벨이 50이라고는 해도, 6배나 되는 병사들의 숫자는 감당치 못했다.

병사들의 단합된 공격에 고블린들은 한 마리씩 회색빛으로 변한다.

5 대 5의 싸움이라면 방패 돌격 전술이 그리 빛을 발하지 못할 수도 있겠지만, 30명의 병사들이 사방에서 방패를 들고 돌격하니 긴 창을 든 고블린으로서는 역부족이다.

위드가 후방으로 물러난 이후에 때때로 날리는 화살들 또한 고블린들의 주의를 산란시키는 역할을 해냈다.

5마리의 고블린!

'그중에 하나는 내 몫이다.'

위드는 전투를 예의 주시하다가, 고블린의 생명력이 떨어졌을 때 정확히 화살을 쏘았다.

―레벨이 오르셨습니다.

레벨이 26이 되고 나서부터는 코볼트로는 경험치가 잘 오르지 않았다.

물론 여전히 엄청난 경험치를 주고 있었지만 이전과 비교해서는 속도가 많이 느려져 있었던 것.

고블린은 코볼트와는 차원이 달랐다. 아직 37%의 경험치

를 더 올려야 하는데 단 한 마리의 고블린으로 경험치가 전부 채워지고 레벨이 27이 되었다.

그러고도 경험치가 10% 정도나 남았다.

'역시 50레벨이 넘는 고블린.'

위드는 죽은 고블린의 시체에 입이라도 맞춰 주고 싶은 심정이 되었다. 물론 마음뿐이었지만 병사들이 없었더라면 무슨 일이 벌어졌을지는 오로지 위드만이 알 수 있으리라.

이보다 더 좋은 사냥터는 현재 위드에게는 찾기 힘들어 보였다.

"이겼다!"

병사들이 검을 들어 올리며 환호성을 터트렸다. 한 번 고블린을 잡고 나니 자신감도 붙는다.

"고블린도 별것 아닌데."

"아니야. 위드의 지휘에 우리가 따랐기 때문이야."

"그에게는 통솔력이 있군."

"적을 파악하는 능력이 뛰어나."

"그의 지휘대로라면 우리들도 죽지 않을 수 있겠어."

전투가 끝나고 나서 병사들이 저마다 한마디씩을 내뱉었다.

위드로서는 흡족할 수밖에 없는 상황! 그렇지만 슬그머니 위드는 미발의 눈치를 보았다.

정벌대의 대장은 미발이다.

그가 자신의 권한을 침범당했다고 생각한다면 위드를 즉

결 처형할 수도 있다. 물론 지금까지 올려놓은 친분 때문에 그렇게까지는 안 하리라고 믿었지만.

미발은 잠시 고블린의 시체를 보며 생각하더니 위드를 향해 말했다.

"제법이군. 자네에게는 재능이 보여. 혹시 왕국 병사의 길을 갈 생각이 있나?"

"왕국 병사요?"

"우리 로자임 왕국에 정식으로 소속되는 거지. 십부장에서부터 시작할 것이네."

띠링!

위드에게 뜨는 메시지.

> -왕국 기사의 미발의 권유를 받았습니다. 직업 '왕국 십부장'으로 취직이 가능합니다. 취직하시게 되면 열 명의 부하들을 거느릴 수 있습니다. 정규 병사 훈련을 받을 수 있으며, 매달 50실버의 월급이 지급됩니다. 지금 취직하시겠습니까?

정규 병사 훈련을 마치면, 기초적인 검술 몇 가지와 검과 방패 등 장비가 지급된다.

물론 아주 좋은 장비라고는 볼 수 없었다. 철검 수준의 무기와 무겁고 방어력만을 올려 주는 기초 수준의 갑옷들이리라.

위드는 어디에 소속이 되기는 아직 이르다는 판단에 고개를 저었다.

"죄송합니다. 왕국 병사는 제가 선망하던 일임에는 틀림이 없습니다. 그렇지만 저는 자유롭게 떠돌아다니면서 불행한 이들을 도우며, 사악한 몬스터들을 처리하는 일에 전념하고 싶습니다. 저에게는 방랑자의 피가 돌고 있는 것 같습니다, 미발 님."

"음, 그런가. 그렇다면 할 수 없지. 생각이 바뀌면 언제든지 이야기하게. 그리고 지금부터 병사들은 자네가 지휘하게."

"그래도 괜찮겠습니까?"

"본래 내가 해도 되겠지만, 병사들이 자네를 많이 따르고, 또 많이 배우는 것 같군. 자네의 지휘 능력이 어느 정도일지 지켜보겠네."

미발로부터 병사들의 위임을 받았다.

적어도 이 던전 내에서만큼은 병사들은 위드의 명령을 따르게 되었다.

물론 말 한마디에 불구덩이로 뛰어드는 충성심을 기대할 수는 없었다.

아직은 그럴 정도의 통솔력이 아니고, 병사들과의 친밀도에 의존하고 있었으니 말이다.

그럼에도 병사들을 떠맡은 위드는 날아갈 듯이 기뻤다.

'좋아. 그렇다면… 아주 유용하게 잘 써 주지!'

위드는 활을 재빨리 집어넣은 뒤에 철검을 꺼내 위로 치켜들었다. 일종의 폼이고 과시용이었다.

활을 든 채로 외친다면 왠지 비겁한 면모가 물씬 풍기지 않는가!

"내 이름은 위드! 앞으로 너희들을 지휘할 대장이다. 모두 내 명령을 잘 따라 주기 바란다."

"옛!"

"내 목적은 단 한 명의 희생도 없이 이 마굴에서 빠져나가는 것이다. 한 방울의 피도 흘리지 않도록 최선을 다하자."

"알겠습니다, 대장님."

미발로부터 지휘권을 인수받은 이후로 병사들이 위드를 대하는 태도가 조금은 달라져 있었다.

"부란. 베커!"

"옛."

"너희들은 앞으로 정찰병이다. 부대보다 앞서 나가면서 정찰을 해라. 전투가 벌어질 때에도 항상 주변을 살펴서 다른 고블린들이 오는 건 아닌지 살펴봐야 한다."

"옛, 알겠습니다."

위드는 2명의 정찰병을 앞에 세우고 진격을 했다. 이윽고 부란과 베커가 헐레벌떡 돌아왔다.

"대장님."

"뭔가."

"앞에 고블린 7마리가 있습니다. 둘은 보통의 암컷 고블린이고, 다섯은 고블린 돌격대로 보입니다."

고블린 돌격대라면 레벨이 58로 알려진 몬스터였다.

"좋아. 수고했다. 모두 자리에 멈춰라!"

위드는 넓은 공터에 병사들을 대기시켜 놓고, 몇 가지 준비물들을 펼쳐 놓았다. 그리고 혼자서 고블린들이 있는 곳으로 갔다.

부란의 말대로 7마리의 고블린들이 한가롭게 쉬고 있었다. 위드는 활을 꺼내서 가장 멀리 떨어져 있는 녀석에게 쏘았다. 그러고는 결과도 확인하지 않고 뒤로 돌아서 열심히 달렸다.

푸슉!

"크악! 적이다!"

고블린들은 주위를 돌아보다가 위드를 발견하고는 우르르 쫓아온다.

혹시라도 고블린 7마리에게 잡히기라도 한다면 요행이라도 살아남기를 기대하기란 힘들다. 그야말로 걸음아 나 살려라였다.

쿵쿵쿵쿵!

등 뒤로는 고블린들이 뛰어오는 소리가 들려서 등줄기를 오싹하게 만들어 준다.

창을 들고 쿵쾅거리며 달려오는 고블린들.

'세상에, 등이 서늘한 느낌까지 구현을 하다니 정말 대단한 게임이군. 아니, 내게는 멋진 직장이야.'

위드는 그 상황에서도 한가한 생각을 했다. 그는 지금 혼자지만 병사들이 위치한 곳에 도달하기만 하면 걱정할 것이 없다.

위드는 재빨리 달려서 공터로 도착했다.

"대장님!"

부란과 베커의 얼굴이 가장 먼저 보였다.

"모두 전투준비하라. 고블린이 나올 것이다!"

위드의 말이 떨어지자마자, 동굴에서 고블린 7마리가 튀어나왔다. 그야말로 간발의 차였다.

"크어어?"

지능이 떨어지는 고블린들은 동굴에서 뛰쳐나오자마자 갑자기 병사들이 보이자 당황하였다. 그때 병사들은 고블린을 향해 불타는 장작들을 던졌다.

"놈들이 함정에 빠졌다!"

"밀어붙여!"

"적의 무기는 창이다. 창을 조심하라. 부상을 입은 병사는 아무리 하찮은 부상이라도 즉각 물러서도록!"

위드가 병사들을 지휘할 줄 알았더라면 그물이나 덫도 충분히 사 왔을 것이다. 그러나 지금은 다른 도구들이 없어 모닥불을 던지는 정도가 최선이다.

그럼에도 불구하고 병사들은 잘 싸웠다.

30명의 병사들은 이미 척척 손발을 맞추어서 고블린들을

각개격파한다.

사기라는 숨은 변수 때문이다.

몬스터나 NPC나 숫자가 여럿이면 전투는 사기에 큰 영향을 받는다.

위드라는 지휘관을 맞이하게 된 병사들은 위드를 극도로 신뢰하고 있었다.

또한 바닥과 눈앞에 불타는 장작들이 던져져서 당황하고, 많은 숫자의 병사들을 보고 완벽하게 함정에 빠졌다고 생각한 고블린들은 사기가 땅을 쳤다.

"비겁한 인간들이 여럿이서 공격을 한다!"

"키에엑! 도망치자."

"도망치게 내버려 둘 줄 아느냐!"

병사들이 맹목적으로 공격을 퍼붓고 있을 때 위드의 눈이 날카롭게 빛났다.

"포위망 구성! 동굴의 입구를 차단!"

"옛!"

"부상당한 병사들은 물러나서 상처를 치료. 체력이 가득한 병사들은 방어 위주로 싸워라. 부상을 치료한 병사들은 대기 조에 속한다. 대기 조는 언제라도 다시 전투에 투입될 준비를 하라."

위드의 지휘에 따라서 병사들은 조금 시간은 걸려도 착실하게 고블린들을 제압해 나갔다. 중간에 고블린 2마리는 위드의 화살에 목숨을 잃은 것은 말할 것도 없는 일.

 놈들을 데려오기 위해서 고생을 했던 만큼 2마리 정도는 잡아 줘야 수지가 맞는 것이다.

 고블린들은 높은 레벨답게 낮은 사기로도 오랫동안 버텼지만, 위드가 병사들을 나누어서 차륜전으로 힘을 빼놓자 결국 하나씩 쓰러져서 회색빛으로 변했다.

 전리품으로는 9실버 그리고 강철 방패와 청동 창이 나왔다.

 부란과 베커가 자연스럽게 주우려고 하는데, 위드가 저지한다.

 "다들 수고가 많았다. 전리품은 앞으로 다른 방식으로 분배를 하겠다."

 "……?"

 "고블린과 가장 용맹하게 싸운 병사에게 전리품을 최대한 몰아주겠다. 단 여기에는 조건이 있는데, 전투가 불가능할 정도의 심한 부상을 입어서는 안 된다. 나는 너희들이 무사히 가족에게 돌아가는 것을 최우선으로 삼고 있다."

 "옛, 대장님!"

 연설을 들은 병사들의 눈빛이 감격으로 차올랐다.

 -통솔력이 2 오르셨습니다.

 마음 같아서는 전리품을 독식하고 싶었지만, 욕심을 드러내지 못하였다. 병사들과의 친밀도가 떨어지면 통솔력이 낮은 그는 하극상에 의해 죽임을 당할 수도 있기 때문!

또한 미발이 옆에서 지켜보고 있었기에 무리한 욕심을 채울 수는 없었다.

위드는 병사들을 데리고 차근차근 마굴 3층의 고블린들을 정리해 나갔다. 그런데 미발은 얼굴을 찡그리며 말했다.

"전투 속도가 너무 느린 게 아닌가?"

"예?"

"이들은 로자임 왕국의 병사들이네. 무한정 부대에서 차출할 수 없어. 1달의 기한 내로 이들은 임무를 종료하고, 군대로 복귀해야 하네."

그런 시간제한이 있는 줄은 몰랐다.

아무래도 병사들에게만 그런 특수한 제한이 부여된 모양이다. 그럼에도 위드는 조바심을 내지 않았다.

적이 6마리가 넘으면 직접 활을 쏘며 싸우기 좋은 공터까지 끌어왔으며, 5마리 이하의 고블린들은 병사들과 함께 바로 싸웠다.

병사들의 체력이 가득할 때가 아니라면 가능한 싸우지 않았으며, 직접 수리와 요리 등의 스킬을 발휘해서 병사들의 상태를 최고조로 유지하는 것도 물론이다.

마굴의 지하 3층이 완전히 평정되었을 무렵에는 위드의 레벨이 37까지 올랐고, 병사들은 34레벨이 되었다.

그때부터였다.

진정한 사냥은.

"돌격!"

"진형을 유지한 채 돌격하라!"

위드의 지휘에 병사들은 광기에 휩싸인 버서커처럼 움직인다. 고블린들 따위! 전혀 무섭지 않다!

"크아아아!"

"죽어라! 이 못난 몬스터들아!"

"구더기라도 으적으적 씹어 먹을 더러운 자식들. 너희들을 우리들이 퇴치해 주겠다."

방패로 쭉 밀고 들어가는 병사들!

현자 로드리아스에게 배운 욕을 알려 주어서 더욱 입이 거칠어진 병사들이다.

때때로 소리를 지르며 위협하기도 하고, 무모해 보이는 돌격도 한다. 검술은 더욱 교묘해져 창을 든 고블린들과 어떻게 싸워야 하는지 안다.

철저하게 동료들을 이용한 전투술을 유지한다는 것은 여전했지만 더욱 과감해지고 빨라졌다.

수백 번을 반복하여 잡아 왔던 고블린들!

위드의 전투술을 적극적으로 받아들인 병사들은 철저한 합동 공격으로 고블린들의 진형을 무너뜨린다.

5~6마리로 구성된 한 무리의 고블린을 잡는 데에는 촌각

의 시간이 필요할 뿐이다.

　30명의 병사들이 무섭게 달려들어서 쓱싹 고블린들을 해치워 버린다.

　"전투 종료. 전공에 따른 아이템 배분. 호스람. 데일."

　"얏호!"

　"수리와 휴식을 필요로 하는 병사는?"

　"없습니다!"

　"이상 무!"

　"다음 고블린으로 가자. 정찰조 보고!"

　부란과 베커는 번갈아 가면서 다음으로 가까운 고블린들의 위치와 숫자 등을 파악하고 있었다.

　"옛. 제 차례입니다. 동굴 안쪽으로 100미터 정도 가면 고블린 8마리가 있습니다. 고블린 연금술사 1마리, 돌격대 6마리입니다. 1마리는 일반 고블린입니다."

　"속행!"

　병사들이 느리지도 빠르지도 않은 걸음으로 달려간다. 속보로 이동하며 전투 직후의 피로를 회복하고 다음 사냥을 준비한다.

　"이, 인간이다!"

　"적. 없애라!"

　고블린들이 저항을 시작했다. 그러나 무의미한 저항이다. 병사들은 이미 기백에서 고블린들을 압도했으며 전투 경험에서 베테랑이 되었다.

 그리고 위드의 신기에 가까운 화살!

 사냥을 하면서 궁술 스킬이 대폭 상승했을뿐더러, 이제 위드는 고블린의 사망 시에만 화살을 쏘지 않았다.

 기선을 제압하기 위해서 화살을 쏘았고, 고블린들이 병사들의 포위망을 벗어나려고 할 때 놈들의 동작을 지연시키기 위한 목적으로 화살을 쏘았다.

 때때로 병사들을 크게 위협하는 고블린들은 특히 주목표가 되었다.

 고블린의 창이 눈앞에 어른거릴 때, 위드의 화살이 먼저 고블린의 머리를 꿰뚫는다.

 그렇게 아슬아슬하게 목숨을 구함 받은 병사들의 충성심은 더욱 높아질 수밖에 없었다.

 최적의 효율대로, 최소한의 시간 소모로 고블린들을 사냥하는 정벌대!

 위드가 이끄는 병사들은 지하 3층보다 더 빨리 4층을 평정했고, 5층에서는 고블린들이 거의 10마리씩 나왔지만 사냥하는 속도는 별반 차이가 없었다.

 병사들의 레벨이 높아지고 관록이 붙어 가면서 고블린과의 일대일 전투도 가능하게 되었다.

 그럼에도 철저하게 동료들을 이용하며 고블린들을 잡는다. 몇몇 병사들의 레벨이 높아지면서 자만심이 생기기도 하

였다. 고블린들을 합동 공격을 하지 말고 정정당당히 승부하자는 의견을 위드에게 내었다.

그럴 때마다 위드는 단호했다.

"고블린의 뒤를 치는 것을 비겁하다고 생각하지 마라! 너희들은 기사들이 몬스터에게 일대일 대결을 신청하는 것을 보았나? 몬스터와 명예를 겨루는 자가 제일 무모한 자이다. 로자임 왕국의 치안을 위해, 백성들을 지키기 위해서 우리는 싸우고 있는 것이다. 쓸데없는 감정에 취해서 고블린을 빨리 죽이지 않는다면 그 시간만큼 우리의 동료가 다칠 위험도 커진다는 것을 명심하라!"

위드의 성장한 통솔력은 30명의 병사들을 완전히 지배하고 있었다.

자만심을 가지고 고블린을 혼자서 상대한 자는 인정을 받지 못하였다. 오히려 몇 번의 전투에 열외가 되어서 구경만 해야 한다.

처음에는 위험한 전투에 참여하지 않게 된 것을 기뻐한 병사들도 있었지만, 다른 병사들이 성장하는 것을 손가락만 빨며 지켜봐야 했다.

그런 이후로는 최소한의 시간 소모로, 허점을 보이는 고블린의 등을 찌르는 일도 서슴지 않게 되었다. 위드의 지휘력에 의해서 아주 단단히 세뇌가 된 병사들이다.

집단 전투술의 기본이기도 했다.

1달간의 시간 동안 위드는 정벌대를 이끌고 리트바르 마굴을 휩쓸었다.

그러고도 시간이 일주일가량이나 남아서, 3층으로 올라가서 5층으로 내려오며 부활한 고블린들을 완전히 뿌리를 뽑아 놓았다.

전투가 시작되자마자, 병사들이 산개하고 포위망을 구성하여 고블린들을 처치하는 데에는 숨을 몇 번 크게 들이쉴 정도의 시간밖에 필요로 하지 않았다.

또한 한 번의 전투가 끝나면 즉시 다음 전투 지역으로 이동을 한다.

가히 질풍노도의 사냥 속도.

그러면서도 1명의 병사도 죽지 않았다.

정벌대가 리트바르 마굴 평정의 임무를 완수할 때에는 병사들의 레벨이 무려 57이 되었고, 위드의 레벨은 62였다.

로자임 왕국 십부장의 레벨이 평균 40 정도임을 감안한다면 위드가 얼마나 엄청난 일을 벌인 것임을 알 수 있으리라.

"놀랍군. 정말 잘해 주었네."

미발은 감탄을 숨기지 않았다.

"자네 같은 사람이 로자임 왕국에 5명만 되어도 몬스터의 습격을 걱정할 필요는 없겠군. 내 왕국 기사의 직권으로 자네를 백부장에 임명하려고 하는데, 내 제안을 받아 주겠는가?"

띠링!

> -왕국 기사의 미발의 권유를 받았습니다. 직업 '왕국 백부장'으로 취직이 가능합니다. 취직하시게 되면 100명의 부하들을 거느릴 수 있습니다. 개인 사택이 제공됩니다. 정규 병사 훈련을 받을 수 있으며, 매달 3골드의 월급이 지급됩니다. 지금 취직하시겠습니까?

100명의 병사들을 다스릴 수 있는 자리!

준기사 급으로 대우도 나쁘지 않다.

백부장들에게는 기사 시험에 통과할 자격이 주어지는데, 시험에 통과하면 왕궁의 기사단에 배속이 될 수도 있다.

다른 이들이라면 흔쾌히 받아들였을지도 모른다. 그러나 위드의 대답은 한결같았다.

"죄송하지만 거절하겠습니다."

"어째서! 바라는 조건이 있다면 이야기해 보게. 내 최대한 들어주도록 하겠네."

"조건은… 분에 차고도 넘칩니다. 다만 제가 바라는 것은 로자임 왕국의 평화와 안전입니다. 많은 곳을 돌아다니며 위험에 처한 이들을 돕고자 하는 마음 때문에 아직은 어딘가에 소속되기는 이른 것 같습니다. 다만 가을 추수가 끝난 후에 몬스터의 토벌전이 벌어지거나, 혹 다른 왕국의 침략이 발생한다면 누구보다 먼저 달려와서 로자임의 병사들을 이끌고 싶습니다."

"정 자네의 뜻이 그렇다면 할 수 없군. 로자임 왕국의 등용문은 언제라도 자네에게 열려 있을 것이네."

미발은 기분 좋은 얼굴로 자신의 제안을 취소했다.

"그럼 우리들은 임무를 마쳤으니 이제 왕국으로 돌아가야 하는데, 자네도 같이 가겠는가?"

"저에게는 아직 이곳에 남아서 할 일이 있습니다."

"무슨 일인가?"

미발이 호기심을 드러냈다.

그동안 위드는 하루에 세 번씩 30인분의 식사를 만들었다. 요리 스킬이 경지에 오르면서 시시때때로 가져다 바치는 맛있는 음식에 빠져 든 미발은 이미 위드와 친분이 두터운 상태였다.

"현자 로드리아스 님의 의뢰를 수행하는 일입니다."

고블린을 죽이면 퀘스트가 완료될 줄 알았지만 오산이었다.

죽여야 할 몬스터는 100마리에서 조금도 줄어들지 않는다. 하기야 마굴 안의 고블린들은 최소로 잡아도 한 층에 수백 마리씩 살고 있다.

로드리아스의 의뢰는 리트바르 마굴의 몬스터들을 깨끗하게 소탕하라는 것이었는데, 코볼트나 고블린들은 숫자가 맞지 않았으니 그 대상일 리가 없었다.

"오, 그랬군. 로드리아스 님의 의뢰라……. 알겠네. 자네와 함께 돌아가고 싶었지만 그런 이유라면 어쩔 수 없지. 자네에게 망아지를 맡기겠네."

"옛? 망아지라니요?"

"자네가 마굴에 올 때 타고 왔던 말의 이름도 잊었나?"

"설마……."

위드의 뒤통수가 은근히 아파 왔다.

뒷발로 자신을 걷어차고 손을 깨물었던 말 안 듣는 녀석!

그 녀석의 이름이 망아지다. 말도 아닌 망아지.

"말이 없으면 세라보그 성까지 돌아오는 데 많은 시간이 걸릴 것일세. 망아지를 마음껏 이용하게나."

"아닙니다. 저는 말이 필요하지 않습니다."

"나의 호의니 무시하지 말고 받아 주게. 그럼 임무를 완수하면 성의 마구간에 돌려주게나."

"……."

미발은 자신이 할 말만을 마치고 돌아서 버렸다. 더 할 말이 없다는 태도였다.

그로서는 호의로 베푼 친절이겠지만 위드에게는 아니다.

그 말 안 듣는 망아지를 어떻게 관리하라는 말인가.

번거롭고 성가셔서 절대적으로 싫었지만 더 이상 왕국 기사의 호의를 무시할 수도 없어서 받아들여야만 했다.

"대장, 대장을 잊지 않겠수다."

"덕분에 우리 모두가 살아서 돌아갑니다. 나중에 성에 오면 저희 집에 꼭 들러 주세요! 저희 집은 시내 중심가에서 여관을 하고 있습니다. 언제라도 와서 쉬셔도 됩니다."

"저희 집은 음식점입니다. 찾아만 주신다면 대장이 해 준 요리만큼은 아니어도 맛있는 음식을 대접하죠!"

병사들이 한 명씩 작별 인사를 건네었다.

레벨이 크게 높아져서 돌아가는 그들은 아마도 로자임 왕국에서 중용이 될 것이다. 최소한 십부장 그리고 특별히 두드러지게 활약을 했던 한두 명 정도는 그 이상의 자리도 노릴 수 있을 것 같았다. 위드는 한 명, 한 명, 그들의 손을 잡아 주었다. 위드의 손은 무척이나 뜨거웠다. 그리고 한 번 잡은 손은 잘 놓아주지 않았다.

"너희들, 꼭 가야만 하는 거냐?"

"대장과의 의리를 생각하면 남고 싶지만 우리는 로자임 왕국의 병사들. 복귀하는 수밖에 없습니다.

"대장… 저희도 아쉽습니다."

진한 아쉬움이 위드의 눈빛에서도 묻어 나온다.

어찌 키운 병사들인가! 레벨 20 정도의 풋내기들을 이렇게 완성된 병사로 만든 데에는 누구보다도 위드의 공이 크다고 할 수 있다. 그런데 이 병사들을 통째로 로자임 왕국에 강탈당하는 기분이다.

"다들 잘 가라."

"안녕히 계십시오, 대장!"

"대장, 성으로 돌아오면 꼭 와 주세요!"

병사들과 아쉬운 작별 인사를 끝으로 위드는 혼자가 되었다.

운명의 직업

로드리아스는 오늘도 정해진 시간에 산책을 나왔다. 동네 사람들을 한 번씩 만나 보고 그들을 괴롭히는 재미!

"한스, 잘 있었나?"

"예, 현자님."

"오늘 과일은……."

"예. 여기 신선한 딸기입니다."

"잘 먹겠네."

로드리아스의 산책에는 여유로움이 묻어 나온다. 오늘은 왜인지 심술도 부리지 않는다. 그의 기분이 좋은 것은 최근에 쓰던 책을 마무리 지었기 때문이다.

로드리아스가 집으로 돌아왔을 때에는 저택을 관리하는

집사가 마중을 나와 있었다. 수십 년 전부터 로드리아스의 집을 관리해 주는 집사와는 허물없이 이야기하는 사이였다.
"오늘의 산책은 어떠셨습니까?"
"좋았지. 아주 좋았어. 요즘만큼 근심 걱정 없이 편한 날들이 없군그래."
"그런데 현자님."
"왜 그러나, 빌?"
"얼마 전에 이 앞에서 조각을 하던 젊은이 말입니다."
"아, 그놈!"
"이제 자신이 원하던 것을 찾았을까요?"
로드리아스는 배를 잡고 웃었다.
"킬킬킬. 그게 어디 쉽게 될 일인가?"
"그러면……."
"어림도 없지! 놈은 그곳을 발견할 수도 없을뿐더러, 설혹 발견하더라도……."
"네?"
"직업을 갖더라도 말이야. 크하하하하!"
로드리아스는 광소를 터트렸다.

자신만의 시간을 갖게 된 위드가 제일 처음에 한 것은 자신의 상태를 점검해 보는 것이었다.
 '24골드 30실버.'
 코볼트와 고블린들에게서 나온 전리품들!
 고블린이나 코볼트들이 쓰는 무기나, 방패를 갖지 않는 대신에 편하게 돈으로 받았다.
 '벌어들인 수입은 나쁘지 않아. 그리고…….'
 1달간 스킬들도 제법 올랐다.
 요리가 6레벨이고, 수리는 4레벨이다.
 수리는 유용한 기술이라서 가끔 올리는 사람들이 있다지만, 요리는 전문적으로 올리는 사람이 전멸하다시피 했다.
 붕대 감기도 스킬이 4나 되어서 약간 찢어진 상처는 붕대 몇 번만 감으면 말끔하게 낫는다. 그러나 누가 뭐라도 해도 진정한 진보란 레벨에 있었다.
 위드는 히죽 웃음이 나올 것만 같았다.
 히히힝!
 그렇지만 기뻐하는 위드를 보고 콧김을 힝힝 내뿜는 녀석이 있으니 바로 망아지였다.
 미발 때문에 어쩔 수 없이 관리하게 된 망아지!
 비록 아무짝에도 쓸모가 없는 말이라지만, 무사히 왕국의 마구간으로 데려가야 했으니 보살펴 줘야 했다.
 '리트바르 마굴. 현재까지 리트바르라는 다른 이름의 마굴은 없다. 그러면 여기가 분명할 텐데…….'

현자의 속임수!

분명히 무언가가 있었기 때문에 위드는 다각도로 분석하려고 노력했다.

'이곳 어딘가 숨겨져 있을 것이다. 아무도 찾지 못한 그런 곳에……. 지금까지 밝혀지지 않은 그런 장소가 있을 거야.'

1층에서부터 5층까지 샅샅이 뒤지기 시작한다.

모험가 계열의 경우는 관찰력 스탯을 올릴 수 있기 때문에 숨은 입구 등을 찾기가 쉽지만, 위드는 오직 눈으로 확인하고 손으로 직접 더듬더듬 만져 보면서 비밀의 문을 찾아야만 했다.

리트바르 마굴에는 층마다 몇 명씩의 유저들이 있었다. 이상한 행동을 하는 위드를 보며 사냥을 하던 사람들이 한마디씩 했다.

"저 사람 뭐 하는 거지?"

"무언가 입구를 찾는 것 같은데. 그렇지 않다면 벽면을 확인하며 돌아다닐 필요가 없잖아."

"푸하하. 바보 아니야? 이 리트바르 마굴에는 숨겨진 입구 같은 건 없어."

"로자임 왕국이 발견될 당시에 처음으로 밝혀진 마굴이 이곳 리트바르 마굴이지. 여기가 모험가들에 의해 탐색이 된 게 언제인데. 무모한 시도를 하는군."

"미친놈인가 봐."

사람들은 노골적으로 위드를 무시했다.

그럴 수밖에 없는 것이, 병사 30명을 데리고 질풍처럼 사냥을 하며 다녔으니 질투나 시기를 받을 수밖에 없었던 것이다.

"혹시 그래도 모르니……."

"조심해서. 놈에게 들키지 않도록."

몇 명은 위드를 은밀하게 쫓아다녔다.

병사들과 사냥을 하면서 혹시 무슨 말이라도 들었거나, 특수한 퀘스트를 수행하고 있지 않을까 하는 기대감에서다.

만약 그렇다면 위드에게 협박이라도 가해서 퀘스트를 공유받을 작정을 하고 있었다.

그들이 보는 위드는 궁술 하나 외에는 별로 볼 것이 없었고 정벌대의 잡일을 해 주면서 얹혀 지내는 존재에 지나지 않았던 것.

그렇지만 일주일이 넘게 마굴을 탐색만 하는 위드를 보고 다들 지쳐서 나가떨어졌다.

"정말 미친놈이었군."

"에이, 성질나. 괜히 시간만 버렸네."

사람들이 모두 떠나고 난 뒤에도 위드의 마굴 탐색은 계속되었다.

'분명히 무언가 있어!'

이미 모험가들이 한차례 대대적인 수색을 끝내고, 리트바르 마굴에 숨겨진 것은 아무것도 없다고 이야기한 것을 위드도 들었다.

실제로 코볼트나 고블린을 사냥하며 몇 차례 살펴보았지만 어떤 특이점을 발견할 수는 없었다.

그러나 위드는 자신이 무언가를 발견할 것을 믿어 의심치 않는다.

'대륙의 유명한 모험가들이 찾고 지나갔다고? 그래서 아무것도 없을 거라고? 너희들의 말은 틀렸다!'

리트바르 마굴은 어마어마하게 넓은 곳이다.

이 넓은 곳에 혹시 숨겨진 무언가가 있을지도 모른다면서 돌아보는 것.

그리고 반드시 무언가가 있을 거라는 확신을 가지고 살펴보는 것은 차이가 있을 수밖에 없다.

관찰력이나 탐색 능력은 모험가들이 뛰어날지라도 마음가짐이 다른 것이다.

위드는 끈질긴 인내심으로 벽을 더듬으며 무언가를 찾으려고 애썼다.

히히힝!

그런 위드를 한심하다는 듯이 보는 망아지!

관리해 줄 사람이 없으니 어쩔 수 없이 마굴까지 망아지를 데리고 왔지만, 말을 안 듣는 망아지 때문에 위드는 상당한 스트레스를 받고 있었다.

'잠깐 이놈의 버릇부터 고쳐 줘야겠군.'

위드는 일부러 망아지를 데리고 고블린이 있는 곳으로 향했다.

고블린 전사와 돌격대 3마리!

그들은 위드를 보자마자 큰 걸음으로 쿵쾅거리며 달려온다.

위드는 망아지의 앞을 막고 그들과 싸우면서 비명을 질렀다.

"으아아악! 나 죽어!"

고블린들의 창이 위드의 몸을 가르고 지나간다. 하지만 아주 살짝 찔린 피륙의 상처에 불과했다.

"내, 내가 죽으면 우리 망아지는……."

고블린들의 공격은 계속된다.

"안 돼! 망아지는 내가 지킨다. 모두 덤벼라! 망아지를 죽이려면 먼저 나를 넘어야 할 것이다!"

위드는 사력을 다해서 망아지를 지키려는 용감한 기사의 역할을 해냈다.

그러다가 뒤를 돌아보니 망아지가 하품을 하며 딴청을 피우는 것이 아닌가!

그러면서 위드가 죽으면 마굴의 출구를 향해 그대로 내빼기 위한 준비를 마치고 있었다.

"이런 빌어먹을!"

위드는 순간 너무나도 자신이 한심해지고 말았다.

말 한 마리의 환심을 사기 위해서 대체 무슨 짓을 벌이고 있는 건가!

서걱!

위드는 귀찮게 하는 고블린들을 단칼에 해치워 버렸다.

마음 같아서는 망아지도 단칼에! 베어 버리고 싶었지만 미발과의 친밀도 저하가 우려되어 그러지도 못하는 상황.

히히힝?

망아지는 그렇게 쉽게 죽일 걸 왜 피를 철철 흘리며 고생을 했냐며 한심하다는 얼굴이다.

'휴우… 내가 무슨 짓을 하는 건지. 참자, 참아.'

위드는 다시 마굴 탐색을 계속했다.

그러던 3일째!

탐색을 시작한 지는 10일째였다.

지하 4층, 고블린 돌격 부대가 나오는 외곽 벽면에서 작은 굴을 발견하였다.

고블린 돌격 부대를 해치우고 나서 약 10미터 정도 안쪽, 텅 빈 곳이라서 한번 살펴보고 나서는 다시 올 일이 없는 그런 장소였다.

크게 돌출한 암석 밑에, 그림자에 가려서 사람의 눈에 잘 띄지 않는 굴이 존재했다.

'아무도 없지?'

위드는 주위를 둘러보다가 아무도 없는 것을 확인했다. 일주일간 그를 은밀하게 쫓아다니던 자들은 포기하고 사라진 듯했지만 주의를 기울여야 한다.

만약에 이곳이 위드가 생각하는 곳이 맞는다면, 첫 번째 탐험가가 되는 것이다.

비밀 던전을 밝혀낸 첫 번째 탐험가!

혜택은 무궁무진했다.

발견하게 되면 명성이 오르고, 무엇보다도 일주일간 두 배에 달하는 경험치와 아이템을 얻는다.

위드는 조심스럽게 굴 안으로 들어갔다.

암석 사이의 틈새라도 해도 좋을 만큼 간격이 좁았지만 안쪽은 조금씩 넓어졌다.

이윽고 위드가 편하게 움직일 수 있을 정도의 통로가 나왔다.

습하고 퀴퀴한 냄새가 코를 찔러 왔다.

위드는 긴장한 채로 전투 준비를 마쳤다. 무엇이 나올지 모르기 때문에 한 손에는 철검을 들고, 다른 손에는 약초와 붕대를 준비했다.

"뭐든 덤벼라!"

천천히 동굴 안으로 걸어가는 위드!

동굴 내부에는 몇 갈래 길들이 있었다. 가장 왼쪽 길을 선택해서 안으로 들어가니 끝에 있는 것은 놀랍게도 거대한 벌레였다.

"이건… 무슨 몬스터지? 처음 보는 벌레인데."

위드의 말소리가 떨어지자 무섭게 주위가 변한다.

검은 바닥인 줄 알았던 것은 아주 작은 벌레들!

샤샤샤샥!

물길이 갈라지듯이 그렇게 쫙 흩어진 벌레들이 우르르 위드에게 덤벼든다. 위협적인 집게발을 휘두르면서.

"어딜!"

위드는 철검을 풍차처럼 휘둘렀다.

작은 벌레들은 단단한 몸집이 까다로웠을 뿐, 공격력은 무척이나 낮았다. 하지만 작은 벌레들이 죽어 갈 때마다 거대 벌레가 새로운 새끼를 끊임없이 낳는다.

위드는 정벌대의 병사들이 새삼 아쉬워졌다.

'그들이 있었다면 훨씬 쉽게 끝낼 수 있었을 텐데…….'

그러다가 거대한 벌레가 허공에 연한 초록색 연기를 내뿜는다. 먹물이 번져 나가듯이 연기는 좁은 공동 안에 서서히 퍼져 나갔다. 위드가 있는 장소에도 초록색 연기가 다가왔다.

위드가 그 연기를 흡입하는 순간이었다.

―중독! 중독! 중독되셨습니다.
생명력이 줄어듭니다.

위드는 재빨리 놀라서 자신의 체력을 확인해 보았다.

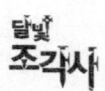

"헉!"

체력이 거의 초당 1씩 줄어들고 있는 것이 아닌가.

"이런… 해독약이 없다! 이럴 바에는……."

급해진 위드는 작은 벌레들은 무시한 채, 거대한 벌레에게 다가가서 마구 검을 휘둘렀다.

단단한 껍질이 부서지고, 노란 액체들이 튀었다.

"네가 먼저 죽나, 내가 먼저 죽나 해보는 거다!"

작은 벌레들의 공격은 무시했다.

작은 벌레들이 물어뜯는 것이나, 독에 중독된 시간이 흐르는 것이나 생명력이 줄어드는 건 매한가지다.

그럴 바에야 거대 벌레를 잡는 편이 이득이다.

작은 벌레들이 자신의 어미가 죽어 가는 것을 보며 열심히 달려들었지만, 위드의 철검을 막을 수는 없었다.

그렇지만 거대 벌레의 등껍질은 너무나도 딱딱했다. 겉에 있는 껍질이 약간씩 깨지고 있지만 죽을 기미는 전혀 보이지 않는다.

오히려 위드가 현기증으로 정신이 가물가물해진다.

'이대로 죽는 건가. 내게 스킬이 하나만 있었더라도……. 스킬? 왜 그 생각을 못 했지!'

써먹을 기회가 없어서 한 번도 쓰지 않았던 기술!

위드에게는 마나 소모량이 막대해서 얼마간 유지도 못하는 공격 기술이 있었다.

통하든 통하지 않든 이판사판이었다.
"조각 검술!"
위드의 철검이 희뿌연 빛을 내었다. 일시적이나마 상대의 모든 방어력을 무시하였다.
퍼석!
마침내 거대한 벌레의 단단한 등껍질이 거침없이 부서진다.

―레벨이 오르셨습니다.

위드는 오른 레벨을 확인할 새도 없이 소리쳤다.
"퀘스트 정보 창."

리트바르 마굴의 몬스터 소탕
마굴 안에서 서식하고 있는 몬스터는 총 100마리이다. 이들을 전부 한 번씩 죽이고 자신의 자격을 증명하라. 새로운 길이 열리게 될 것이다.
남아 있는 몬스터 : 99.

비록 독에 중독되어서 죽어 가는 신세였지만 위드는 히죽 웃었다.
"됐다!"
전직을 위한 해답을 드디어 발견했다.

그것은 다름 아닌 이 굴 안의 벌레들을 뜻하는 것.

작은 벌레들이 아닌 거대 벌레를 잡아야만 했다.

"그 전에 해독부터……."

위드는 작은 벌레들에게 쫓기며 재빨리 굴 밖으로 도망쳤다. 작은 벌레들이 굴 너머로는 쫓아오지 않는 것을 확인하며 조심스럽게 망아지를 데리고 지상으로 올라갔다.

중독 상태에서는 얼굴빛이 검게 변한다.

중독이 된 것을 들키지 않도록 최대한 사람을 피했으며, 약초를 몸에 바르고, 만들어 놓은 음식을 꾸역꾸역 먹으면서 아주 약간이나마 체력을 보충했다.

리트바르 마굴 안에는 찾아보기만 한다면 물론 성직자가 있는 파티도 있을 것이다.

그렇지만 위드는 그들에게 도움을 청할 생각이 하나도 없다.

도와 달라는 말을 하기가 힘들어서?

천만에!

리트바르 마굴에는 독을 가진 몬스터가 없다.

고블린이나 코볼트나 독을 쓰지 않는다. 중독되었다면 필시 어디서 중독이 되었는지를 물어볼 게다.

그리고 의심의 눈초리로 볼 테지.

차라리 한 번 죽는 게 낫다. 자신이 찾아낸 비밀 던전을 남들에게 양보하기는 싫은 위드였다.

위드는 지상으로 나와서 망아지 위에 올라탔다.

"마을. 여기서 제일 가까운 마을로 가자. 내가 죽기 전에……."

히히힝!

그러나 망아지는 미동도 하지 않았다.

타인의 불행은 자신의 기쁨이라는 듯이 딴청을 피우고 땅만 긁고 노는 것이다. 한가롭게 보란 듯이 풀을 뜯어 먹기도 하였다.

"네가 정 그렇게 나온다면……."

마침내 최후의 인내마저 사라진 위드!

"나도 이런 방법밖에는 없지."

위드는 조각칼을 꺼냈다.

망아지는 순간 겁에 질렸지만, 설마 자신을 죽이기야 하겠냐는 듯이 태연한 척했다.

그러나 위드의 칼은 망아지로 향하지 않았다. 자신의 팔뚝을 베었다. 그렇지 않아도 중독되어 생명력이 줄어드는 마당에 자해를 하다니?

"흐흐."

위드는 중독으로 정신이 가물가물한 와중에도 음흉하게 웃었다. 그러더니 자신의 흐르는 피를 망아지의 입을 벌리고 억지로 먹인다.

"자, 중독된 내 피를 먹였으니 너도 이제 중독이 된 거다. 마을로 가지 않으면 우리 둘 다 죽어. 나는 곧 부활하겠지만

너는 영영 죽겠지?"

 망아지는 그제야 마을이 있는 곳으로 달리기 시작했다. 그래 봐야 한정 없이 느리기만 했지만 말이다.

 마을에 도착한 위드는 가까스로 해독을 하고, 해독약과 약초를 무려 20골드어치나 구입했다.

 가진 돈을 거의 다 써 버린 셈이었지만 후회는 없었다.

 위드는 재빨리 리트바르 마굴로 돌아와서, 주변을 확인한 후에 벌레들이 있는 굴로 들어갔다.

 망아지도 함께 굴로 데려왔다. 다른 사람이 보면 데려갈 수도 있기 때문인데, 사실 그것도 나쁘지 않다고 생각했지만 아무래도 성에 제대로 반납하는 편이 후환이 없을 것만 같았던 것이다.

 "넌 내 뒤에만 숨어 있어라."

 망아지는 말을 알아듣기라도 한 듯 꼬리를 살살 흔든다.

 그다음에는 무작정 거대 벌레들만 잡고 다녔다.

 새끼벌레들은 경험치도 얼마 되지 않았을뿐더러, 공격이 넓게 분산되어서 다 상대할 수도 없다.

 허공에 검을 휘두른다고 해서 빗물을 전부 막을 수는 없는 것처럼 땅 전체가 작은 벌레들이니 이들은 일체 무시했다.

 "조각 검술!"

 자하브의 비전 검술.

본질 자체를 베어 내는 힘으로 적의 저항력과 방어력을 무시하고 등껍질을 파괴시켰다. 때때로 한 번의 전투로는 죽지 않는 놈들도 있어서, 두세 번 쉬어 가면서 잡았다.
  독에, 작은 벌레들의 공격에.
  생명력이 줄어들어 죽기 직전에 이른 적도 수도 없이 많다.
  사냥을 하면 할수록 위드는 어이가 없었다.
  "이걸 누가 전직 퀘스트라고 믿을까?"
  보통 레벨 10 정도 되면 첫 전직을 마친다.
  그에 비해서 현재 위드의 레벨은 60이 넘는다. 그런 위드가 힘겹게 상대해야 하는 벌레 굴!
  과연 어떤 직업이 나올지가 궁금할 뿐이다.

 -남아 있는 몬스터 : 1

  7일간의 걸친 처절한 전투 끝에 위드는 마지막 한 마리를 남겨 두게 되었다.
  바로 여왕 벌레!
  다른 놈들보다 몸집이 다섯 배는 컸다.
  위드가 멋모르고 놈이 있는 공동으로 들어가자, 여왕 벌레가 독연을 진한 푸른색 독을 쏘았다.
  보통 때라면 어차피 피하기 힘든 독이기 때문에 맞아 주었

겠지만 왠지 모를 위기감에 위드는 재빨리 몸을 날렸다.

푸쉬시식!

독에 닿은 작은 벌레들이 삽시간에 부패하며 녹아 들어간다.

'엄청난 독이구나.'

위드의 가슴이 철렁할 정도였다.

독에 맞지 않기 위해선 활을 쓰는 수밖에 없다. 하지만 여왕 벌레의 단단한 껍질은 화살로는 뚫지 못했다.

어쩔 수 없이 다가가야 했다.

그러나 위드의 접근을 알고 있는 여왕 벌레는 잔뜩 독을 입가에 모아 두고 기다리는 상황!

뱀이 똬리를 틀고 도사리듯이 여왕 벌레와 위드는 그렇게 대치하고 있었다.

'놈이 진한 독을 쏘는 건 처음의 한 번. 그 한 번만 피한다면 그다음 독은 훨씬 약하다. 승부는 첫 번째!'

위드의 눈동자가 날카롭게 빛났다.

여왕 벌레의 뒤에 보이는 보물 상자를 본 직후였다.

'절대로 여기서 포기할 수 없다. 놈의 독을 대신 맞아 줄 사람만 있다면……. 그래, 거기에 해답이 있었어.'

위드의 눈이 가늘게 찢어졌다.

그 눈빛의 끝에는 어벙한 눈을 하고 있는 망아지가 있었다.

퍼억!

위드는 재빨리 망아지의 엉덩이를 걷어차 버렸다.

본능적으로 망아지는 앞으로 달리고, 여왕 벌레는 반사적으로 망아지를 향해 독을 내뿜는다.

'미안하다. 망아지야. 그래도 어쩌겠냐. 이게 니 팔자라면……. 세상에는 이런 이별도 있는 법이지!'

망아지가 어찌 되었는지는 볼 새도 없었다.

주둥이에 모아 놓은 독이 분출된 것을 확인한 위드는 여왕 벌레를 향해 달려들었다.

"조각 검술! 난무!"

마나가 전부 소모될 때까지 미친 듯이 검을 휘두른다.

오른손에는 검을, 왼손에는 조각칼을 들고 여왕 벌레의 껍질을 갈랐다.

변변한 공격 스킬 하나 없는 위드에게는 그것이 최선이다. 여왕 벌레가 발버둥을 쳤지만 너무 거대한 몸집 탓에 오히려 가까이 있는 위드를 공격하지 못하고 있었다.

꾸어어어!

이윽고 여왕 벌레의 눈이 서서히 감겼다. 그리고 죽은 여왕 벌레의 몸에서는 하나의 열쇠가 떨어졌다.

"이거로구나."

위드는 열쇠를 집어 들어 상자에 넣고 돌렸다.

상자 안에서는 책 몇 권과 양피지 한 장이 들어 있었다.

전설의 황제의 후인.

나는 최초로 대륙을 일통한 황제 게이하르 폰 아르펜이다.

그러나 나의 말년은 썩 행복하지 않았다.

나의 고뇌를, 나의 뛰어남을 누구도 알아주지 않았기 때문이다!

어째서 나의 직업을 이해하지 못하는가!

어째서 나의 직업을 하찮다고 무시하고 천시하고 있는가!

뜻을 헤아려 보지도 않고 선입견에 사로잡혀서 아무도 나의 직업을 이어 가려고 하지 않았다.

그것은 나의 자식들도 마찬가지다.

미련하고 우매한 녀석들!

그 녀석들에게는 나의 후계자가 될 자격이 없다.

여기 나의 비기들을 남기노라.

게이하르라면 베르사 대륙의 역사에서 최초로 통일 황제에 이른 인물이다. 그의 사후로 다시 제국은 분열되어 지금으로 이르게 되었지만 그가 이룬 업적은 전설로 남을 만한 것이었다.

위드는 흥분을 감추지 못하였다.

'그 당시에도 멍청한 사람들이 있었군. 조금만 생각해 본다면 얼마나 좋은 기회인지 알 수 있었을 텐데……. 게이하르! 다른 이도 아니고 자신의 능력으로 대륙을 통일한 황제의 직업이다. 당연히 좋은 점이 있을 텐데 너무 섣불리 단면만 보고 판단하였군!'

띠링!

> -숨겨진 직업. 전직하시게 되면 공개된 직업이 가지고 있지 않은 특수 기술들을 사용하실 수 있습니다. 지금 전직하시겠습니까?

위드는 생각해 볼 것도 없이 승낙했다.
"예!"
그 순간 위드는 빛에 휩싸였다.

캐릭터 이름 : 위드　　**성향** : 무
레벨 : 68　　**직업** : 전설의 달빛 조각사!
칭호 : 없음　　**명성** : 250
생명력 : 3,460　　**마나** : 340
힘 : 235+20　　**민첩** : 200+20　　**체력** : 89+20
지혜 : 16+20　　**지력** : 24+20　　**투지** : 97+20
지구력 : 129+20　　**예술** : 29+100
통솔력 : 68+20　　**행운** : 5+20
공격력 : 170　　**방어력** : 30
마법 저항 : 무

+모든 스탯에 20개의 포인트가 추가됩니다.
+예술에 추가로 80개의 포인트가 부여됩니다.
+달이 뜨는 밤에는 30%의 능력치의 향상이 있습니다.
+아이템과 특화됨.
+모든 생산 스킬을 마스터의 경지까지 배울 수 있게 됩니다. 모든 아이템 제조와 제련의 스킬에 우대 적용. 최고급 스킬들을 배울 수 있

> 습니다.
> +조각술의 경지에 따라서 조각 검술의 마나 소모량이 줄어들고, 공격력이 강화됩니다.
> +조각술이 높아질수록 새로운 스킬이 추가될 수 있습니다.
> +특이하거나, 예술적 가치가 높은 조각품을 만들면 명성이 상승합니다.

그토록 고대하던 직업을 가졌다. 하지만 정작 전직한 직업을 확인하자 위드는 원통해서 쓰러질 것만 같았다.

"으아아아악!"

달빛 조각사!

결국 돌고 돌아서 달빛 조각사라니!

비록 수식어가 하나 붙어서 전설의 달빛 조각사라고는 하지만 위드에게는 기절할 것만 같은 충격이었다.

돈 안 되는 직업. 달빛 조각사!

"으흐흐흑."

위드의 눈에서 맑은 눈물이 펑펑 쏟아져 나온다.

여왕 벌레가 죽으면서 남긴 독의 잔재물이 약간 남아 있긴 했지만 그 독 때문에 흘리는 눈물은 필시 아니리라.

그놈의 조각사란 직업을 이제 어쩔 수 없이 받아들여야만 했다.

"이럴 줄 알았으면 흔하디흔한 검사라도 할 것을……."

게이하르의 직업을 이해하지 못한 멍청한 이들을 탓하던

위드는 방금의 소신은 오간 데 없이 조각사로 전직한 운명만을 탓했다.

 세상은 왜 이다지도 그를 힘들게만 한단 말인가!

 안타까움과 서러움에 주르륵 눈물이 흘러내렸다.

 로드리아스의 호기심을 자극하기 위해 일주일간을 앉아서 보냈고, 리트바르 마굴에서 1달이 넘게 살고 있었다.

 그 모든 노력이 달빛 조각사로 전직하기 위함이었다니! 위드는 그만 통곡을 하고 싶을 지경이었다.

 물론 로드리아스의 저택 앞에서 머무르는 동안 손재주와 조각술의 스킬들도 올리면서 짭짤한 수입도 거두고, 리트바르 마굴에서는 미친 듯한 레벨 업을 했지만 그런 것은 지금 위드에게는 전혀 떠오르지 않는 사실이다.

 단지 조각사로 전직된 현실만이 그를 슬프게 만든다.

 그저 억울하기만 했다.

 '그러나 나쁜 것만도 아니다.'

 한참의 광란 후에 위드의 눈빛에 총기가 나타났다.

 밑바닥까지 떨어졌다고 생각했지만, 조금씩 평정심을 찾으니 다른 게 보이기 시작했다.

 검사나 궁수, 성직자는 흔히 선택하는 직업이다. 그만큼 나쁘지 않고 해 볼 만한 직업이라는 뜻이다.

 검사나 궁수의 경우에는 직업에 맞는 무기를 선택하였을 때 무려 50%나 되는 추가 타격 데미지가 부여되고, 성직자

는 다른 직업이 쓸 수 없는 신성 마법을 쓴다.

위드가 검술을 쓸 수는 있지만 실질적으로 검사보다 약하고, 궁수보다 화살의 위력이 떨어지는 이유였다. 그래서 여러 가지 비밀에 싸여 있는 히든 클래스들은 어떻게 성장시키느냐가 중요했다.

직업의 장점을 제대로 발전시켜 나간다면 좋은 직업이 될 수도 있고, 그러지 않을 경우에는 흔한 공개형 직업보다 못한 이도 저도 아닌 게 되어 버린다.

위드는 서둘러 양피지로 다시 눈길을 돌렸다. 아직 읽지 않은 내용들이 남아 있었던 것이다.

…중략

나는 아름다운 조각품들을 사랑했다.

뛰어난 예술혼으로 만들어진 조각품들은 나를 배신하지 않는다. 내가 애정을 쏟는 만큼 그들도 나에게 충성을 바쳤다.

누구도 믿지 못하였으리라!

하찮은 조각술이 시골 마을 평민 출신의 내가 대륙을 일통한 원동력이었다는 것을!

후인이여.

조각가의 길을 걷는 후예여.

그대에게는 아주 험난한 길이 기다리고 있을지어다.

백 명이면 백 명이 포기할 수밖에 없는 길이고, 천 명이라도 마찬가지다.

　만 명, 혹은 십 만 명 중의 한 명이 나의 뜻을 제대로 이해할 수 있을까?

　그러나 나의 후예여, 절대로 쉽게 포기하지 말라.

　힘든 것은 그만큼의 가치를, 어려운 것은 그만큼의 성과를 가져오기 마련이다.

　조각술의 마스터!

　또한 나도 완전히 밝혀내지 못한 조각술에 숨겨진 비기를 찾아내 주기 바란다.

　이것은 조각술을 익히는 모든 자의 염원이 될 것이다.

　그럼 내 여기 그대를 위해 작은 선물을 남기나니 유용하게 사용하라.

　　　　　　ㅡ조각술을 통해 대륙을 지배한 황제 게이하르

양피지를 다 읽은 위드는 다른 아이템들을 확인해 보았다.

영단 3개와 책 한 권.

영단의 쓰임새는 나와 있지 않았지만, 위드는 이럴 때 쓰는 스킬을 알고 있었다.

"아이템 감정!"

　ㅡ실패하셨습니다.

―실패하셨습니다.

―실패하셨습니다.

―성공하셨습니다.

> **황제의 영약**
> 고대 제국의 황제가 온갖 희귀 영초들을 모아 만든 영약으로 복용할 시에 머리가 크게 맑아질 것 같다.
> **효과**: 마나 최대치 200 상승.

 수십 번에 걸친 감정 끝에 확인한 것은 그야말로 어마어마했다.

 마나의 최대치를 200이나 올려 주다니, 이 정도면 레어, 아니 그 이상의 아이템이다.

 단약에서는 형용할 수 없는 그윽한 향이 난다.

 시가로 따진다면 거의 1만 골드에 육박할 만한 보물!

 일시적인 회복 약이 아니라, 마나의 최대치를 늘려 주는 것인 만큼 그만한 값어치는 충분히 있다.

 '과연 황제라서 배포도 크시구려.'

 영단을 바닥에 내려놓고 위드는 책을 집어 들었다.

 '대단한 게 들어 있을까? 들어 있겠지! 설마 조각사로 전직한 것으로 모자라서 내게 악운이 겹쳐 있을까! 아니야. 내가 그렇게 재수 없는 놈은 틀림없이 아닐 것이다.'

이번에도 수십 번의 감정 실패 끝에 포기할 때쯤에 성공했다.

> **아르펜 제국 황가의 비전 검술서**
> 통일 황제 게이하르 폰 아르펜이 황가의 지속과 번영을 위하여 수많은 비전 검술들을 하나로 묶어 완성한 검술이다.
> 다섯 개의 초식과 하나의 보법으로 이루어져 있다.
> 본래 아르펜의 황실은 모두 기사였다. 기사들만이 배우고 익힐 수 있는 검술서지만, 후인을 생각한 황제의 배려로 위력을 약화시켜 조각사도 쓸 수 있게 만들었다.

위드는 깜짝 놀라서 검술서를 땅에 떨어뜨릴 뻔하였다.
"이, 이 색깔은……."
감정을 한 검술서의 색깔은 찬란한 황금색!
뜻하는 것은 레어 급 스킬 북!
그것도 1급 검술서였다.
'1급 검술서라니 과연 황제답게 배포도 크시구려.'
비록 유니크나, 특급 검술서는 아니었다.
사실 그런 검술서가 나온다고 해서 조각사인 위드가 익힐 수 있을 지도 의문이다.
그렇게 좋은 검술은 대체로 검사나, 기사들의 몫이었던 것이다.

그럼에도 변변한 공격 스킬이 하나도 없던 위드에게는 그 야말로 가뭄 속의 단비라고 할 수 있었다.

 기본적인 검술과 궁술로만 싸워야 했던 시절!

 이제는 머나 먼 추억이 되리라.

 위드는 검술서에 손을 올리며 외쳤다.

 "습득!"

 –황제무상검법을 익혔습니다. 검법의 숙련도 0%.

 자신의 몫을 다한 검술서는 환한 빛을 뿜어내면서 불타올랐다.

 "황제무상검법 정보!"

 "후후후."

 위드의 입 꼬리가 슬쩍 올라간다.

 이 어찌 기쁘지 않겠는가!

 대륙을 하나로 일통했던 아르펜 제국.

황제무상검법

황제 게이하르 폰 아르펜이 만든 조각사를 위해 만든 검술이다. 조각술의 레벨이 올라갈 때마다 공격력이 추가로 1% 강해진다.
다섯 개의 초식과 심법 그리고 보법으로 이루어져 있다.

지금은 몰락해 명맥만 유지되고 있었지만 황실 사람들만 익힐 수 있던 검술이니 위력이 약하지는 않으리라.
　그러나 초식들의 정보를 확인해 본 위드는 절망하지 않을 수 없었다!
　각 초식들의 무지막지한 마나 소비량.
　"이건 대체 뭐야!"
　위드의 비명이 터져 나왔다.
　마나 소비가 가장 적은 제1식이 무려 마나를 300이나 소비했던 것.
　아직 마나가 적은 위드로서는 알고서도 쉽게 쓸 수 없는 그런 기술들이었다.
　황제의 영단을 먹더라도 쉽게 쓸 수 없는 기술들로만 이루어져 있었다.

천공의 도시

선술집.

호탕한 웃음소리와 왁자지껄한 소음이 가득한 그곳에는 며칠째 침묵이 흐른다.

그것은 한 사내 때문이었다.

볼크!

그는 우락부락한 체격을 가지고 있었지만, 그 체격보다 더 무서운 것은 인상이었다.

오크의 심장이 떨어질 정도로 무섭게 생긴 사람이 하루 종일 술을 들이켜고 있었으니 선술집에서는 침묵이 흐를 수밖에 없었다.

볼크는 술을 마시며 인상을 썼다.

"그녀를 위한 고백을 해야 해. 그런데 뭔가 특별한 것이 없을까?"

볼크는 사랑을 고백하고 싶었다. 하지만 이 고뇌를 다른 사람들은 알아주지 못하였다.

"그녀를 위한 고백. 그래, 세라보그 성에는 조각가가 있다고 하였다. 그에게 부탁해 볼 것이다. 만약 그가 내 마음에 드는 것을 만들 수 있다면 내게 가장 소중한 것을……."

볼크는 비틀거리며 선술집을 나왔다.

"휴우, 이곳은 여전히 사람으로 넘쳐 나는군."

1달 만에 돌아오는 로자임 왕국의 수도. 눈에 띌 정도로 많은 사람들이 보인다.

물건을 사고팔며 흥정하는 사람들, 동료를 구하는 사람들로 정신이 없을 정도였다.

"망아지야, 어서 가자! 너희 집으로 가야지."

위드는 망아지를 이끌고 왕궁의 마구간으로 향했다. 망아지는 의외로 순순히 따라온다.

여왕 벌레의 독을 운 좋게 피한 망아지는 가까스로 살아남을 수 있었다.

망아지도 자신이 생명의 위기를 몇 번쯤 넘긴 것을 아는 듯, 위드와는 어서 떨어지고 싶었던 것이다.

왕궁의 허름한 마사.

마구간지기는 망아지를 보자마자 인상부터 썼다.

"한동안 잠잠했는데, 이제 이놈이 돌아오니 앞으로 시끄러워지겠군! 미발 님으로부터 들었소. 이 녀석을 반납하시겠소?"

"예, 그렇습니다."

위드는 미련 없이 망아지를 마사에 넣었다.

"수고가 많았소. 이놈이 보통 말을 안 들었을 텐데······."

"괜찮습니다. 다 지난 일인데요."

"그리고 미발 님께서 언제라도 원하신다면 백부장의 자리를 주신다고 하오. 뜻이 있다면 한 번쯤 찾아가 보시오."

"그러도록 하지요."

처음 본 위드였지만 마구간지기의 태도는 정중했다.

역시 사람은 인맥과 명성이라는 사실을 확인하며 위드는 마구간을 나와 수련관으로 향했다.

그곳에서는 교관을 만났다.

"흠··· 그런 일이 있었다고······."

교관은 위드가 전설의 달빛 조각사로 전직한 사실을 매우 안타까워했다.

"죄송합니다."

위드는 굳이 많은 말을 하지 않는다.

그저 어두운 얼굴로 고개를 떨어뜨렸을 뿐이다!

"아니네. 이것이 어찌 자네의 잘못이겠는가. 현자님이 너무하신 게지. 그래도 희망을 잃지 말게."

"예. 언제나 저는 교관님만 믿고 있습니다."

"핫하하. 물론 그래야지. 아무튼 수고가 많았네. 내 의뢰를 성실하게 수행해 주었군."

교관은 리트바르 마굴 정벌 퀘스트의 완료로 3골드와 함께, 50의 국가 공적치를 주었다.

국가 공적치를 많이 쌓게 되면 상거래를 할 때에도 약간의 혜택이 있고, 관직에 오를 수도 있다. 하지만 교관이 위드를 보는 눈빛이 조금은 달라져 있었다.

더 이상은 친근하게, 동료처럼 여기지 않는다.

최고로 올려놓은 친밀도가 많이 하락해 있다는 의미다.

교관을 만난 다음에, 위드는 마지막으로 볼 사람으로 로드리아스를 찾았다.

로드리아스는 늘 그랬던 것처럼 자신의 집에 있었다.

"허허. 정말 자네가 그 퀘스트를 완료해 버렸군. 한동안 나를 찾아오지 않아서 혹시나 했었는데……."

"예, 그렇습니다."

"흠… 아무튼 인연이 이렇게 되었으니 자네에게 줄 물건이 있네."

로드리아스는 위드에게 손바닥 크기의 목조품을 주었다. 제국 병사의 모습을 한 목조품이다.

"이것은?"

"바로 게이하르 황제 폐하의 유물일세. 우리 집안은 본래 아르펜 제국의 가문이었지. 그 핏줄과 의무가 나까지 이어져 내려왔다네. 이제야말로 자네에게 그 유지를 잇게 만들었으니 나도 자유로워질 수 있겠군."

"그런데 이 목조품에 어떤 의미가 있습니까?"

위드는 자하브의 달빛 조각사 퀘스트를 수행했을 당시에도 목조품을 하나 받은 적이 있었다.

"목조품의 비밀은 나도 알지 못하고 있네. 다만 들리는 이야기로는 지금까지 대륙에는 5명의 조각가 마스터들이 존재했었다더군. 물론 이는 확실치는 않은 소문에 불과하네. 그들은 바람처럼 나타나서, 바람처럼 사라졌으니까. 그들이 각자의 스킬을 기록해서 마지막에 남긴 물건이 있다고 하는데, 아마도 그것이 아닐까 추측하고 있네. 그리고 그 목조품을 전부 모아서 비밀을 풀어내면 조각술의 비기가 나타난다는 전설이네."

혹시나 싶었던 위드는 목조품을 감정해 보았다. 낮은 스킬 때문에 수십 번의 실패 끝에 제대로 감정이 될 수 있었다.

목조품 : 내구력 1/1.
게이하르가 자신의 기술을 수록한 목조품이다. 조각품에 생명을 부여하는 기술을 익힐 수 있다. 단 고급 조각술을 먼저 터득하여야 한다.

위드는 자하브가 남긴 목조품도 검색해 보니, 그것에는 조각 검술이 있었다. 검술 스킬이 5 이상 되어야 한다는 제한과 함께 말이다.

"조각술에 이런 비밀이 숨겨져 있었군요."

"자네도 이제 조각가의 길을 걷게 되었으니, 위대한 조각가가 되길 빌겠네. 위대한 조각가는 한 번도 나온 적이 없지만 만약에 나타난다면 대륙의 운명을 좌우할 수도 있을 걸세. 내가 비록 자네를 골탕 먹이기 위해 얻기 힘든 그 직업을 안내해 준 건 사실이지만 지금 하는 이야기 또한 진실이라네."

위드는 더 이상 로드리아스를 원망하지 않았다.

이미 지나간 일이기도 했지만, 조각술에 대한 상당한 흥미가 동했기 때문이다.

남들이 걷지 않는 길을 걸어가는 자!

또한 성공할 경우에는 대단한 성과도 있다고 한다.

로드리아스 또한 더 이상 골탕 먹이고 괴롭히려고 하지 않았다. 이미 1달 이상 리트바르 마굴에서 헤맸을 위드를 보며 다 해소된 뒤였던 것이다.

"그보다 궁금한 점이 있습니다. 혹시 요리나, 대장장이들의 길에도 숨겨진 비기가 존재합니까?"

"그럴 걸세. 신은 평등하니까. 하지만 요리의 길을 걷는 모든 이들이 기회를 잡는 건 아닐세."

"그렇다면……."

"자네처럼 특수한 운명을 가진 이들이 있겠지! 그들에게도 길이 있을 걸세. 다만 그 길을 찾아낼지 찾아내지 못할지는 그들에게 달려 있겠지."

위드는 원하는 바를 얻고, 저택을 나왔다.

다리우스는 심장이 뛰는 것을 느낄 수 있었다. 몇 개의 연속으로 이어진 퀘스트를 해결하다가 여기까지 오게 될 줄은 자신조차 몰랐다.

그야말로 행운이라고 할 수 있었다.

로자임 왕국에는 권력의 중추에 있는 두 사람이 있다.

후작 카너스와 백작 알브로스, 그중에서도 후작 카너스는 군부를 담당하기 때문에 가장 권력이 막강했다. 그 카너스가 지금 자신을 향해 검신이 새하얀 검을 내리고 있었던 것이다.

"그동안 많은 공헌을 한 자네를 로자임 왕국의 임시 기사로 임명하겠네. 기사의 권한으로 토벌대를 꾸려서 고통받는 왕국의 마을을 어서 빨리 구해 주게나."

"알겠습니다, 후작 각하. 저만 믿어 주십시오."

"그래. 자네만 믿도록 하겠네."

다리우스는 가볍게 자신의 양어깨와 머리를 건드리는 검의 감촉을 느꼈다.

전장에서라면 섬뜩한 순간이 아닐 수 없으나, 이는 로자임 왕국의 기사 임명식에서 벌어지는 일이다. 그리고 상대가 카너스 후작이었다.

 두려워할 필요가 없었고, 크게 기뻐할 만한 일이었다.

 다만 근엄한 왕국에서 환호성을 지르면서 배를 잡고 융단 위에서 떼구르르 구를 수가 없어서 억지로 참을 뿐이다.

 기쁨을 참고 있는 다리우스의 얼굴이 기묘하게 일그러졌다.

 '이것으로 토벌대장이 되었다.'

 다리우스는 자신이 아주 운이 좋다고 생각했다.

 '이대로는 힘들어!'

 위드는 심각한 얼굴을 했다.

 어쩌다가 하게 된 조각사라는 직업이 주는 암울함 때문이다.

 주로 위드가 검을 쓰는 이상, 한번 검사와 비교해 보자.

 직업이 선택된 순간 검사는 검의 데미지가 50% 증가한다. 물론 위드에게는 꽤 유용한 손재주가 있다.

 그 덕분에 어느 정도는 공격력이 보완이 될 것이다.

 또한 올려놓은 스탯 때문에 같은 레벨의 검사라고 해도 지지 않는다. 아직은 레벨이 그리 높지 않은 탓도 있겠지만 조각 검술이나 황제무상검법까지 포함한다면 동렙의 검사와는

2 대 1로 싸워도 이길 자신이 있다.

황제무상심법!

이 심법을 사용해 보고 나서 위드는 놀라고 말았다.

순발력과 파괴력을 2배로 증가시켜 주고, 마나 회복도 3배나 빨리해 주는 사기적인 스킬이기 때문. 괜히 게이하르가 남겨 둔 심법이 아니다 싶었다.

하지만 검사들에게도 검법과 독문 심법이 존재한다. 나중에 자신들의 직업에 맞는 심법을 터득한다면, 비록 그것이 등급이 다소 낮을지라도 뛰어난 위력을 낸다.

전투형 직업인 검사들에게 주어진 특권인 것이다.

위드가 죽어라 손재주를 올리고, 스탯을 올리고, 사기적인 스킬을 익혔다고는 해도 이것은 언젠가 검사들에게 다 따라잡힌다는 말이다.

아니, 지금으로써도 위드가 온갖 짓을 다 해서 노력해야 겨우 검사들과 엇비슷하게 나아갈 수 있다고 하겠다.

손재주에 시간을 투자하고, 조각 검법과 황제무상검법이라는 스킬과, 수련관에서 스탯을 올리지 않았다면 검사들에 비해서 훨씬 약했을 게 분명하기 때문이다.

'하지만 조각사라는 직업이 쓸모가 없진 않아. 그랬다면 게이하르가 대륙을 일통하지도 못했을 테고, 자하르도 강함도 설명할 수 없겠지.'

로자임 왕국의 수도 세라보그 성.

그중에서도 가장 번화가인 중앙 분수대 앞에는 줄줄이 늘어선 사람들이 물건들을 구경하고 있었다.

위드가 조각술 스킬을 올리기 위해서 다시 상점을 차린 것이다.

"아저씨, 이것 얼마예요?"

"5실버입니다."

"아이, 비싸다. 좀 싸게 해 주시면 안 돼요? 네? 2개 살게요."

소녀들이 애교와 교태를 부렸지만 위드는 무척이나 매정한 인간이었다. 특히나 돈에 대해서는 남자와 여자의 구별이 없다.

"가격 할인은 제 작품에 대한 모독입니다. 그 물건을 만들 때 예술에 대한 애정을, 조각물에 대한 애정을 할인해서 만들었겠습니까? 자고로 물건이란 제값을 주고 사야 두고두고 마음에 가치를 만들어 가는 법입니다."

소녀는 가슴이 뭉클했다.

조각가의 열정이 담긴 물건을 어떻게 값을 깎아 달라고 한단 말인가!

자신을 자책한 소녀는 주머니에서 반짝이는 은화를 꺼냈다.

"휴… 그렇다면 할 수 없죠. 여기 10실버예요."

"감사합니다, 손님."

위드는 조각품을 2개 내주며 씩 웃었다.

조금의 할인도 없이 물건을 팔았다는 승리자의 미소였다.

비록 전설의 달빛 조각사라는 수식어가 붙긴 했지만 결국 조각사가 된 위드가 만들어 낸 조각품들은 무척이나 아름다웠다.

현재 조각술 스킬은 4!

그러나 달빛 조각사로 전직을 하면서, 조각술 스킬에 부가 효과가 100%가 더해졌다.

또한 사기적인 아이템이라고 할 수 있는 자하브의 조각칼이 있었다.

아직은 조각술의 스킬이 낮아 쉬운 재료들을 기초로 크기가 작은 물건들밖에 만들 수 없었지만, 오히려 값이 싸고 간편해서 많은 손님들을 끌고 있었다.

몇몇 손님들은 줄을 서서 기다리며 위드가 만들어 가는 조각품들을 사 갈 정도였다.

재료값이 10쿠퍼도 안 되는 여우나 토끼들이 여전히 가장 잘 팔리는 물건인데 5실버로 가격을 책정해 놓아도 만들어 놓는 대로 불티나게 팔린다.

그렇지만 위드는 스스로 떳떳했다.

억지로 파는 것도 아니다. 가격을 제시해 놓으니 줄지어서 서로 사 가겠다는 걸 어쩌란 말인가?

위드는 조각칼을 더욱 빨리 움직이며, 작품을 만들어 갔다. 아니 돈을 벌면서 스킬의 숙련도를 올린다.

조각술과 마찬가지로 요리나 물품 수리들은 스킬 레벨 10이 되면 다시 레벨 1로 낮아지면서 중급 요리술과 중급 수리 기술로 변환이 된다.

요리가 올려 주는 생명력과 마나의 수치가 향상되는 것은 물론이고, 중급 수리 기술을 터득하면 제련이나 제조와 같은 기술도 터득할 수 있었다.

그러나 그걸로 끝나는 게 아니다.

스킬 레벨 10을 채워 중급의 경지를 넘으면 상급의 경지가 찾아오는데, 이 과정을 전부 거쳐야 진정한 마스터가 된다.

어떤 종류든 마스터가 된다면 그 기술 하나만으로도 인정을 받을 수 있지만 조각술이나 요리나, 생산의 과정은 이렇게 험난하기만 하였다.

현재 위드의 목적은 손재주 스킬을 중급으로 넘기는 일!

리트바르 마굴에서 열심히 수리를 하고, 요리를 만들면서 손재주 스킬이 9레벨에 올랐다.

1레벨만 더 올리면 이제 중급 손재주가 된다.

중급 손재주가 되면 검술이나 궁술에도 영향을 주어서 전체적인 공격력이 30%가량 늘어난다.

직업에 따른 페널티로 공격력이 취약한 조각사로서는 반드시 필요한 스킬이라고 볼 수 있었다.

'손재주 스킬은 아주 유용해.'

손재주가 올라감으로써 전부 효율이 높아지고, 또한 상급 손재주를 배우게 되면 요리나 대장장이, 재봉술, 연금술 등을 무제한으로 익힐 수 있다고 한다.

달빛 조각사란 직업은 얼마든지 다른 직업의 기술들도 익힐 수 있지만, 기본적으로 손재주 스킬이 높을수록 타 직업의 기술들을 익히는 속도가 빨라진다.

그러므로 어쩌면 생산과 관련된 직업들은 하나로 통하는 흐름이 있다고 볼 수 있다.

사실 그나마 손재주 스킬이라도 없었다면 열악한 생산과 제조 관련 직업들은 전부 전멸을 하였을 것이다.

손재주로 부족한 공격력을 보완하지 않는다면, 전투형 캐릭터들을 쫓아갈 수가 없다.

'이걸로 100개째!'

위드는 쉬지 않고 조각품들을 만들고 있었지만, 조각술 스킬은 여전히 4레벨 98%였다. 손재주가 빠르게 성장하는 반면에 조각술 스킬은 오히려 갈수록 느려지고 있었다.

'한 50개만 더 만들면 오르려나?'

그때였다. 여자 손님들이 우르르 갈라지더니 그들의 사이에서 흉악한 인상의 사내가 다가왔다.

어찌나 살기에 차 있는 모습이었던지 위드조차도 가슴이 서늘했다.

'내가 저 사람과 무슨 철천지원수라도 되나?'

그렇게 반문해 볼 정도였다.

사내는 찢어진 눈으로 주위를 훑어보았다.

"꺄아아악!"

"우릴 봤어!"

소녀들이 비명을 질러 댄다.

사내는 천천히 다가오더니 위드를 향해 비 맞은 강아지처럼 처량하게 고개를 숙였다.

"부탁드릴 게 있습니다."

"뭡니까?"

"조각품을 사려고 왔습니다. 하지만 여기에는 제가 원하는 조각품이 없습니다."

그렇게 말하며 사내는 털썩 무릎을 꿇는 것이었다.

"제가 말하는 모양의 조각품을 만들어 주실 수 있습니까? 아니, 만들어 주십시오. 꼭 만들어 주셔야 됩니다. 그녀에게 제 마음을 고백하기 위해서입니다."

위드는 일단 그를 일으켜서 사정을 들어 보았다.

사내의 이름은 볼크.

볼크에게는 사랑하는 여인이 있었다. 게임을 하게 된 동기도 그녀를 지켜 주기 위함이다.

성직자인 그녀를 위해 볼크는 성기사가 되었다.

수많은 사냥터를 전전하면서, 볼크의 헌신 어린 희생으로

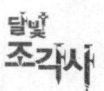

그녀는 한 번도 죽지 않았다.

물론 볼크 역시 그녀의 축복과 치료를 받아 가면서 게임을 즐겼다.

둘의 사랑은 시간이 지날수록 깊어지고, 그녀를 볼 때마다 너무나도 행복했다.

이제 고백을 해야 할 때였다.

"그녀를 위해 잊지 못할 선물을 하고 싶습니다. 시들어 버리는 꽃이 아니라, 제 마음을 새길 수 있는 영영 지지 않는 꽃을 조각해 주십시오. 부탁입니다!"

볼크는 무릎을 꿇은 채로 일어나지 않았다.

얼굴은 흉악하였지만 마음마저 그런 것은 아니었다.

가슴에 품고 있는 애틋한 사랑 때문에 모르는 사람에게 자신의 무릎을 꿇을 수 있는 남자가 몇이나 될까.

길게 한숨을 내쉰 위드는 주위를 둘러보았다. 많은 여성들이 감동을 한 얼굴이었다.

돈에 눈이 먼 위드조차도 그의 슬픔이 고스란히 전해져 왔다.

사랑한다.

사랑하는데, 왜 그녀는 나를 알아주지 못하는가!

전하고 싶다. 나의 마음을.

가슴으로는 수천 번 말했을 것이다. 너를 사랑한다는 걸!

그런데 왜 입으로는 하지 못하는가!

남자로서, 볼크를 완벽하게 이해할 수 있는 위드였다.

위드는 볼크의 손을 잡고 자리에서 일으켰다.

"그런 부탁이라면… 이렇게 무릎을 꿇을 필요가 없습니다. 당당하게 요구하셔도 됩니다. 저는 그런 부탁에 아주 약하니까요. 원하시는 조각품을 만들어 드리겠습니다."

볼크는 닭똥 같은 눈물을 주륵주륵 흘렸다.

"고맙습니다, 조각가님!"

"아닙니다. 그보다도 어떤 꽃을 만들어 드리면 되겠습니까?"

"일곱 송이의 해바라기를 만들어 주세요. 7년간 그녀를 위해 살아온 제 마음을 고백할 수 있도록요."

"알겠습니다. 그러면 잠시만 기다려 주시겠습니까?"

위드는 옆에 쌓여 있는 목재를 한차례 훑어보더니 그중에 가장 좋은 재질의 나무를 골랐다.

엘프목.

따뜻한 남부 지방에서만 나온다는 나무로 무척 굵고 단단한 나무였다. 아직 조각품을 만들기 위해 잘게 쪼개지 않은 상태로 큰 바윗덩이만 한 크기다.

'이번에는 최대한 솜씨를 발휘해 봐야겠군!'

여우나 토끼는 이제 눈을 감고도 만들 수 있을 정도였지만, 꽃은 쉽지 않았다.

'한 송이씩 따로따로 만들면 편할지 모른다. 그러나 그렇게 해서는 한꺼번에 모은다면 아름답지 않겠지. 일곱 송이의 해바라기. 그리고 내 선물인 장미 백 송이. 아예 통째로 꽃

다발로 만들어 주지.'

　위드는 머릿속에서 전체적인 형상을 그리면서 엘프목을 아주 천천히 다듬기 시작했다.

　소녀들이나 볼크는 다들 무슨 일이 벌어지는지 알지 못하였다. 왜 저렇게 큰 나무를 가지고 꽃을 만드는지 이해하지 못한 것이었다. 그러나 엘프목이 다듬어지면서 약간씩 형상이 드러난다.

　먼저 상대적으로 치솟은 해바라기들과, 그 주변의 장미꽃들.

　위드의 마법의 손이 움직일 때마다 아름다운 꽃다발이 완성되어 간다.

　"아아."

　"놀라워."

　어느새 손님들은 관중이 되어 위드가 펼치는 조각술을 지켜보았다.

　손이 움직일 때마다, 나뭇조각이 깎여 나갈 때마다 조마조마하다. 조각술로 꽃을 만드는 것은 여간 세밀한 작업이 아니기 때문이다. 조금만 무리를 하더라도 줄기가 힘없이 툭 끊어져 버린다.

　'제발 무사히 완성되기를!'

　이것은 위드와 볼크뿐만이 아니라 모든 관중들의 한결같은 마음이었다.

　바로 그들이 보는 앞에서, 심혈을 기울여서 조각하는 위드

천공의 도시 **293**

가 있었다.
 조각칼이 움직일 때마다 나무들이 깎여 나가면서 꽃봉오리들이 나타난다. 줄기들, 잎사귀들이 활짝 펼쳐진다.
 '실패란 있을 수 없어.'
 위드의 눈에 빛이 어리기 시작한다.
 그 혼자 만드는 조각품이라면 얼마든지 실패해도 되지만, 관중들의 앞이다.
 이들 앞에서 실수라도 한다면 높아진 조각가로서의 주가는 단숨에 추락하고 만다.
 실상 조각가들이 드물기 때문에 약간은 거품이 형성되어 있었는데 그것이 걷힌다고 할 수 있으리라.
 관중들의 환상은 곧 돈!
 위드는 과도한 집착을 멋지게 승화시켜 마침내 꽃다발을 만들어 내고야 말았다.

―조각술 스킬의 레벨이 5가 되었습니다. 조금 더 복잡하고 아름다운 조각품을 만드실 수 있습니다. 조각품의 실패율이 줄어듭니다.

―손재주 스킬의 레벨이 10이 되어 중급 손재주 스킬로 변화가 됩니다. 도구나 손을 이용한 공격력이 30% 증가하며, 다양한 분야에 걸쳐서 영향을 주게 됩니다.

―예술 스탯이 5 상승했습니다.

-명성이 1 오르셨습니다. 조각술로 인해 오른 명성은, 추후 실패작
을 판매했을 시에 하락할 수 있습니다.

  나무로 만든 꽃다발을 완성하자 순식간에 2개의 스킬이 한 단계씩 올라섰다.
  조각술은 4레벨 98%의 숙련도를 가지고 있었으니 레벨이 한 단계 오르는 것도 어찌 보면 이상할 게 없었다.
  그렇지만 손재주는 레벨 업까지 6%나 남아 있었는데 단번에 이를 채우고 중급 손재주로 변화한 것이다.
  설상가상으로 지독하게 오르지 않았던 예술마저 한꺼번에 5나 향상되었다.
  '이럴 리가 없는데? 스킬 창!'
  위드가 서둘러서 확인해 보니 조각술은 5가 된 것으로 그치지 않고 추가로 17%의 숙련도가 높아져 있었다.
  손재주 또한 중급으로 전환이 된 이후로 5%나 더 올랐다.
  '대체 이게 웬일이야?'
  횡재를 했다는 기분으로 기뻐한 위드였지만 곧 왜 이런 일이 벌어진 것인지를 알아챘다.
  조각술은 붕어빵이 아닌 것이다.
  매번 똑같은 물품을, 찍어 내듯이 완성한다고 해서 조각술의 경지는 높아지지 않는다.
  한 번도 만들어 보지 않은 물건을 그리고 높은 예술적 가

치를 가진 물건을 심혈을 다해서 만들 때에야 비로소 스킬이 큰 폭으로 오르게 된다.

 그러고 보면 맨 처음에 여우나 토끼를 만들 때에도 많은 조각술 숙련도가 올랐다.

 이것저것 새로운 것을 시도할 때에는 스킬의 레벨이 눈에 보일 정도로 빠르게 올라가고 있었다. 하지만 타성에 젖어 어느덧 새로운 것을 시도하지 않고 같은 물건들을 반복해서 만들게 되자 숙련도의 상승은 아주 미미했다.

 새로운 시도를 하게 되지 않자 조각술의 상승은 미미한 정도였다.

 '조각술 레벨이 4로 올랐기 때문인 줄 알았는데 그게 아니었군. 지금까지 내가 잘못된 길을 가고 있었어.'

 위드가 이런저런 생각을 하고 있는 와중에, 볼크와 소녀들은 넋을 잃고 조각품을 보고 있었다.

 나무로 만든 꽃다발.

 부드럽고 따스한 느낌이 감도는 해바라기와 장미들은 마치 살아 있는 꽃처럼 생기를 머금고 있었다.

 "완성되었습니다."

 위드는 볼크에게 꽃다발을 넘겨주었다.

 해바라기들과 장미꽃들이 환하게 웃고 있었다. 볼크에게는 정녕 그렇게만 보였다.

 "아아. 이, 이게……."

감동한 볼크의 눈에서 또다시 눈물이 흘러내렸다.

"정말로 나무로 만든 꽃입니까? 그것도 조각술로……."

"예. 그렇습니다, 손님. 만드는 것을 지켜보지 않으셨습니까?"

"하지만 도저히 믿어지지가 않아서요."

다른 손님들 또한 위드가 만들어 낸 작품을 보며 놀라워하고 있었다.

자하브의 조각칼과 손재주 스킬 그리고 결정적인 순간에 조각술과 손재주가 한 단계씩 오르면서 한층 뛰어난 효과를 가져다주지 않았다면 만들지 못했을 꽃다발이었다.

"이 꽃다발을 만든 제 수고를 생각해서라도 반드시 고백 성공하십시오. 볼크 님."

위드가 기분 좋게 축하해 주었다.

꽃다발을 만들면서 조각술에 대한 비밀을 깨달았으니 무척이나 기분이 좋았다.

"고맙습니다. 정말 고맙습니다."

볼크도 진심으로 감사해하며, 조각품 구입비를 내려고 호주머니에 손을 넣었다.

위드는 흐뭇하게 그 광경을 지켜보며 말했다.

"가격은 3골드입니다."

고생한 것을 감안한다면 이 정도는 받아야 수지타산에 맞다. 하지만 볼크는 곧 당황한 얼굴을 하면서 자신의 주머니들을 열심히 뒤지는 것이었다.

"이, 이럴 수가!"

볼크가 비명을 질렀다. 호주머니를 뒤지던 손에서는 아무것도 나오지 않았다.

하지만 위드야말로 그 순간에 경악을 금치 못하고 있었다.

'설마 내가 당했다?'

위드는 볼크의 행동으로 보아서 그가 다음에 뭐라고 할지 짐작해 버렸다.

'아마도 돈을 잃었다고 하겠지.'

"죄, 죄송합니다. 조각사님! 제가 돈을 잃어버렸습니다!"

'원래부터 없었다고는 말 못 할 테니.'

"아무래도 도둑에게 털린 것 같습니다. 소매치기예요!"

'그렇게 일이 진행되는 거지. 하지만 놈도 인간이라면 아예 안면을 몰수하진 못할 것. 프로라면 내가 꽃다발을 회수할 것도 예상을 해야 하니까.'

"돈은 없지만 다른 물건으로 드리려고 하는데 안 되겠습니까?"

위드의 생각대로 볼크는 착착 움직이고 있었다.

이것은 그야말로 무전취식을 한 사람의 전형적인 패턴이라고 할 수 있다.

하지만 이는 너무나도 위드를 무시하고 있는 것이다.

위드에게서 끔찍한 살기가 퍼져 나온다. 감히 누구의 돈을

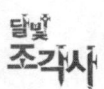

떼어먹겠다는 것인가! 그러자 볼크도 어쩔 수 없었던지 다시 호주머니로 손을 넣었다.

"잘 찾아보니 여기 2골드 90실버가 남아는 있군요. 10실버는 어떻게 융통을 좀……."

"정 그러시다면 물건으로 받지요. 저에게 주실 수 있는 물건이 뭐가 있습니까?"

위드의 날카로운 눈이 볼크의 전신을 위아래로 훑었다. 무기와 갑옷 그리고 액세서리들을 관찰하는 것이었다.

이미 위드의 머릿속에는 로열 로드에 존재하는 수만 개의 아이템들이 등록되어 있었다.

왜냐면 접수하는 즉시 물품을 감정하고 적당한 판매 가격을 예상하여 기쁨을 2배, 3배로 누리기 위함이었다.

하지만 볼크의 행색에서는 어떠한 값어치 나가는 물건도 찾아낼 수 없었다.

볼크는 품에서 책 한 권을 꺼내서 위드에게 건네주었다.

"10실버 대신에 이 책으로 드릴까 합니다만."

위드는 재빨리 책의 제목과 내용을 훑어보았다.

베르사 대륙의 잊혀진 도시 # 4.

로자임 왕국의 남부 하늘에는 거대한 도시가 존재한다. 비밀과 전설로 이루어진 이 도시는 인간이 아닌 종족들이 살고 있다. 그들의 형상을 굳이 표현하자면 마치 새라고 할 수 있을 것이다.
 강하고 뛰어난 전사인 그들은 몬스터를 극도로 혐오한다. 그렇기 때문에 로자임 왕국의 남부에서는 일체 몬스터들을 찾을 수 없었다. 하지만 요 근래 그들을 보았다는 사람은 아무도 없고, 심지어는 천공의 도시로 올라가는 방법조차 실전되고 말았다.
 도시의 존재 자체가 의심받는 상황에 이르고 만 것이다. 그러나 남부의 마을들은 모두 천공의 도시가 존재함을 믿고 있었다.
 그들의 할아버지의 할아버지로부터 이야기를 듣고 자라면서 막무가내의 신뢰를 하고 있는 듯하다.
 믿을 수 없는 소문에 의하면 천공의 도시에 오르기 위해서는 어떤 나무의 씨앗이 필요하다고 하는데…….

위드는 어이가 없었다.
천공의 도시가 어디 말이나 되는 소리인가?
백번을 양보해서 하늘에 도시가 존재한다고 치자.
 그러면 그 도시는 땅에서 보일 것이다. 결국 천공의 도시 존재를 알려 주는 이 책은 별로 필요가 없는 물건이다.
 게다가 씨앗으로 천공의 도시에 올라간다니 황당하기 그지없다.
 신빙성이 제로인 물건이었다.

위드의 시선을 느껴서인지 볼크가 급히 변명을 한다.

"믿지 않으시는 것 같습니다만, 그거 굉장히 어렵게 구한 아이템입니다."

"……."

"다른 거라도 드리고 싶지만 제가 가진 것 중에 그나마 가치가 나가는 것은 그것뿐이라서요."

볼크가 그렇게 말하며 주섬주섬 자신이 가진 물건들을 꺼낸다.

토끼의 가죽이나, 뱀 가죽, 혹은 흔히 주울 수 있는 다 부서진 검.

검은 그나마 고쳐서 쓸 수라도 있겠지만, 공격력이 2밖에 되지 않는 쓰레기였다.

이런 검이라면 코볼트도 갖지 않으리라. 상점에 판다면 2쿠퍼 정도는 받을 수 있을지도 몰랐다.

"죄송합니다, 조각사님."

위드는 크게 한숨을 쉬었다.

'그래. 괜찮아. 덕분에 조각술 스킬의 비밀도 알아냈지 않던가. 늘 같은 것만 만들었다면 절대로 깨닫지 못했을 거야. 10실버 정도는 내가 참도록 하지.'

3골드라고 이야기했을 때에는 어느 정도 에누리를 해 줄 것까지 감안을 했다. 그래야만 제값을 주고 생각을 하기 때문.

정확한 가격이 책정되어 있지 않는 조각품들은 흥정하기

에 따라 값이 천차만별이었다.

 2골드 90실버라면 크게 손해 본 장사는 아니다. 올라간 스킬까지 감안한다면 더욱 그렇다. 하지만 만약에 2골드 80실버라면 위드가 무슨 짓을 저질렀을지는 아무도 몰랐다.

 "이 책이라면 10실버의 가치로는 충분한 것 같군요. 그럼 제가 만든 꽃다발로 고백 성공하시기 바랍니다. 그리고 그 여자 분."

 "네?"

 "그쪽 분과 결혼이라도 하게 되면 잘 살 것 같군요."

 위드의 진심이 담긴 말이었다. 이런 자린고비에 짠돌이라면 어찌 잘 살지 않을 수 있겠는가?

 "감사합니다, 조각사님."

 고개를 숙여 보인 볼크가 서서히 떠난다. 위드는 끝까지 그를 지켜보고 있었다.

 아무것도 없던 상체에, 빛나는 미스릴 갑옷이 걸쳐진다. 하체에는 미스릴 각반이 장비가 되었다.

 부츠도 미스릴로 만들어진 제품이었다.

 그야말로 대반전이라고 하지 않을 수 없다.

 '저것은 라이프 코튼 반지. 생명력을 두 배로 올려 주는 레어 아이템! 값으로 따질 수 없는 보물이다. 그리고 귀에 걸고 있는 건 전격 속성의 데미지를 흘려 주는 링이겠지. 이건 아직 아무도 못 구했다고 하던데……. 이렇게 비싼 물건들을

걸고 있는 녀석이 겨우 조각품 가격을 후려치려고 들어?'
볼크의 장비들은 드물게 비싼 것들이었다. 개당 수천 골드를 호가하는 물건도 있었다.
긴 시간 집중을 해서 꽃다발을 만든 위드가 막 두 팔을 활짝 벌리고 기지개를 펼 때였다.
손님들이 누런 황금빛이 감도는 금들을 서로 내밀며 외친다.
"저도 저런 꽃다발 하나만 만들어 주세요!"
"아까 여우 2개 사겠다고 한 사람인데요! 그거 취소하고 꽃다발로 만들어 주시면 안 될까요?"
"제 것도……."

볼크는 세라보그 성을 떠나면서 씩 미소를 지었다.
험한 외모와는 달리 다소 장난기가 많은 그는, 진심으로 꽃다발을 만들어 준 위드에게 무언가 보답을 하고 싶었다.
천공의 도시가 기록된 책!
그것은 볼크가 2달간 고생을 하며 어렵게 구한 책이다.
아직 볼크도 가 보지 않은 미지의 도시.
그가 로자임 왕국에 온 이유 중의 하나도 그곳에 방문하기 위함이었다. 하지만 그에게 무엇보다 중요한 것은 그녀를 향한 고백.
그 대가로 책을 주었지만 조금도 아깝지 않았다.
'후후. 버리지 말고 잘 간직하시오. 인연이 닿는다면 그곳

에 갈 수 있겠지.'

 꽃다발을 든 볼크는 자신이 사랑하는 그녀가 있는 브렌트 왕국으로 향했다.

 나무로 만든 꽃다발!

 고백에는 더없이 어울리는 물건이었고, 볼크에게 만들어 준 꽃다발이 소문이 나서 조각품 노점은 선풍적인 인기를 끌게 되었다.

 조각품이라고 하면 다들 집구석 어딘가에 처박아 두고 가끔 생각이 나면 먼지나 닦아 주는 그런 물건으로만 생각했지만 사람들의 인식이 바뀐 것이었다.

 그때 위드는 선언했다.

 "미안하지만 앞으로 같은 물건은 두 번 다시 만들지 않습니다!"

 조각술 스킬의 상승을 위해서 당연한 결정이라고 할 수 있었다. 그러나 다른 사람들은 다르게 생각했다.

 "진정한 예술가다!"

 "한 번 만든 물건을 또 만들지 않겠다니, 얼마나 대단해."

 "이제 저 사람이 만든 조각품의 가치가 훨씬 오르겠구나!"

 종전에는 기념품 삼아, 싼 맛에 위드의 여우나 토끼 모형의 조각품을 하나씩 사 갔다면 이제는 특별한 선물을 위해서 주문해서 만들어 간다.

하나를 만들 때에도 몇 시간씩 걸리는 탓에 제작 개수는 대폭 줄어들게 되었지만, 더더욱 인기를 끌게 되었다.

조각품 한 개당 3골드!

원가가 얼마 들지 않는 사업임을 감안한다면 크게 남는 장사였다.

또한 조각술과 손재주 스킬도 무지막지하게 오른다.

단 3일 만에 조각술 스킬은 3개가 올라서 8이 되었고, 중급 손재주는 4가 되었다.

조각품의 주문이 없을 때에도 위드는 열심히 음식들을 만들어서 팔았다.

"토끼 고기나, 여우 고기! 아무거나 고기류를 가져오면 맛있게 구워 드립니다. 보존은 오래 안 되니 곧 드실 분, 혹은 하루 안에 드실 분만 맡겨 주세요."

위드가 만든 음식들은 체력을 상승시켜 주는 효과가 있다. 그렇기 때문에 레벨이 그리 높지 않은 이들에게는 엄청난 물건이었다.

성 앞에서 사냥을 하고 나온 토끼 고기를 처분하기 어려운 사람들이 우르르 위드에게 몰려들었다.

"여기 있어요!"

"정말 만들어 주시나요?"

"예. 만들어 드립니다. 조미료 값만 받고 갈입니다. 단, 앞으로 나오는 고기는 언제라도 저에게 가져오십시오."

음식과 조각술!

위드가 만든 음식은 너무나도 예술적인 작품이었다. 음식 스킬을 조금씩 올린 사람들은 생각보다 많다. 야영이나 캠프를 할 때에는 꽤나 유용하기 때문이다.

그렇지만 그중에 예술 스탯이 반영된 음식이란 얼마나 되겠는가?

직업이 요리사가 아닌 이상, 요리 스킬을 높이 올린 사람은 거의 없고, 예술적으로 보이는 아름다운 요리는 극히 드물었다.

왜 보기 좋은 떡이 먹기도 좋다고 하지 않던가!

헐값에 음식을 만들어 파는 위드의 가게는 대성황이었다. 체력도 상승시켜 주기 때문에 너 나 할 것 없이 사람들이 몰려들었다. 물론 어디까지나 아직은 저렴한 가격이다.

며칠간 열심히 조각품을 깎고, 음식을 만들어 파는 위드에게 말을 걸어오는 사람이 있었다.

-위드 님. 지금 있습니까?

궁수 페일.

여우와 늑대를 함께 잡으면서 친해진 사람이었다.

-안녕하세요. 오랜만입니다.

-아, 자리에 계셨군요. 그동안 뭐 하고 지내셨습니까? 귓속말 보내도 전부 차단되어 있던데요.

-어쩔 수 없는 사정이 좀 있었죠.

리트바르 마굴의 숨겨진 동굴!

그곳에서는 저절로 모든 귓속말들이 자동 차단이 되었다. 페일은 굳이 캐묻지는 않았다.

-그렇군요. 그럼 지금 시간 있으세요?

위드는 주위를 둘러보았다.

조각품의 인기는 여전히 높았다. 하지만 어디까지나 주문 생산이었고, 그렇기 때문에 판매는 조금씩 부진해지기 시작한다.

사람들이 원하는 물건들은 대부분 비슷하다. 같은 물건을 두 번 다시 만들지 않기 때문에 벌어지는 일이었다.

-예. 나름대로 시간은 있습니다만.

-그러면 바란 마을 토벌대에 참여하시겠습니까? 저희 팀은 전부 참여하기로 했는데, 혹시 위드 님의 뜻이 어떨지 궁금해서 연락을 드린 겁니다.

토벌대에서 위드의 역할

바란 마을 토벌대.

로자임 왕국은 변방에 위치한 탓에 몬스터의 침입이 잦았다. 그런 이유로 성벽을 보강하고, 자경대를 만들었지만 가을에는 무리를 지어 약탈하는 고블린들이나 오크들로 몸살을 앓았다.

다리우스가 받은 토벌대 임무!

그것은 몬스터에 의해 함락당한 바란 마을을 구원하라는 단체 퀘스트였다.

토벌대에 참여하는 사람은 동일한 퀘스트를 받을 수 있었고, 수백 명으로 이루어진 토벌대는 바란 마을을 구원한다.

이미 그 일로 인해서 세라보그 성내에는 큰 화제가 되고 있었다. 다른 마을에서 사냥을 하던 사람들도 찾아와서 토벌대에 가입하려는 인원들로 북적였다.
 퀘스트에 참여한 대원은 경험치는 물론이고, 토벌대에 참여한 것만으로도 많은 명성을 획득할 수 있었다.
 그렇기 때문에 다들 토벌대의 이야기를 하고 있었다.
 좌판을 열고 조각을 하던 위드만 모르고 있었던 사실.
 위드는 우선 페일과 수르카 등을 만나기로 했다. 그들은 중앙 번화가에서 기다리고 있었다.
 "어서 오세요, 위드 님."
 "와아, 오랜만이에요."
 수르카와 이리엔이 반갑게 위드를 맞이해 주었다. 못 보던 사이에 그녀들의 복장도 많이 달라져 있었다.
 수르카는 꽤 괜찮은 튜닉을 걸치고 있었고 이리엔은 새하얀 사제복을 입었다.
 로뮤나는 마법사였으므로 당연히 로브였다.
 그녀들은 여전히 변하지 않은 위드의 차림새에 놀랐다.
 "위드 님, 지금까지 어디서 뭘 하셨어요?"
 "그건……."
 위드가 무어라고 대답을 할 때였다.
 "알아요. 다 이해해요. 오랫동안 접속을 하지 못하셨군요."
 "……."
 "참, 토벌대는 참여하실 거죠? 우리들은 전부 토벌대에

참여하려고 하는데요. 위드 님도 같이해요. 네?"

로뮤나가 꼭 위드와 함께하겠다면서 팔짱을 끼었다.

궁수 페일이 묵묵히 보고 있었는데, 그 시선이 예사롭지 않다. 페일이 은근히 로뮤나를 좋아하고 있다는 사실을 위드는 눈치 채고 있었던 것이다.

위드는 슬그머니 팔을 빼내며 물었다.

"그동안 약간 일이 있었습니다. 그보다도 다들 레벨은 어느 정도나 올리셨나요?"

"48이에요. 제가 제일 낮은데 몇 번 전투 중에 죽었거든요."

"저는 51."

"저도 51요.

"저는 53입니다."

수르카가 48이고, 페일이 53.

이리엔과 로뮤나는 함께 51이었다.

현실에서도 친구 사이라서 언제나 함께 사냥을 하는 그들임을 감안하면 비교적 골고루 오른 편이다.

그렇지만 약 1달 동안 다들 상당한 레벨을 올린 것을 보면 어지간히 열심히 사냥을 했음을 알 수 있었다.

학교에는 전부 휴학계를 제출하였다고 한다. 그 후로 아마도 잠도 제대로 자지 않고 폐인 생활을 했으리라.

페일은 이미 위드의 토벌대 참여를 기정사실화하고 있었다.

"토벌대의 레벨 제한은 30부터입니다. 토벌대 퀘스트는 경험치를 많이 주는 편입니다. 덤으로 명성치도 올릴 수 있을 테고 말입니다."

토벌대는 수많은 몬스터 무리와 마주치게 된다.

핵심적인 적으로는 바란 마을을 점령하고 있는 리자드맨들과 싸워야겠지만 비교적 레벨이 낮은 고블린 등과도 싸우게 될 일도 있으리라.

"약간 위험할지도 모르지만 위급한 순간에는 다른 사람들에게 구원을 요청할 수도 있으니까요. 거미와 산적은 이제 정말 지겹습니다!"

페일은 아주 질색이란 얼굴을 했다.

위드가 없는 동안 그들은 근처의 던전들에서 사냥을 했다.

그곳은 거미 던전이었는데 붉은 거미나 독거미들이 주로 나왔다. 독이야 이리엔이 해독을 해 줄 수 있었지만 거미줄에 걸려서 허우적거리는 경험은 질색이었던 것이다.

위드도 그의 고생을 이해하겠다는 듯이 고개를 끄덕였다. 위드 역시 거대 벌레들을 잡을 때에는 쉽지 않았다.

"토벌대에 참여해 보는 것도 나쁘지는 않겠군요."

"저희들도 환영입니다. 그런데 위드 님."

"네?"

"직업은 구하셨습니까?"

그간 위드는 그들과 함께 파티를 하면서도 내내 무직 상태였던 것. 언제쯤 위드가 직업을 구할지에 대해서 서로 내기

를 할 정도였다.

"직업을 구하긴 했습니다만."

"무슨 직업이에요? 말해 주세요."

평상시에는 조용하던 이리엔이 눈을 빛내며 다가왔다. 성직자인 그녀는 일시적으로 능력치를 강화시키는 버프와 치료를 담당하고 있었기 때문에 직업을 아는 것은 필수였다.

전투형 직업도 종류가 가지가지다.

방어력과 체력이 우선시되는 워리어 계열이나, 공격력과 체력이 강한 검사.

수르카나 페일처럼 민첩성이 높고, 대신에 힘과 체력이 다른 근접전 직업에 비해서 낮은 직업들도 있다.

마나와 신앙심이라는 특수 스탯을 기반으로 신성 마법을 쓰는 기사인 팔라딘이라면 자체 치유가 가능하기도 하기 때문에, 직업도 워낙 가지가지였다.

위드를 머리를 긁적였다.

"조각사입니다."

"와! 멋있어요! 예술적인 직업을 선택하셨네요."

수르카만이 환하게 웃었을 뿐, 다른 일행들은 그리 탐탁지 않은 기색이다. 조각사라면 약하다는 것이 그들이 가지고 있는 고정관념이었으니까.

실제로 조각사는 전투형 직업이 아닌 생산 계열의 직업이라서 체력이나 공격력의 부가 효과가 없다.

그럼에도 페일이나 일행들은 위드를 마음으로 받아들이고 있었다.
조각사로 전직했다는 이유로 동료를 버릴 정도로 모진 사람들이 아니었다.
"우리들은 지금 토벌대에 가입하기 위해서 다리우스 님한테 가는 중인데 같이 가시죠."
"하지만 제가 조각사라서요."
"괜찮습니다. 저희들이 부족한 부분은 메워 드리면 되죠. 다른 사람들이 선수를 치기 전에 빨리 가야 합니다. 토벌대의 규모가 유저들 300명과 로자임 왕국 병사 200명. 이렇게 총 500명으로 제한이 된다더군요. 그래서 선착순으로 뽑기로 했거든요."
"같이 가요, 위드 님."
"조각사라서 전투가 힘들면 저희들이 도와 드릴게요. 네?"
직업을 말한 탓에 이제 위드는 거절할 수도 없게 되었다.
모성애가 들끓는 그녀들이 약한 위드를 혼자 내버려 둘 수 없다고 생각하면서 이끌었고, 페일 역시 그동안의 신세를 갚겠다면서 꼭 토벌대에 참여하라고 했기 때문.
위드는 일행들의 부추김에 의해서 어쩔 수 없이 다리우스가 있는 곳으로 향했다.

로자임 왕국의 카너스 후작은 정기 기사 회의를 개최했다. 기사들이라면 누구나 다 참여하는 중요 회의였다.

이 자리에서 몬스터의 토벌과, 군사력 증진에 대한 논의가 주로 이루어진다.

군부를 담당한 카너스 후작은 왕국 기사 미발을 향해 치하했다.

"수고가 많았네. 미발. 풋내기 병사들의 조련을 성공적으로 마쳤더군. 병사들의 레벨이 50을 넘다니 대단해."

"그것은 제 공이 아닙니다, 각하."

"그래? 나는 미발, 자네에게 병사들의 조련을 맡겼네만 무슨 일이 있었는지 이야기해 보게."

"예."

미발은 리트바르 마굴에서 벌어졌던 일들 정기 기사 회의 내에서 소상하게 보고했다.

"흠… 그런 일이 있었단 말이지."

카너스 후작은 자신의 곱게 자란 수염을 쓰다듬었.

자신들과 같은 베르사 대륙인이 아니라, 유저가 그러한 공을 세웠다는 사실에 기사들 또한 놀란 기색이다.

NPC들은 자신들이 베르사 대륙에서 태어난 인간이라고 인지하고 있고, 유저들은 주신 가이아에 의해서 도움을 주기 위해 온 자유인으로 알고 있었다.
 NPC들이라고 해도 인공지능에 의해 인간처럼 감정을 가지고 행동하는 것은 동일했다.
 "유능한 자로군. 미발, 자네는 왜 그자를 우리 왕국으로 끌어들이지 않았던가?"
 "두 번이나 권유했지만 그는 자유로움을 잃지 않고, 더 많은 몬스터들을 해치우고 싶다고 하였습니다."
 "자유인다운 결정이로군."
 "예, 그렇습니다. 왕국에 소속되지는 않았지만 그는 로자임 왕국을 위해 헌신할 인재입니다."
 "인연이 있다면 언젠가 또 보게 될 것."
 카너스 후작은 리트바르 마굴의 보고는 그것으로 마치고 다음 안건을 논의하기 시작했다.

 다리우스에게 가는 도중에 위드는 음식 재료점에 들렀다.
 "위드 님, 여기는 왜요?"
 "두고 보면 아실 겁니다."
 음식 재료점에는 꽤 많은 사람들로 북적였다. 주로 성내의 음식점에서 나온 사람들이다.
 심부름꾼으로 보이는 꼬마가 외쳤다.

"여기 신선한 닭 사러 왔어요!"

"푸하하. 바보 녀석 아니야! 닭은 그냥 집에서 잡아 먹어라. 깃털만 뽑고 목만 비틀면 돼!"

"우씨. 닭고기 사러 왔다니까요."

소년은 울상을 지었다. 그렇지만 능구렁이 같은 상점 주인은 웃기만 할 뿐이었다.

"닭고기만? 달걀은 안 사고?"

"앗……. 달걀도 사야 하는데 깜박했다."

"기다려라. 달걀은 낳으면 줄게."

"그럼 닭은요?"

"달걀 부화되면 줄게."

음식 재료점 주인과 소년과의 오가는 이야기를 듣던 이리엔은 작게 킥킥거렸다.

"재미있는 꼬마군요."

"아마도 4주 동안 성 밖을 나가지 못하니 음식점에 취직을 한 모양이에요."

"나쁜 선택이네요. 별로 배울 것도 없는 음식점에 취직을 하다니요."

페일의 생각에 음식점에 취직하는 것은 가장 미련한 짓이다.

대체로 4주 동안의 기간에는 보수를 많이 주는 퀘스트를 하거나, 아니면 도서관 등에 가서 지식을 쌓는 것이 좋다.

그래야 나중에 좋은 장비를 입고 사냥을 할 수 있고 빠르게 레벨을 올릴 수 있기 때문.

그렇게 말했지만, 위드는 반대였다.

"요리점에서 일한다면 요리 스킬을 배울 수 있겠지요. 그건 그것대로 좋은 겁니다."

"저도 알고는 있지만 요리 따위를 배워서 뭐 합니까? 상점에서 보존 마법이 걸린 보리 빵을 사 먹으면 1달도 넘게 먹을 수 있는데요."

"맞아요. 어차피 포만감만 높여 주면 되는데 일부러 요리 스킬을 익혀서 고생을 할 필요가 어디에 있겠어요."

페일의 의견은 철부지와 같은 것이었다.

위드가 볼 때에는 소년보다도 무지해 보이기만 했다. 요리를 천시하다니!

'험하게 세상을 살아오지 않았으니 그럴 테지.'

위드의 눈빛이 낮게 가라앉았다.

실제로 고생을 해 본 사람이라면 요리 스킬이 얼마나 큰 도움이 되는지를 알고 있다.

만약 누군가에게 1달 내내 보리 빵만 먹으면서 사냥을 하라고 시켜 보라.

물론 레벨이 낮아서 돈이 없다면 어쩔 수 없이 그렇게 할 것이다. 그러나 조금 더 레벨이 올라가고, 돈이 많아지면 높아진 입맛이 보리 빵을 거부하게 된다.

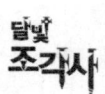

실제로 페일도 말은 그렇게 해도 보리 빵을 먹으면서 사냥을 하진 않는다.

사람들은 다 마찬가지다. 자신의 욕심이 조금 충족되면, 욕심 자체가 더욱 크게 성장을 한다.

그중에서도 의식주와 관련이 된 것은 생활과 떼어 놓으려야 떼어 놓을 수가 없는 것!

또한 요리 스킬은 현실에서도 써먹을 수가 있었다.

요리 스킬이 올라가면 재료들만 보고도 무슨 음식을 만들 수 있는지 목록이 뜬다. 또한 요리법도 떠오른다.

그것을 바탕으로 직접 만들다 보면 실제로도 써먹을 수 있는 유용한 기술인 것이다.

적어도 요리 기법을 완벽하게 터득한다면 게임을 그만두더라도 어디 음식점이든 취직해서 밥 먹고 살 걱정은 안 해도 된다.

가상현실.

그것은 현실을 가상으로 똑같이 만들어 놓았다는 말이다. 역으로 뒤집어 본다면 가상현실에서 익힌 기술 또한 현실에서 써먹을 수 있어야 했다.

로열 로드는 그만큼 구체적이고 사실적인 게임이었다.

물론 위드처럼 이것저것 생산과 관련된 스킬을 익히지 않은 사람들은 경험해 보기 전에 절대로 알 수 없는 이야기이기도 했다.

'경험하려고 하지도 않을 테지만.'

위드는 아마도 고레벨로 올라간다면 요리 스킬의 유용성은 더욱 높아질 것이라고 판단했다.

지금의 위드가 만드는 음식만 하더라도 먹었을 경우에 일정 시간 생명력을 추가한다.

초급 요리 스킬에도 그 정도인데, 중급, 상급, 마스터가 만든 요리들은 어떻겠는가?

'둘이 먹다가 하나가 죽어도 모를 맛이겠지. 그러나 이건 정말로 기본에 불과해.'

맛뿐만 아니라, 능력치의 향상도 어마어마하리라.

딱딱하고 맛없는 보리 빵 3쿠퍼와, 맛있고 능력치의 향상까지 시켜 주는 요리들!

승부는 이미 났다.

그때가 된다면 요리 스킬을 높이 올린 사람이 만든 음식들은 돈을 주고도 사 먹기가 힘들게 될 것이라고 짐작하는 위드였다.

조각품이야 여전히 인식이 좋지 않은 상태라서 있으면 좋고, 없어도 그만일 것이라고 생각하고 있지만 매시간 소모하는 음식의 중요성이야 줄어들 수가 없는 것.

레벨이 높은 사람일수록 좋은 음식을 탐하게 되고 요리사의 가치는 천정부지로 치솟게 되리라.

'아니. 어쩌면 어딘가에서 이미 그렇게 하고 있을지도 모

르지. 요리사들만큼 자신의 비법을 숨기려고 하는 사람들은 드무니까. 그들은 자신만의 정보를 가지고 요리 스킬을 키우고 있을 것이다.'

위드는 정색을 하고 일행들을 향해 말했다.

"다들 생산 스킬을 천시하는 것은 알고 있습니다. 전투 능력이 물론 중요하죠. 그렇지만 어쩌면 생산 스킬이야말로 가장 필수적인 요소가 될지도 모른다는 생각이 듭니다. 모든 생산 스킬들은 하나로 통하는 면이 있고, 어쩌면 캐릭터의 전투력을 강화하는 데에도 큰 도움이 될 거란 생각이 듭니다. 특히 요리처럼 일상사에 필요한 스킬들은 반드시 익혀 두는 것이 좋을 것입니다."

"……."

"죄송해요."

"위드 님께서 조각사라는 걸 깜박하고 제가 말을 함부로 했군요. 사과드립니다."

수르카와 페일, 이리엔 등은 미안한 마음에 얼굴을 붉게 물들이고 있었다.

생산 스킬을 익히고 있는 위드의 앞에서 요리를 비하하였으니 화가 날 만도 하다고 생각한 것이다.

'그런 뜻이 아니었는데, 내 말을 이해하지 못하는군.'

위드는 고개를 절레절레 저었다.

아무리 가르친다고 해도 스스로 필요성을 절감하기 전에

는 깨닫지 못하리라.

 상점에는 대체로 늘 보던 사람들이 손님이었기 때문에 무척이나 정겨운 분위기였다.

 위드는 그들을 헤치고 계산대로 다가갔다.

 "주인 어르신."

 "그래. 자네의 말은 잘 들었네. 요리에 대해서 아주 올바른 생각을 가지고 있군!"

 "감사합니다."

 "얼마 전에도 한 번 본 것 같은 얼굴인데……."

 "예. 재료를 사러 왔던 적이 있습니다."

 위드는 조각술과 요리를 동시에 익힐 때, 재료를 이곳에서 집중해서 구입했다. 이유는 간단했다. 값이 제일 싸다.

 자고로 많이 남겨 먹기 위해서는 제일 싼 곳에서 사야 하지 않겠는가? 특히 많이 살수록 싸게 파는 재료 상점!

 위드는 오직 이곳에서만 대량 구매를 하고 있었던 것이다. 그럼에도 주인과 이야기를 해 본 것은 이번이 처음이었다.

 "그렇군. 이렇게 우리 집을 이용해 주다니 고맙네. 혹시 요리사의 꿈을 키워 가고 있는가?"

 "아닙니다. 본 직업은 요리사가 아니지만 요리의 중요성은 알고 있습니다."

 "그렇군. 그럼 자네가 바라는 게 무엇인가."

 상점 주인의 눈빛은 유난히 빛을 내고 있었다.

위드를 탐색하는 시선이 예사롭지가 않다.

이미 소년과의 농담을 통해서, 상점 주인이 유저라는 사실을 알아차린 뒤였다.

"양념과 조미료입니다."

"음… 조미료라고 해도 숫자가 워낙 많다네. 소금이나 설탕, 후추처럼 간단한 것에서부터 시작하여 엘프의 숲에서 자란 것들, 북쪽 대륙에서 거둔 식물의 액 등 맛을 낼 수 있는 물건들은 엄청나게 많지."

넓은 대륙에서는 다양한 맛을 내는 물품들이 생산되어서 상단을 통해 공급된다.

"너무 특별한 것은 필요하지 않습니다. 요리를 하는 데에 있어서 기본적인 것으로 갖춰 주십시오."

"좋군. 어수룩한 녀석들일수록 특이한 것만 찾지. 품질은 어느 정도를 원하나."

"당연히 최상급입니다."

"물량은?"

위드는 가진 돈을 셈해 보았다. 벌레들을 잡아서 나온 실버를 제외한 다양한 광석들의 원석은 아직 팔지 않은 상태였다.

훗날 수리 스킬이 경지에 올라 광석을 제련할 수 있게 되면 그때 쓰기 위함이다.

"지금 가진 돈이 약 27골드 정도가 되는군요. 그 금액 전부만큼 부탁드립니다."

"알겠네. 대량 구매이니 조금 넉넉하게 내오지."

위드와 상점 주인과의 대화를 듣는 일행들은 한마디만 해도 서로가 상대방의 마음을 읽는 것처럼 느껴졌다.

사실 상점 주인은 이미 요리의 길을 선택한 유저였다. 그는 위드를 보면서 강력한 경쟁자이자, 새로운 후인이 나타났음을 깨달았다.

위드 또한 그를 요리계의 선배로 인정했으니 말이 많이 필요하지 않았던 것.

눈빛만 보아도 뜻이 전해진다는 것은 이럴 때에 쓰는 말이리라.

구입한 조미료와 음식 재료들은 배낭을 사서 짊어졌다.

재료를 충분히 구입하고 위드는 다리우스가 기다리는 토벌대 가입 장소로 향했다.

바란 마을 토벌대는 많은 화제가 되고 있었기 때문에 참여하려는 사람은 무척 많았다.

다리우스는 작은 의자에 앉아서 1명씩 토벌대 가입을 받고 있었다.

"다음 차례는……."

"제 이름은 코크린. 궁수이고 레벨은 68. 한 번에 여러 개의 화살을 날리는 게 특기이고, 무기는 라산테의 활을 쓰고 있습니다."

"통과."

그다음 차례인 페일과 일행들은 약간의 눈치를 살피며 다리우스의 앞으로 갔다.

페일이 대표로 말했다.

"저희들은 모두 동료입니다. 성직자 1명과 화염 속성의 전투 마법사 1명, 궁수 1명이고, 레벨은 대략 50 전후입니다. 그리고 1명은……."

페일은 위드를 소개하기에 앞서서 잠시 머뭇거린다.

조각사라고 하면 아무래도 다리우스가 좋게 생각하지 않을 것 같았기 때문이다.

"흠… 그렇군요. 아주 좋습니다. 그런데 그쪽."

다리우스는 위드를 보며 페일에게 물었다.

"그런데 이쪽 분도 동료입니까?"

"예."

"총 5명. 마침 필요했던 인원과 딱 맞아떨어지는군요."

"그러면……."

"바란 마을을 구하는 길에 여러분들께서 참여하시겠습니까?"

다리우스가 이렇게 물었을 때였다. 위드의 눈앞에는 메시지 창이 하나 떴다.

> ### 바란 마을을 구원하라
> 로자임 왕국의 국경 너머는 몬스터들의 땅이다. 해마다 침공해 오는 몬스터들을 막기 위해 성벽을 쌓고 군사를 주둔시켰지만 작은 틈이 생겼다.
> 그 틈을 이용해 대규모 몬스터가 들어와서 바란 마을을 점령하였다고 한다.
> 로자임 왕국의 병사들과 함께 위기에 빠진 바란 마을을 구하고, 몬스터들을 소탕하라!
> **난이도 : D**
> **퀘스트 제한 :** 1달 이내에 완수해야 함.

페일은 씩 웃으며 말했다.

"참가하고 싶습니다."

"참여하러 왔어요."

"예."

"초대해 주셔서 고맙습니다."

"바란 마을을 구하겠습니다."

일행이 먼저 대답하고 위드가 마지막으로 퀘스트를 받아들였다.

-퀘스트를 수락하셨습니다.

"그러면 지금 바로 출발합니다."

다리우스는 자리에서 벌떡 일어나서 고함을 질렀다.

"바란 마을 토벌대는 모두 모이십시오! 인원이 채워졌으니 지금 출발하겠습니다."

바란 마을 토벌대.

따로 거창한 출정식 같은 것은 없었다. 그저 아는 사람들끼리 잘 다녀오라며 손을 흔들어 주는 정도였다.

각양각색의 무장을 하고 있는 300명의 유저들이 세라보그 성의 남문을 나와 전진하기 시작했다.

목적지는 당연히 바란 마을.

몬스터의 침략을 받고 있는 그곳을 구원하기 위함이다.

"헤헤. 왕국의 수도에서 멀리 여행을 떠나는 건 처음이에요. 소풍이라도 하는 기분이네요!"

"도시락이라도 싸 올 걸 그랬죠?"

이리엔과 로뮤나가 화기애애한 이야기를 나누었다.

맑은 공기와 화창한 날씨!

소풍가기에는 딱 좋은 날씨가 아닐 수 없다. 토벌대의 규모를 본 평원의 사자나 늑대들도 멀리 도망을 쳐서 편안한 여행이 되고 있었다.

페일이나 수르카 들은 서로 잡담을 나누며 걷고 있었지만, 위드는 날카로운 눈으로 사람들의 행색을 살피고 있었다.

'토벌대의 레벨은 평균 40에서 60 정도로군. 소문에 의하

면 다리우스의 레벨은 140 정도야.'

 또한 다리우스에게는 5명의 동료가 있었다.

 검사 3명과 도둑 1명. 워리어 1명으로 이루어진 동료들.

 '일단은 동료들의 레벨도 비슷하다고 봐야겠지.'

 위드는 대충 토벌대를 파악할 수 있었다. 이것은 300명의 인원을 채우기 위해서 아무렇게나 모아 놓은 인원이다.

 페일이 토벌대에 가입을 신청했을 때에도 느낀 것이지만 별다른 심사를 거치지 않았다. 위드의 경우에는 사람 숫자가 맞다는 이유로 별 질문도 없이 받아들였다.

 '하기야 어서 빨리 토벌대 의뢰를 수행하고 싶겠지. 막대한 보상이 걸려 있으니까.'

 위드는 약간 불안한 마음이 들었다. 페일 등을 만나기 전에 나름대로 토벌대장인 다리우스에 대해 조사를 해 본 적이 있었다.

 그의 평은 그리 좋지 못하다.

 자신의 이득을 위해서 무슨 짓이든 벌일 수 있는 사람이라는 주변의 평가였다.

 "모두 잘 들으십시오."

 "예?"

 "바란 마을에 도착하면 누구도 쉽게 믿어서는 안 됩니다."

 "그게 무슨 말……."

 "말 그대로입니다. 믿을 사람은 우리들뿐이란 뜻입니다."

페일은 그 말에 무언가를 깨달은 듯이 토벌대를 둘러봤다. 그리고 위드의 말에 공감했다.

"역시 그렇군요."

"네? 전 무슨 말을 하는지 모르겠어요."

수르카의 말에 위드는 잠시 눈살을 찌푸렸다.

"우리들 중에서, 토벌대에 속한 다른 사람을 아는 사람이 있습니까?"

"아니요?"

"혹시 좋은 아이템이 떨어진다면 약한 우리들을 죽이고 가로채는 사람이 있을지도 모른다는 말씀이신가요?"

이리엔이 그렇게 말했을 때, 일행의 분위기는 차디차게 가라앉았다.

수르카나 로뮤나는 겁에 질린 얼굴이다.

"그런 뜻은 아니었습니다. 물론 그런 경우도 있을 수는 있겠죠. 하지만 토벌대의 수많은 사람들이 보는 앞에서 그렇게까지 할 사람은 많지 않을 겁니다. 우리들을 죽이고 살인자가 되면 그자 또한 누구에게든 죽임을 당할 수 있을 테지요. 또 그렇지 않더라도 다리우스라는 사람이 자신의 지휘권을 생각해서라도 그런 경우는 적극적으로 막을 테니까요."

"그러면 위드 님께서 걱정하시는 건 뭔가요?"

"아무도 의지할 사람이 없다. 바로 이것입니다."

위드는 행군을 하는 주변에 다른 사람이 듣지 않도록 일행을 데리고 약간 떨어져 나와서 이야기를 이어 갔다.

"토벌대에서는 비록 레벨은 낮아도 엄청난 숫자의 몬스터들과 싸우게 됩니다."

"그렇겠죠! 그러니까 우리들이 300명이나 모이고, 또 로자임 왕국의 병사들도 200명이나 받은 것이 아니겠어요? 이 토벌대 퀘스트를 마무리하면 토벌대장이나 우리들도 많은 명성이 오를 테고요."

"그런데, 정작 전투가 벌어졌을 때 어떤 식으로 싸우겠습니까?"

"그건……."

"우리들은 숫자만 많을 뿐 오합지졸입니다. 각자의 특기나 능력도 모르는 상태에서 리자드맨들이 선제공격이라도 해 온다면 어떻게 대응하실 겁니까? 어떻게 동료들을 이용하고, 함께 힘을 모아서 싸우죠?"

"하지만 다들 그렇게 해 온 것이 아닌가요?"

이리엔이 그렇게 물었을 때 고개를 내저은 것은 페일이었다.

"지금까지는 던전이나 마굴의 몬스터를 잡으라는 의뢰가 대부분이었습니다. 이렇게 필드에서 대규모의 몬스터를 토벌하는 의뢰는 정말로 흔치 않았지요. 300명의 사람들이 있다고는 하나, 전투가 벌어지면 자신과 알고 있는 몇몇 사람과만 어울리겠죠."

"그렇다는 것은……."

"예. 300명의 전력이라고 해서, 그만큼의 의력이 나오지는 않는다는 이야기입니다. 우리의 전력이 몬스터들을 압도한다면 괜찮겠지만 급박한 상황이 닥쳤을 때 의외로 허무하게 무너질 수도 있습니다. 이 점을 조심해야 합니다."

다리우스는 너무 서둘렀다. 또한 공을 세우는 데에만 집착하고 있다.

원정대에 참여하고 싶어 한 사람은 많았으니 기왕이면 레벨이 높은 이들을 많이 받아들였다면 한결 일이 쉬워졌으리라.

비록 위드의 일행은 참가하지 못했더라도 말이다. 하지만 다리우스는 공적을 독식할 작정으로 레벨 100이 넘는 이들은 받아들이지 않았다. 대신에 레벨이 낮은 사람들로 인원을 채웠다.

또한 로자임 왕국의 병사들!

그들은 약간의 거리를 두고 뒤에서 천천히 따라오도록 시켰다.

'병사들이 경험치를 먹고 공을 세우면 자신의 몫이 줄어들기 때문에 그것을 우려한 것일 테지.'

만약에 토벌대의 대장이 위드였다면 다리우스처럼 하진 않았으리라. 300명의 유저들의 개입을 최소화하고, 로자임 왕국 병사들을 활용했을 것이다.

왕국 병사들을 지휘해서 리자드맨들을 격파한다면 신망과

통솔력이 오른다.
 명성이나 경험치는 다른 방법으로도 올릴 수 있지만 이번이 통솔력을 올리기에는 최고의 기회인 것이다.
 위드는 단단히 일행들에게 주의하도록 일러두었다.

 토벌대는 중간 중간 멈춰서 휴식을 취했다.
 토벌대원들은 각자 준비해 온 건량을 먹거나, 아니면 간단한 음식을 해 먹을 수 있었지만 로자임 왕국의 병사들은 정해진 때마다 식사를 해 먹는다.
 "우리들은 어떻게 식사를 하죠?"
 페일과 수르카들은 밥에 대한 이야기를 나누며 은근히 위드를 보았다. 요리 재료점에서 보인 위드의 행동을 감안하면 요리 스킬을 익힌 것이 틀림없다면서.
 위드는 선뜻 솜씨를 발휘하기 위해서 나섰다.
 "제가 일행의 요리는 책임지도록 하겠습니다. 페일 님, 토끼나 사슴을 좀 잡아 오시겠습니까? 사슴은 최소한 두 마리는 잡아 오셔야 됩니다."
 "그러죠."
 페일은 금방 활을 들고 토끼 세 마리와 사슴 두 마리를 잡아 왔다. 궁수로 레벨을 올린 그에게 이제 토끼 정도는 백발백중. 한 발에 하나 정도는 기본으로 잡았다.
 "그러면 제가 실력을 발휘해 보도록 하지요."

위드는 불을 크게 피워 놓고 토끼와 사슴을 작대기에 끼워 통째로 구웠다. 등짐에서 꺼낸 맛있는 조미료를 뿌려 가면서 말이다.

"히야. 맛있겠다."

"이제 먹어도 돼요?"

수르카와 이리엔이 침을 꼴까닥 삼킨다.

그녀들이 참기 힘들 정도로 향긋한 냄새가 퍼지고 있었기 때문!

이미 리트바르 마굴에서 미발과 원정대 병사들을 통해 한 껏 솜씨를 뽐낸 위드의 요리였다.

걸신들린 듯이 먹어 치우던 병사들!

그때와 비교하여 보면 손재주 스킬이 중급을 넘으면서 한 층 더 깊은 맛이 배어 나오게 되었고, 높은 예술 스탯이 작용 하여 토끼 구이가 더더욱 먹음직스럽게 보이게 만들었다.

사슴을 모닥불 위에 올려놓기 위해 입에서부터 집어넣어 꽁무니로 나온 작대기가 아름답고 멋스럽게 보이는지!

"이제 드십시오."

위드는 일부러 시간을 끌면서 수르카와 페일 들이 한껏 시장하게 만들었다.

자고로 허기만큼 훌륭한 조미료는 없다고 하지 않았던가.

와구와구!

과연 위드의 허락이 떨어지자마자 일행들은 달려들어서

신나게 토끼와 사슴을 먹기 시작했다.
"정말 맛있어요!"
"최고예요, 위드 님!"
로뮤나가 기름기가 젖은 손으로 엄지손가락을 치켜들었다. 입가에도 물론 누런 기름들이 묻어 있었다.
성직자인 이리엔은 식욕만큼은 양보할 수 없었는지 토끼 한 마리를 통째로 먹고 있었고, 페일도 열심히 사슴의 뒷다리를 뜯어 먹는다. 살점까지 깨끗하게 발라먹는 일행들.
"고맙습니다, 위드 님."
얼마나 맛있었던지 위드에게 연신 인사를 했다.
"뭘요."
위드는 주위를 훑어보았다. 어느새 많은 사람들이 주변에 고여 있던 상태였다.
"맛있겠다."
"정말……."
"얼마나 맛있으면 저렇게 걸신들린 듯이 먹지?"
토벌 대원들 중에서는 이리엔과 로뮤나가 맛있게 먹는 모습을 보며 더욱 식욕이 당긴다는 얼굴이다.
"저희들도 조금 먹을 수 있을까요?"
위드는 자신이 만든 요리를 마음껏 사람들에게 나누어 주었다.
"드십시오. 그렇지만 다음부터는 재료를 가져오면 만들어

드리겠습니다."

"네. 고마워요."

토벌대원들은 고맙게 위드가 만든 음식을 받아먹었다. 하지만 몇 명이 받아먹기도 전에 음식은 동이 나 버렸다.

위드는 그다음의 식사 때부터는 서로 요리 재료를 가져와서 음식을 맡기는 덕분에 부지런히 일을 해야 했다.

물론 토벌대에도 요리 스킬을 올린 사람이 없진 않으리라.

자신들도 사냥을 하면서, 식량이 떨어졌을 때에는 요리를 통해서 즉석에서 식량을 구하고는 했으니까 말이다.

그렇지만 토벌대원의 8할은 남자였다.

감자를 썰고, 양파를 다듬는 이런 일을 좋아할 리가 없는 것이다. 물론 여자들 또한 굉장히 귀찮아한다.

마치 요리를 위해 태어난 것 같은 사람이 있는데 구태여 음식을 할 필요가 없는 것이다.

요리 스킬을 익힌 이들도 굳이 몸을 움직이기보다는 재료만 구해서 위드에게 맡겼다.

"이거 자꾸 맡기니 미안하군요."

한 사내가 2일이 되었을 때 그런 말을 해 왔다.

"괜찮습니다. 전혀 미안해하실 필요 없습니다. 제가 원해서 하는 일인데요."

"그래도……."

"정 불편하십니까? 그러면 어쩔 수 없군요. 신세지는 느낌이 싫으시면 조리비를 약간만 주시면 됩니다. 조미료나 음식 재료값으로 말이지요."

"차라리 그게 마음이 편할 것 같군요."

부업 정신!

위드는 음식을 조리해 준 값으로 아주 약간의 비용을 받기 시작했다. 물론 순수하게 들어간 조미료 값보다는 훨씬 많은 금액이다. 그래도 다들 위드가 수고한다고 생각했는지 아무 말 없이 돈을 냈다.

바란 마을로 가는 원정길에 중간 중간 들르는 마을마다 위드는 식료품 가게에 가서 두둑하게 음식 재료들을 샀다.

음식 스킬을 빠르게 올리기 위해서는 주기적으로 식단을 바꿀 필요가 있었다. 또한 신선하고 먹어 보지 않은 음식들이야말로 열렬한 환영을 받기 마련이다.

식료품 상점에서 가득 재료들을 산 위드.

식사 시간에는 열심히 밥을 만들고, 행군을 할 때에는 재료들을 다듬었다.

자하브의 조각칼!

용도는 본래 이런 게 아니었겠지만, 감자를 깎을 때에도 아주 유용하게 쓰인다.

'조각칼이니 과연 감자도 잘 깎는군.'

위드가 만든 음식은 기본적으로 5%의 생명력을 향상시킨다. 거기에다가 손재주가 중급으로 넘어가면서 추가적인 효

과가 발생한다. 검술의 경우에는 30%의 효과가 배가되고, 음식에는 50%의 효과가 더해지게 되었다.

그래서 총 7.5%의 생명력이 더해지게 되는 것이었다. 별 것 아니라고 볼 수도 있지만 아슬아슬한 전투에서 그 정도의 생명력이 추가된다는 것은 죽을 것을 죽지 않아도 되는 것과 같았다.

그렇게 한창 요리에 전념을 하고 있는 위드에게 익숙한 얼굴들이 다가왔다. 로자임 왕국의 정규군 복장을 하고서 말이다.

"대장님!"

위드를 그렇게 부르는 사람은 몇 되지 않았다. 고기를 자르던 위드가 고개를 들자 반가운 얼굴들이 보였다.

"너희들……."

"충성! 대장님께 인사드립니다."

베커와 호스람, 데일이었다.

리트바르 마굴에서 함께 사냥을 했던 병사들.

"너희들이 여기는 어쩐 일이지?"

"예. 저희들은 모두 십부장으로 승진을 했습니다."

위드가 열심히 키워 준 병사들이다. 그들은 승진을 한 이후로 기존의 부대에 들어갈 수가 없게 되어 버렸다.

결국 군부에서는 이들에게 새로운 병사들과 함께 임무를 하달했다.

"그것이 바란 마을을 구하라는 토벌대를 돕는 것이었군."

"예. 그렇습니다. 그 임무가 끝나면 저희들은 바란 마을에 주둔하면서 치안을 확보할 예정입니다."

부란과 몇 명은 그대로 세라보그 성의 미발 직속 부대로 남았다고 한다. 하지만 당시의 20명은 모두 십부장이 되어서, 토벌대에 포함이 되었다.

유난히 코가 귀신처럼 밝던 베커가 위드의 요리 냄새를 맡고 찾아온 것이었다.

"헤헤헤."

"대장님의 요리 솜씨가 그립습니다."

"이제 대장님의 지휘를 따를 일은 없겠지만 그래도 어떻게 안 될까요?"

한때의 부하들이 주린 배를 움켜쥐고 말한다.

"어떻게 위드 님이 병사들과 알고 계시지?"

"그냥 병사들이 아닌 것 같아. 십부장들이야."

"위드 님을 대장님이라고 부르고 있어."

수르카와 페일들은 놀라움을 감추지 못하고 있었다. 십부장이라면 그리 낮지 않은 직위다. 또한 레벨로도 자신들보다 높았다.

"옛다. 먹어라."

위드는 만들고 있던 음식을 마음껏 이전의 부하들에게 퍼 주었다. 물론 그다음부터 베커들의 부대에 있는 음식 재료는 전부 위드에게로 가져왔다.

토벌대가 바란 마을에 도착하려면 걸어서 10일이나 걸린다.

그동안 위드는 요리 스킬을 올릴 작정이었다. 요리 스킬의 중급이라면 성과도 성과이지만 그야말로 엄청난 노가다의 길이다. 리트바르 마굴에서 32명이 먹을 음식을 하루 세 번, 96인분의 식사를 1달간 요리했는데 이게 무려 3천 그릇 정도나 된다.

세라보그 성에서도 매일 음식을 만들어 팔았다. 그리고 토벌대에서 줄곧 음식 담당을 하고 있으니, 못해도 1만 그릇 이상을 요리하는 것이다.

한 사람이 하루 세끼를 먹는다고 쳤을 때, 1달이면 대충 90그릇이 나온다.

1년이면 1,080그릇이다.

혼자서 무려 10년간 먹을 음식을 단지 요리 스킬을 중급까지 올리기 위해서 만들고 있으니 그야말로 엄청난 노가다인 것.

이것도 다 위드이니 할 수 있는 일이다. 취미로 하는 요리와, 아예 작정하고 스킬 레벨을 올리기 위해 수많은 사람의 음식을 준비하는 것은 전혀 다르니까 말이다.

손재주를 올리기 위해서는 조각술이 제일 좋지만, 토벌대에서 조각품을 만들고 있으면 다들 이상한 시선으로 볼 수밖에 없다.

음식을 만드는 편이 돈도 벌고 여러 모로 나았다.

마침내 바란 마을을 코앞에 둔 토벌대.

"이제 드디어 도착이네요."

"어떤 몬스터들이 있을까요. 정말로 기대가 돼요."

이리엔과 수르카는 한가롭게 잡담을 나누며 걷고 있었지만, 더 이상 음식을 만들지 않게 된 위드는 하늘을 쳐다보았다.

맑은 하늘에 흰 조각구름들이 흘러간다.

'역시 천공의 도시라는 건 허황된 이야기였어. 쓸데없는 데에 신경을 쓰고 있었군. 바란 마을. 책에서는 마지막까지 천공의 도시와 인연을 두고 있었던 장소라고 하였다. 그렇기 때문에 나는 일부러 이 토벌대 퀘스트를 받아들였지. 괜한 짓이었군.'

막연하게나마 가졌던 기대감이 사라지고 있었다.

토벌대가 바란 마을의 지척까지 진군을 할 때였다.

"전군 정지!"

다리우스는 신호를 내려서 토벌대의 움직임을 중단시켰다. 다소 후방에 위치해 있던 위드가 앞으로 나가 보자, 웬 허름한 옷차림의 노인과 아이들 수십 명이 토벌대에 가까이 다가와 있었다.

"무슨 일입니까?"

다리우스는 말에서 내리지도 않고 물었다.

유일하게 그와 자신의 동료들만 말을 타고 있었던 것이다.

"예. 저희들은 바란 마을의 생존자들입니다. 저는 장로인

간달바라고 하지요. 얼마 전에 수도로 잭슨을 올려 보내서 토벌대를 청했는데 여러분들이십니까?"

"그렇소."

간달바는 바란 마을의 장로였다. 그가 데려온 겁에 질린 아이들 역시 바란 마을에 살던 아이들이었으리라.

다리우스는 간달바를 향해 말했다.

"바란 마을은 우리가 구해 주겠소. 그러니 안심하고 조금만 기다리시오."

"예. 대장님. 하온데 저의 부탁이 있는데……."

"무엇이오?"

"제발 놈들에게 잡혀간 우리 마을의 주민들을 구해 주십시오. 이 늙은이의 소원입니다."

간달바가 눈물을 줄줄 흘리며 애원을 했다.

다리우스는 눈을 빛냈다.

"이것은 의뢰요?"

"예. 저희들의 의뢰입니다."

"보상은 무엇을 주실 수 있소?"

다리우스는 레벨이 100이 넘는 유저답게 아무 퀘스트나 받아들이려고 하지 않았다. 퀘스트는 수없이 많았고, 시간만 낭비하는 경우가 허다한 것이다.

간달바는 암울한 얼굴을 했다.

"저희들이 드릴 수 있는 것은 아무것도 없습니다. 드린다면 오로지 이런 것밖에…….”

간달바가 내놓은 것은 어떤 열매의 씨앗이었다.

"역시 그렇군. 마을까지 몬스터에게 점령을 당한 노인네에게 무슨 보상을 기대할까. 재물도, 내놓을 아이템도 없을 테지."

다리우스는 차갑게 웃었다.

토벌대의 임무를 마치기 전에, 괜히 노인이 찾아와서 일이 번거롭게 되었다고 판단했다.

"그러면 우리들은 먼저 바란 마을을 구하는 것부터 하고, 나중에 여유가 된다면 여러분들을 도와 드릴 것이오."

"하지만……."

"리자드맨에게 잡혀간 인질들이 살아 있을 것으로 기대하긴 힘든 터. 우리들의 갈 길을 막지 마시오."

다리우스가 매정하게 길을 떠나고 있었다.

토벌대원들 몇 명이 그를 욕하기는 했어도, 그들 역시 마을의 장로의 일을 도우려고 하진 않았다. 간달바가 절망을 하고 있을 때였다. 그의 주름진 손을 덥석 잡는 사람이 있었다.

바로 위드였다.

TO BE CONTINUED

망한 가문의 검술 천재가 되었다

소구장 퓨전 판타지 장편소설

**역사에서도 잊힌 비운의 검술 천재
최강의 꼰대력으로 무장한 채
후손의 몸으로 깨어나다!**

만년 2위 검사 루크 슈넬덴
세계를 위협하던 마룡을 물리치며
정점에 이른 순간

이대로 그냥 죽어 다오, 나를 위해서.

라이벌인 멀빈 코넬리오에게 목숨을 잃……
……은 줄 알았는데,
200년 후의 몰락한 슈넬덴가에서 눈뜨다!
가족이라고는 무기력한 가주, 망나니 1공자뿐
망해 버린 가문을 살리기 위해
까마득한 조상님이 팔을 걷었다!

**설풍 같은 검술, 그보다 매서운 독설로
슈넬덴가를 정점으로 이끌어라!**